Michael Wallner

SECRET MISSION

Das Drogenkartell

Michael Wallner

SECRET MISSION

Das Drogenkartell

cbt

cbt ist der Jugendbuchverlag
in der Verlagsgruppe Random House

MIX
Papier aus verantwortungsvollen Quellen
FSC® C014496

Verlagsgruppe Random House FSC® N001967
Das für dieses Buch verwendete
FSC®-zertifizierte Papier *Holmen Book Cream*
liefert Holmen Paper, Hallstavik, Schweden.

2. Auflage

Umschlaggestaltung: bürosüd, München
st · Herstellung: AnG
Satz: Uhl + Massopust, Aalen
Druck und Bindung: GGP Media GmbH, Pößneck
ISBN: 978-3-570-16122-7
Printed in Germany

www.cbt-jugendbuch.de

1

»Storm!«, schreit Rick.

Der Name ist eine Insel, auf die er flüchtet. Aber näher und näher kriecht der Schmerz heran und droht, die Insel zu verschlingen.

»Lass es aufhören!«, schreit Rick mit weit aufgerissenen Augen.

Ich kann dich nicht hören, lacht der Schmerz und überschwemmt ihn ein weiteres Mal. *Warum gibst du nicht endlich auf und sagst mir, was ich hören will?*

»Ich weiß nichts! Nicht das Geringste! Mein Name ist Rico Torres! Ich stamme aus Madrid, ich bin als Tourist hier! Ein harmloser Tourist!«

Durch den Schmerz hindurch denkt Rick, dass er es nicht mehr lange aushalten wird. Gleich muss er zugeben, dass er nicht Torres heißt und kein Tourist ist, sondern dass er mit seinen sechzehn Jahren als Geheimagent arbeitet, dessen Aufgabe darin besteht, die Drogen-Pipeline aufzudecken.

Du machst es mir nicht gerade leicht, seufzt der Schmerz. Oder spricht da jemand anders zu Rick, jemand, der Elektroden an seinen Körperteilen befestigt hat und ihn mit immer stärker werdenden Stromstößen zu der Antwort zwingen will: Ist der Drogentransport in Gefahr?

Rick sieht von diesem Menschen nur die Silhouette. Langes weißes Haar schimmert im Licht einer Lampe, die auf Rick gerichtet ist. Sein Peiniger hantiert an einem simplen Gerät: Strom an, Strom aus, Strom stärker, mehr kann das Gerät nicht. Es reicht, um die Minuten für Rick zum Albtraum werden zu lassen.

»Bitte nicht mehr!« Rick wimmert. »Storm …«

»Wer ist Storm?«, fragt der mit dem weißen Haar.

»Meine Freundin.« Das ist nicht gelogen.

»Wo ist sie jetzt?«

»In Madrid!«

Das ist gelogen. Ricks Freundin, das Mädchen, dem seine Liebe gilt, lebt in New York. Dort haben sie sich kennengelernt, dort leben sie, dort gehören sie hin. Rick ist ein waschechter New Yorker, er hätte die Stadt bestimmt nicht verlassen, hätte sein Auftrag es nicht verlangt. Sein verfluchter Auftrag, der ihn möglicherweise das Leben kostet. Alles würde Rick dafür geben, noch einmal mit Storm durch die Straßen von Brooklyn zu streifen, an einem Hotdog-Stand zu essen, abends vielleicht ins Kino zu gehen. Es ist unwahrscheinlich, dass ihm das vergönnt sein wird, denn egal ob Rick die Wahrheit sagt oder etwas Erfundenes, hinterher werden sie ihn umbringen. Er lebt überhaupt nur noch, weil man rauskriegen will, ob man den Transport gefahrlos auf die Reise bringen kann.

Dabei hat Rick die Drogen-Pipeline noch gar nicht entdeckt. Seine Spurensuche hat ihn lediglich bis hierher gebracht, ans Meer, an die Nordwestküste Kolumbiens. Hier ist der Umschlagplatz. Welchen Weg die Drogen von hier in die USA nehmen, ist Rick unklar. Er kann die Frage seines Peinigers nicht beantworten, darum schickt der Weißhaarige immer neue Stromstöße durch Ricks Körper, darum ist Ricks Lage so ausweglos. Er klammert sich an die guten und schönen Erinnerungen, die seinen Geist aufrechterhalten und den Schmerz zurückdrängen. Die Erinnerung an seine Eltern, als sie noch ein glückliches Paar waren, als die ganze Familie noch in Manhattan lebte. Rick denkt an den ersten Kuss von Storm.

Am Ende siege ich sowieso, lächelt der Schmerz.

»Du kannst mich mal«, keucht Rick und stellt sich Storms wunderhübsches Gesicht vor. Sie lächelt ihn durch den Schmerz hindurch an. Das macht ihm Mut.

*

Wo sind wir? Was wollen wir? Wie fing alles an? Ich will diese Fragen gern beantworten, doch dazu muss ich ein Stück zurückblicken. Wenn ich ICH sage, meine ich MICH: Ich bin nicht Rick, ich würde solche Schmerzen nicht ertragen. Ich bin nicht braun gebrannt und schwarzhaarig wie er, man nimmt ihm die Tarnidentität eines Spaniers mühelos ab. Ich spreche nicht fließend Spanisch wie Rick, der eine gute Schule besucht und einen prima Schulabschluss machen würde, hätte ich ihn nicht für die *Secret Mission* eingespannt. Ich bin derjenige, der Rick in seine jetzige Lage gebracht hat.

Niemand arbeitet mit sechzehn Jahren hauptberuflich als Geheimagent. Nachdem Rick vergangenen Herbst für mich den Fall »Kanter« gelöst und damit einen terroristischen Anschlag auf New York verhindert hat, war es beschlossene Sache, dass er in sein normales Leben zurückkehren würde. Er sollte bei seinem Vater wohnen, hin und wieder seine geschiedene Mutter besuchen, sich mit seiner Freundin Storm treffen, er sollte Schularbeiten machen wie ein ganz gewöhnlicher Sechzehnjähriger.

Leider ist es so, dass der Drogenhandel auch vor Ricks Schule nicht haltmacht. Selbst auf der angesehenen Beekley School tauchte irgendwann ein Dealer auf und verkaufte das Teufelszeug an die Kids. Deshalb hatte ich die Idee, Rick noch einmal zum Einsatz zu bringen. Rick Cullen sollte in ein System eingeschleust werden, das Elend, Abhängigkeit und manchmal den Tod über junge Menschen bringt. Ich habe die ganze Sache in Gang gebracht. Da fällt mir ein, ich habe mich noch nicht vorgestellt: Mein Name ist Detective Snyder.

*

»Du hast mit dem Zeug noch nie zu tun gehabt.« Das sagt Storm, die sich mit Rick im Brooklyn Bridge Park trifft, das liegt erst eine Woche zurück. Vor einer Woche war der Frühling noch nicht nach New York gekommen, der Frühling war an vielen Orten, bloß um New York machte er einen Bogen.

»Wann wird es endlich Frühling!« Rick läuft mit Storm ans Wasser hinunter. Prall hängen die Knospen an den Sträuchern, der Wind bringt eine verheißungsvolle Brise vom Meer, trotzdem ist es zu kalt für April.

»Es ist zu kalt für April«, schimpft Rick.

Bald komme ich, sagt der Frühling. *Wenn du nur etwas Geduld hättest, in ein paar Tagen bin ich da.*

Geduld zählt nicht zu Ricks hervorstechenden Eigenschaften. Wenn Rick etwas will, will er es gleich. »Ich will was trinken«, sagt er und startet zum nächsten Getränkestand durch.

»Lenk nicht ab.« Storm hält ihn fest. »Du bist ein kompletter Anfänger, wenn es um Drogen geht.« Da Rick sie erstaunt ansieht, macht sie ihm klar: »Ich will damit sagen, dass deine Eltern an dir einen guten Job gemacht haben. Soweit ich weiß, bist du mit Drogen noch nie in Berührung gekommen.«

»Für gar so unerfahren darfst du mich nicht halten«, gibt er zurück. »Ich habe schon mal gekifft und auf einer Party in Soho habe ich ein paar Pilze ausprobiert.« Er bleibt stehen. »Irgendwie wirkt das Zeug bei mir nicht.«

»Kinderkram. Das sind Happy-go-lucky-Drogen, mit denen du auf den Geschmack gebracht werden sollst. Die harten Sachen machen einen anderen Menschen aus dir.«

»Woher willst du das wissen?«

Der Kiesstrand endet am Ufer des East River, die Schritte der beiden knirschen auf den Steinen.

»Einer aus meiner Klasse kam auf Crack«, sagt Storm. »Lange Zeit wussten wir nicht, was mit ihm los ist. Uns fiel nur auf, dass Harvey sich ständig kratzte und leicht müde wurde. Dann ist sein Kreislauf zusammengebrochen. Da muss er schon Unmengen von Rocks geraucht haben.«

»Rocks geraucht?« Rick verzieht den Mund. »Du klingst wie ein Profi. Hast du selber schon was genommen?«

»Spinnst du? Gerade weil ich weiß, wie schlimm es wirkt, bin ich sicher, dass ich das nie tun werde.«

»Ich soll das Zeug ausprobieren«, sagt Rick schlicht.

»Was!« Storm stoppt auf der Stelle.

»Ich muss die Wirkung kennenlernen, behauptet Dr. Lennox.«

»Wer ist Dr. Lennox?«

Rick schüttelt den Kopf. »Ich habe dir schon zu viel verraten.«

Sie tritt ihm in den Weg. »Komm mir jetzt nicht mit dem Top-Secret-Quatsch! Warum wollen die dir Drogen geben?«

Rick nimmt beschwichtigend ihre Hand. »Sie geben mir zuerst das Gift, dann probieren sie das Gegengift aus.«

»Du bist doch kein Versuchskaninchen!«

»Verstehst du nicht? Falls ich mal in die Lage komme, dass ich was nehmen muss, kann ich mithilfe der Gegendroge wieder runterkommen.«

»Was für eine *›Lage‹* soll das sein, in der man dich zwingt, Drogen zu nehmen?«

»Das gehört zu meiner Ausrüstung.«

»Eine Drogen-Ausrüstung? Sind denn jetzt alle irre geworden? Wofür, zum Teufel, sollst du *ausgerüstet* werden?«

Rick muss einen Schlussstrich ziehen. Das kann und darf er nicht verraten. Er kennt meinen Standpunkt, dass man Außenstehende nicht hintergeht, wenn man ihnen unsere Arbeit verschweigt, man beschützt sie vielmehr vor Gefahren.

Damit eines klar ist: Ich bin nicht stolz auf die Methoden, die ich anwende. Aber wie ich schon mal sagte: »Für einen *halben* Agenten habe ich nichts zu tun.« Wer für das Department arbeitet, tut es ganz oder gar nicht. Es gibt kein Gesetz in unserer Verfassung, das es mir erlaubt, einen Minderjährigen undercover in ein Drogen-Syndikat einzuschleusen. Offiziell gibt es allerdings auch das Department nicht, dessen Chef ich bin. Die offizielle Vorgehensweise reicht im Kampf gegen das organisierte Verbrechen nicht aus.

Mein Plan war zunächst, Rick als Schüler der Beekley School mit weichen Drogen in Verbindung zu bringen. Über den örtlichen Dealer hätte er an die Hintermänner herankommen und uns zu der undichten Stelle führen sollen, die mir Sorgen bereitet. In allen Großstädten der Vereinigten Staaten tauchen nämlich seit Kurzem Drogen in solchen Mengen auf, dass sich das Phänomen mit den bekannten Vertriebswegen nicht mehr erklären lässt. Die USA sind der lukrativste Markt für Drogen, hier finden regelrechte Kriege um die Vorherrschaft statt. Der Stoff, vor allem Heroin und Kokain, wird meist pur eingeschmuggelt und erst hier verdünnt, verschnitten oder zu Crack aufgekocht. Die Schmuggler setzen Autos mit eingebauten Geheimfächern ein, die nur mithilfe von Drogenhunden aufzuspüren sind. Das meiste wird auf dem Landweg, also über Mexiko, eingeschleust. Transporte per Flugzeug und Schiff sind seltener. Doch seit Kurzem überschwemmt eine neue Macht den Markt mit ihren tödlichen Produkten. Ich muss diese Macht kennenlernen, sie entlarven und bekämpfen.

Storm ist ernsthaft besorgt um Rick, aber sie weiß, mit Druck wird sie aus ihm nichts herauskriegen. Sie laufen weiter, er kauft etwas zu trinken und setzt sich mit ihr auf einen großen Stein. Sie blinzeln in die Sonne und drängen sich aneinander, weil es für April wirklich zu kühl ist. Sie trinken und wechseln das Thema. Als beide einen eisigen Hintern kriegen, gehen sie weiter, immer am Ufer entlang.

2

An diesem Nachmittag erscheint Rick bei uns in der Klinik. Ich sehe ihm an, dass er Schiss hat, das ist bei Rick eine Seltenheit. Der Junge hat schon Situationen gemeistert, in denen ein erfahrener Agent aufgegeben hätte. Rick wurde achtzehn Stockwerke über dem Abgrund kopfüber an einen Fahnenmast gehängt. Er hat das tödliche Duell mit Semyoto bestanden, dem härtesten Kämpfer, den ich kannte. Semyoto war es auch, der ihm beibrachte: *Weiches besiegt Hartes.* Rick überwindet selbst den stärksten Gegner, indem er dessen Kraft gegen diesen selbst richtet. Rick ist großartig, wenn es darum geht, die Kräfte von Körper, Geist und Intuition gebündelt einzusetzen.

Umso heimtückischer ist das, was wir gleich mit ihm anstellen werden. Weder mit Körperkraft noch mit den Kräften des Geistes kann er sich dagegen wehren – Drogen. In entsprechender Dosierung hebelt eine Droge das Gehirn aus und damit unseren

Willen. Die Droge verunstaltet das Kostbarste, das wir besitzen: unsere Fähigkeit, selbst zu gestalten. Unter Drogeneinfluss sind nicht *wir* die Herren unserer Handlungen und Entscheidungen, die Droge ist es. Wenn der normale Fluss menschlicher Impulse gestört ist, wird der Mensch zur Marionette. Die Droge sagt: Tu dies, lass das, sie gaukelt uns eine falsche Wirklichkeit vor, in der man sich zu verlieren droht. Das hat nichts mit Fantasie zu tun. Fantasie ist die natürliche Ausdruckskraft des Gehirns, sie erweitert, bereichert, verführt auf wundervolle Weise. Die Droge dagegen ist eine heimtückische Weichenstellung: Unser Geist wird auf ein falsches Gleis geschickt. Wohin die Reise geht, ist der Macht der Droge überlassen. Sie ist ein Parasit, sie hängt sich an ein gesundes Wesen und nimmt ihm den freien Willen.

»Du weißt sicher, dass Crack aus Kokain hergestellt wird, das man mit Backpulver und Wasser zu kleinen Kristallen aufkocht.«

Scheinbar lässig lauscht Rick den Erläuterungen von Dr. Lennox.

»Darum ist Crack billiger als Koks und gefährlicher, weil man leichter drankommt.« Er präsentiert Rick eine Glaspfeife. »Das kennst du natürlich auch?«

»Fangen Sie schon an«, sagt Rick.

»Ich möchte, dass du dir den Zustand, den du erlebst, genau einprägst.« Lennox tut ein paar Kristalle in die Pfeife. »Es gibt keine einheitliche Reaktion auf Crack. Jeder spürt, sieht und erlebt etwas anderes. Wir müssen deine Reaktion exakt kennen, um das Gegenmittel herstellen zu können.«

Lennox will die Pfeife selbst anzünden, aber Rick nimmt das Feuerzeug vom Tisch und hält die schlanke Flamme unter das Glas. Er zieht und nuckelt daran, nach ein paar Sekunden beginnt es zu qualmen, die erhitzten Rocks knistern. Rick inhaliert.

»Vorsichtig beim ersten Mal«, warnt Lennox.

»Wenn schon, denn schon.« Rick nimmt einen kräftigen Zug, kämpft mit dem Hustenreiz, behält den Rauch in den Lungen, so lange er kann. Er wiederholt den Vorgang. Die Rocks werden sichtlich kleiner.

»Spürst du schon etwas?« Lennox beobachtet die Monitore.

Rick sitzt mit nacktem Oberkörper auf der Behandlungsliege. An ihn sind Elektroden angeschlossen, die seine Primärwerte messen. Der Doktor hat auch in Ricks Gehirn Sonden eingeführt, als hauchdünne Spieße ragen sie aus seinem Kopf.

Rick schließt die Augen und öffnet sie langsam wieder. »Schwindlig wird mir ein bisschen, sonst …« Die Hand mit der Pfeife sinkt herab, Lennox nimmt sie ihm ab.

»Leg dich zurück.« Er stützt den Rücken des Jungen. Dieser muss so liegen, dass sein Kopf über die Liege hinausragt, damit ihn die Nadeln nicht verletzten. »Ruhig durchatmen. Wenn du kannst, sag uns, was du empfindest.«

»Uuuh, das ist …« Rick beißt die Zähne zusammen,

dann streckt er die Zunge heraus. »Das kommt aber schnell.«

»Crack wirkt innerhalb von Sekunden auf das Gehirn. Der Rausch tritt schlagartig ein.«

Ich gebe dem Doktor ein Zeichen, still zu sein. Rick soll nichts vorgesagt bekommen, er soll es selbst erfahren. Wir warten, wir beobachten.

Zwölf Stunden später hat Rick keine Sonden mehr im Kopf. Er trägt schwarze Shorts, in unserem Trainingsraum spielt er Basketball. Seit drei Stunden spielt er ununterbrochen. Er hat nichts gegessen, will nicht trinken, er spielt auf Hochtouren. Alle paar Sekunden wirft er den Ball aus den schwierigsten Positionen in den Korb und trifft fast immer. Zwischendurch hat er gegen ein paar meiner Mitarbeiter gespielt und sie haushoch besiegt. Rick ist ein menschliches Kraftwerk, der Reaktor läuft und läuft. In den ersten Stunden unter Drogen war er äußerst gesprächig. Lennox musste sich Ricks gesamte Lebensgeschichte anhören. In diesem Zustand hatte er etwas von einem Entertainer, er ließ keinen andern zu Wort kommen, zog eine richtige Show ab. Später beschallten wir ihn mit Musik und Rick tanzte. Er machte Party, bis jeder andere umgekippt wäre. Ich wurde schon vom Zuschauen müde. Jetzt warten wir darauf, dass Rick endlich runterkommt. Erst dann kann Lennox das Gegenmittel erstellen, das die Wirkung von Crack egalisiert. Das wollen wir in drei Tagen ausprobieren.

Uns bleiben keine drei Tage. Die Frist bis zu Ricks Einsatz ist unerwartet kurz. Der Zufall verschafft uns ein Zeitfenster, das wir nutzen müssen. Es geht um eine Reise, es geht um ein Mädchen. Die Voraussetzung, die Rick dazu braucht, sind perfekte Spanischkenntnisse.

Ich persönlich beherrsche nur einen einzigen spanischen Satz: *Manos arriba, esto es un robo!* Das habe ich aus einem Western, es bedeutet: Hände hoch, das ist ein Überfall! Diesen Satz wird Rick bei seinem Einsatz bestimmt nicht brauchen, seine Gespräche sollen elegant und zärtlich ausfallen. Ihm das klarzumachen, ist eine ziemliche Hürde.

»Ich bin kein schmalziger Latin Lover!«

Ich verstehe, dass Rick aufgebracht ist, aber ich kann ihm die Verwandlung in einen Herzensbrecher nicht ersparen.

»Das mache ich nicht.« Er schaltet auf stur. »Das kann ich Storm zuliebe nicht machen.«

Rick ist gerade sechzehn geworden. Er hat vor Kurzem zum ersten Mal mit Storm geschlafen und davor nur mit einer einzigen Frau geflirtet. Das ist alles, was Ricks Liebesleben ausmacht. Dass er toll aussieht, dass die Mädchenköpfe herumfliegen, wenn er irgendwo auftaucht, ist ihm egal. Rick ist nicht eitel, er braucht das nicht, angehimmelt zu werden. Er hat sich verliebt, in die einzigartige Storm. Treue ist für ihn keine Frage der Moral, die Treue zu Storm ist so selbstverständlich wie seine Liebe zu New York.

Darum erscheint ihm meine Anforderung unerfüllbar: Er soll einer Unbekannten schöne Augen machen, um an sein Ziel zu kommen. Als wir darüber diskutieren, wehrt Rick sich so vehement, dass ich ihm einen Kompromiss vorschlage: Er soll nur so tun, als ob er sich für das Mädchen interessiert, danach darf er sie zappeln lassen. Auf jeden Fall soll er dorthin reisen, wo sich die junge Dame aufhält, und das findet Rick ziemlich cool: Südamerika!

Wir verpassen ihm eine neue Garderobe. Nicht ein einziges Stück seiner Kleidung darf die New Yorker Herkunft verraten, alles muss aus Spanien stammen. Rick bekommt eine Tarnidentität. Aus Rick Cullen, Schüler an der Beekley School, wird Rico Torres, Sohn eines Immobilienmaklers in Madrid. Die Leiterin unserer Lateinamerika-Abteilung prüft ihn stundenlang, ob ihm ein Sprachfehler unterläuft. In seiner Kindheit war Rick häufig in Spanien, seine Eltern hatten dort ein Haus, in dem Rick jahrelang die Ferien verbrachte. Das ist lange her, das war vor dem Börsencrash, der die Familie das Vermögen kostete. Jetzt muss Rick binnen weniger Tage seine Sprachkenntnisse auf Vordermann bringen und sich seine neue Identität einprägen. Er lernt und büffelt, was Bücher und Internetseiten hergeben. Wenn alles gut geht, müsste er einer oberflächlichen Durchleuchtung seiner Person standhalten. Schließlich soll er ja nur so lange an dem gefährlichen Ort bleiben, bis er die entscheidende Frage beantwortet hat: Wie gelangen die Drogen in unser Land?

Trotz der Hektik der Vorbereitungen lässt sich Rick nicht daran hindern, eine bestimmte Sache zu erledigen. Es geht nicht um Storm, auch nicht um Ricks Eltern. Seinem Vater erzählt er etwas von einer Sportwoche in Wisconsin, die er angeblich mit der Schulklasse besucht. Montgomery Cullen wünscht ihm viel Vergnügen und gibt ihm Taschengeld mit.

*

Während der Koffer von Rico Torres bereits gepackt bei uns im Department steht, während wir ihm zum Schein ein Flugticket über Madrid ausstellen, von wo er in das Land seines Auftrags einreisen soll, nimmt Rick sich die Zeit, Abschied von einem Mann zu nehmen, zu dem er ein besonderes Verhältnis hat.

Er zieht seinen schwarzen Anzug an und fährt mit der Subway ins East Village von Manhattan. Die Gegend kennt er wie seine Westentasche. Hier hat alles begonnen: Ricks Einstieg als Laufbursche eines mächtigen Gangsters, der ihn gernhatte und seine Hand schützend über Rick hielt. So lange, bis Rick für mich zu arbeiten begann. Von Theodore Kanter hat Rick Härte und Kampfgeist gelernt, Wachsamkeit, auch Loyalität. Doch als Kanter sich mit Terroristen einließ und im Herzen von New York eine Bombe zünden wollte, wechselte Rick die Seiten. Alles, was er von Kanter gelernt hatte, setzte er ein, um seinen früheren Mentor zu Fall zu bringen. Rick vereitelte den

Terroranschlag in letzter Sekunde und zwang Kanter, sein Hauptquartier aufzugeben. Ich und alle anderen aus dem Department nahmen an, Kanter sei ins Ausland geflohen, nur Rick folgte keiner Logik, er vertraute auf seinen Instinkt.

Als er den Friedhof zwischen 1st und 2nd Avenue betritt, muss er an seine letzte Begegnung mit dem alten Mann denken. Theodore Kanter gehörte ein Hochhaus am Tompkins Square Park, wo er im obersten Stock residierte. Seit die Jagd auf ihn eröffnet worden war, hatte er sein Haus aufgeben müssen. Wir vermuteten ihn in Texas, wo er Freunde besaß. Es hieß, er sei in Pristina aufgetaucht, beim Sitz der Terrororganisation, mit der er den Deal hatte durchziehen wollen. Wir verfolgten Kanters Spur weltweit und wurden jedes Mal enttäuscht. Nur Rick hatte die Idee, den Boss in den verzweigten Kelleranlagen seines eigenen Hauses zu suchen. Er spürte, dass Kanter seine Stadt, New York, gar nicht verlassen hatte. Wir umstellten den Häuserblock, riegelten die Ausgänge ab und waren kurz davor, Kanters Fuchsbau zu stürmen. Rick bat um die Gelegenheit, allein mit Kanter zu sprechen. Er betrat den letzten Rückzugsort eines schwer bewaffneten, verzweifelten Verbrechers.

»Die wollen mir also einen Deal anbieten«, sagte Theodore Kanter zur Begrüßung. Er saß in einem Kellerabteil, vier Stockwerke unter der Erde, im Licht einer Glühbirne.

»Warum sollten sie das tun?« Durch den Korridor

kam Rick näher. »Es gibt nichts, was Sie denen als Gegenleistung noch bieten könnten.«

»Ich könnte den ganzen Häuserblock in die Luft jagen.«

»Das Gebäude wurde durchsucht, Mr Kanter. Ihre Zeit als Feuerwerker ist vorbei.«

Der Alte beugt sich in den Schein der Lampe. »Und wenn ich dich als Geisel nehme?«

Rick erschrickt über den Zustand seines früheren Mentors. Das graue Haar ist verwildert, der Bart ungepflegt. Er hat sich am Fuß verletzt und den rechten Schuh ausgezogen.

»Sie kommen hier nicht mehr lebend raus. Außer …«

»Außer ich lasse mich von einem Grünschnabel wie dir abführen?« Kanter grinst böse. Er zeigt um sich. »Wenn ich dran glauben muss, musst du auch dran glauben.«

Schemenhaft nimmt Rick Sprengsätze wahr, in Kanters Hand ist eine Waffe.

»Warum haben Sie Oona umgebracht?«

Obwohl er immer noch etwas für den Gangster empfindet, verachtet Rick ihn für seine Gewalt. Nachdem Kanters Frau Oona Rick geholfen hatte, musste sie eines qualvollen Todes sterben: Der Alte ließ sie in einem Koffer ersticken.

»Es war der Preis für Oonas Verrat«, antwortet Kanter nüchtern. »Ich kann mich noch an ihr Gesicht erinnern, als sie begriff, was mit ihr passieren würde. Die

Aussicht auf den sicheren Tod verändert die Menschen.«

In diesem Moment hasst Rick den alten Mann. Der Zorn droht, ihn zu überwältigen, er springt auf ihn zu.

»Tu's doch.« Kanters Augen sind dunkel, verschlagen. »Du bist immer noch der kleine Junge, der an Gut und Böse glaubt. Es gibt weder das eine noch das andere. Es gibt nur Gleichgültigkeit. Egal was du tust, hinter jeder Tür wartet der Tod.«

»Alles, was ich über den Tod weiß, weiß ich von Ihnen«, antwortet Rick.

»Ich kenne den Tod.« Kanter nimmt die Waffe in die andere Hand. »Er ist ein alter Angestellter von mir.«

»Der Tod hat eine Zeit lang für Sie gearbeitet. Aber jetzt nicht mehr. Sehen Sie sich an. Ihre Welt hat sich auf ein Kellerabteil verengt. Ein paar Kilo Sprengstoff, eine Pistole, das sind Ihre letzten ›Angestellten‹.« Rick zeigt nach oben. »Wenn ich die Türen öffne, wartet nicht der Tod auf mich, sondern das Leben. Dort oben ist New York City.«

Als ob er durch Mauern schauen könnte, folgt Kanter dem Blick des Jungen. »Meine Stadt.«

»Das war sie. Bis Sie Ihre Stadt verraten haben.«

Kanter lächelt traurig. »Tja, New York ist eine stolze Lady. Sie nimmt es übel, wenn man sie nicht mit Respekt behandelt.« Er richtet die Waffe auf Ricks Herz. »Weißt du, was ich an der Ausweglosigkeit so schätze?

Sie macht es einem leichter, Entscheidungen zu treffen.«

Mit einer eleganten Bewegung dreht Kanter die Waffe um. Er zwinkert dem Jungen zu, dessen Leben er von Grund auf verändert hat. Kanter schießt sich in den Mund. Der Druck schleudert ihn gegen die Stuhllehne. Wäre nicht das Blut an der Wand, man könnte meinen, der alte Mann sitze zurückgelehnt da und ruhe sich aus. In seinen Augen steht ein unbekanntes Staunen.

Zu Theodore Kanters Begräbnis sind nur ein paar Menschen gekommen. Familie gab es für ihn keine, die meisten seiner Getreuen sind tot. Zwei Angestellte der Bestattungsfirma und ein kleiner Mann mit Brille folgen dem Sarg. Rick kennt ihn, es ist Kanters Buchhalter. Jahrelang hat er in einem geheimen Raum für seinen Boss das Geld gezählt. Rick geht als Letzter. Kein Priester begleitet den Zug. In einer Reihe des Friedhofs wurde ein Schacht ausgehoben. Der Bestattungsunternehmer spricht ein paar Worte, der Sarg wird in die Erde gelassen. Rick wartet nicht, bis die Zeremonie zu Ende ist, er hat Kanter die letzte Ehre erwiesen. Er dreht um und läuft zwischen den Gräbern zurück. Hier hat der Tod nichts Bedrohliches. Er ist ein stiller Freund, der geduldig wartet, bis seine Zeit gekommen ist.

3

Das Flugzeug landet, aus Madrid kommend, auf dem *Aeropuerto Internacional El Dorado*. Ein junger Mann namens Rico Torres steigt aus, nimmt seinen Koffer vom Laufband und lässt sich ins Zentrum von Bogotá bringen. Es überrascht ihn, dass es in Kolumbiens Hauptstadt noch kälter ist als in New York, immerhin liegt es 4000 Meilen südlicher. Das Land befindet sich praktisch am Äquator. Wo ist die tropische Hitze, wo sind die leicht gekleideten Menschen, die den ewigen Sommer genießen? Bei Ricks Ankunft zeigen sich die Leute in Jacken und Regenmänteln und tragen Schirme über dem Kopf. Rick hat so viel über Madrid gebüffelt, dass seine Kenntnisse über Bogotá zu kurz kamen. Die Millionenstadt liegt am Fuße eines Gebirges, erinnert er sich. Dass Bogotá jedoch in einer Höhe von 2600 Metern liegt, wird Rick erst klar, als er die Luft atmet. Sie ist nicht dunstig und verdreckt wie in anderen Großstädten, eine unerwartete Frische empfängt ihn, so frisch, dass er bedauert, den Pulli im Koffer gelassen zu haben. Während der Taxifahrt versucht er, einen Blick auf die Sehenswürdigkeiten der Stadt zu werfen. Bei dem Regen ist das unmöglich.

»Da kommt ganz schön was runter«, sagt er zum Fahrer.

»Hört bestimmt bald auf«, antwortet der, während die Scheibenwischer wild hin- und hergehen. Statt der kolumbianischen Hauptstadt sieht Rick Wasserschleier, ein Tropfenmeer, es schüttet wie aus Eimern.

Der Fahrer grinst in den Rückspiegel. »Genießen Sie Ihren Urlaub, Señor.«

Rick starrt in den Regen und weiß, dass die kommende Zeit mit Urlaub nichts zu tun haben wird.

Das Taxi hält vor einem Hotel unweit der Plaza Bolivar, nicht zu nobel, aber elegant genug, um anzunehmen, dass Rico Torres aus gutem Haus stammt. Er checkt ein, packt in seinem Zimmer den Koffer aus und zieht den Regensweater über. Ein zärtliches Gefühl beschleicht ihn, als er den grünen Kieselstein berührt, den Storm ihm zum Abschied geschenkt hat. Er soll ihn beschützen. Rick schickt ihr eine SMS, dass er gut gelandet ist. Wo er gelandet ist, verschweigt er. Er schreibt, dass er sie liebt.

Als Rick wieder ins Freie tritt, setzt er die Kapuze auf. Wie ein ganz normaler Tourist flaniert er die Carrera 7 hinunter, kommt an der Universität vorbei, biegt nach Westen ab und erreicht scheinbar ziellos das Sportstadion. Große Plakate verkünden, dass hier gerade lateinamerikanische Schwimmmeisterschaften stattfinden. Athleten aus zwölf Nationen treten gegeneinander an. Rick setzt sich in eine Hostería in der Nähe des Stadions und lässt sich von der Kellnerin eine kolumbianische Spezialität empfehlen. Es sieht aus wie Fladenbrot, schmeckt wie Pizza und ist so fettig, dass Rick nach der Hälfte satt ist. Er bestellt eine Cola und genießt es, nach der langen Reise etwas Anständiges in den Magen zu bekommen.

Eine halbe Stunde später geht die Tür auf, eine fröhliche Runde betritt die Hostería, junge Leute in Ricks Alter, überwiegend Mädchen. Es ist die Schwimmstaffel aus dem Departemento Antioquia, die gerade in der Sparte 800 Meter Freistil angetreten ist. Rick entnimmt ihrer Unterhaltung, dass sie nicht besonders gut abgeschnitten haben, trotzdem sind die Mädchen bester Laune. Bald fällt ihnen der einsame junge Mann am Nebentisch auf. Rick scrollt auf seinem Handy, als würde er etwas suchen. Dabei entgeht ihm der muskelbepackte Mann nicht, der unweit der Mädchen Platz genommen hat.

»Kann man helfen?«, fragt eine besonders Hübsche aus der Schwimmstaffel. Sie ist zierlich, hat glattes Haar mit blonden Strähnchen und graue Augen. »Suchst du etwas Bestimmtes?«

Die anderen stoßen sie kichernd an, weil sie den Fremden so ungeniert anquatscht.

»Ich überlege, ob ich zum Parque de la Independencia zu Fuß gehen soll oder besser die Bahn nehme«, antwortet Rick.

»Was willst du um die Uhrzeit im Park?«

»Dort ist das Planetarium, oder nicht?«

»Du willst den Abend im Planetarium verbringen?« Die mit den grauen Augen lacht.

Rick sagt, er habe nichts Besseres vor. Die Unterhaltung kommt in Gang, wenig später laden die Sportlerinnen ihn an ihren Tisch ein. Die Trainerin, eine kräftige Frau mit Tätowierungen auf den Armen, fragt Rick nach seiner Herkunft. Er spult seine Lebensgeschichte so selbstverständlich herunter, dass kein Zweifel aufkommt, dass er ein junger Spanier ist, der mit Papas Geld durch Südamerika reist.

»Ich bin Victoria.« Das Mädchen, das Rick angesprochen hat, spielt mit einem goldenen Anhänger.

»Was ist das?«

»Mein Glücksbringer.« Sie zeigt ihm das Amulett an ihrem Hals.

»Ein Schmetterling?«

»Kein Schmetterling, das ist ein Engel.«

Rick betrachtet ihn näher. »Männlich oder weiblich?«

»Kann man das bei Engeln sagen?« Victoria grinst. »Du hast helle Augen.«

»Du merkst auch alles.« Er lehnt sich zurück.

»Bei uns sind blaue Augen selten. In Spanien auch?«

»Nicht besonders selten.« Rick schaut auf die Uhr.

»Das machst du schon zum zweiten Mal. Ich dachte, du hast nichts vor.«

Er gähnt demonstrativ. »Bloß die Zeitverschiebung. Bei uns ist es mitten in der Nacht. Nimmst du den Anhänger beim Schwimmen ab?«

»Niemals. Nicht mal zum Schlafen.«

Während sie plaudern, wirft Rick einen Blick zu dem Kerl am Nebentisch. Er trinkt nicht, isst nicht, liest in keiner Zeitung. Wenn er sich nicht hin und wieder über die Glatze fahren würde, könnte man meinen, er wäre gar nicht echt.

Die Tür geht auf. Vier Männer tragen dunkle Regenmäntel und feste Schuhe. Kaum jemand in der gut besuchten Hostería nimmt Notiz von ihnen. Die vier ziehen ihre Mäntel nicht aus, sehen sich nur um. Ihr Blick fällt auf die Gruppe junger Leute.

»Wo liegt Antioquia?« Rick liest den Aufdruck von Victorias Mannschafts-Shirt.

»Nordwestlich von hier. Da komme ich her. Die schönste Gegend der Welt.«

»Natürlich«, antwortet Rick mit leichtem Spott.

»Du glaubst mir nicht?«

Plötzlich ist da Rauch. Man könnte meinen, in der Küche sei etwas angebrannt. Der Rauch breitet sich in Sekundenschnelle aus. Zwei der Männer springen an den Tisch der Mädchen. Einer packt Victoria und zerrt sie hoch. Sie schreit vor Überraschung. Mit offenem Mund sehen die anderen zu, wie sie von ihrem Platz gehoben und Richtung Tür geschleppt wird. Schneller, als man es bei seiner Statur erwarten würde, springt der Glatzkopf auf und rammt einem der vier seine Faust in den Nacken. Nach so einem Schlag würde jeder zu Boden gehen, der Typ im Regenmantel fährt bloß herum und pariert den nächsten Hieb. Ein Messer ist in seiner Hand, er setzt einen Stoß nach vorn, schon rinnt Blut von der Stirn des Muskulösen. Zwei Männer rennen ihn gleichzeitig von der Seite an und bringen ihn zu Fall. Er will nach seiner Waffe greifen, sie hindern ihn brutal daran. Währenddessen schleppt der vierte Mann Victoria zum Ausgang. Alles geschieht in Sekunden.

»Hilfe!«, schreit sie. Ihr Kopf ist über dem Rauch, ihr Blick begegnet dem von Rick.

Weshalb soll ein spanischer Tourist sich in einen Kampf einmischen, dessen Ursache er nicht kennt? Warum sollte er sich gegen die Übermacht von vier Männern stellen? Er kam her, um eine Kleinigkeit zu essen, und lernte ein paar Mädchen kennen. Mit dem, was gerade passiert, hat Rico nicht das Geringste zu tun. Andererseits: vier dunkle Typen, ein zu Tode geängstigtes Mädchen – die Frage von Gut und Böse ist leicht zu beantworten. Rico hält sich eine Serviette gegen den Rauch vor den Mund und stürmt auf die Kerle los. Einer will ihn mit gestreckter Faust stoppen, Rick duckt sich und rammt dem Mann seinen Kopf in den Bauch. Der mit dem Messer lässt vom Glatzkopf ab und wendet sich gegen den neuen Angreifer. Rick reißt ein Tischtuch samt Geschirr vom Tisch und schützt sich gegen den Messerstecher. Zugleich verpasst er demjenigen, der Victoria trägt, einen Tritt zwischen die Beine.

In der allgemeinen Verwirrung erkennen die Gäste, dass der Glatzkopf ein versierter Kämpfer ist, der nur ein Ziel kennt: das Mädchen zu beschützen. Der junge Tourist hingegen kämpft mit dem Mut eines Löwen, scheint aber keine Übung darin zu besitzen. Er springt die Kerle an, reißt sie zurück, versucht, an Victoria heranzukommen. Sie wird um die Taille festgehalten, ihre Beine zappeln in der Luft. Rick will den Klammergriff des Kerls lösen, seine Kraft reicht nicht aus. Er packt eine Gabel, mit der gerade noch Erbsenbrei gegessen wurde, und rammt sie dem Mann in die Hand. Der schreit, lässt los, Rick reißt Victoria zu Boden. Sie fallen, rollen übereinander, Rick schützt das Mädchen mit seinem Rücken. Ein Blick in ihre Augen, da ist weniger Angst, als er dachte.

»Nimm!« Sie schiebt ihm etwas zu, das sich in ihrer Tasche befand.

Kein Pfefferspray, wie Frauen es zum Schutz bei sich tragen, das ist eine Pistole. Rick springt auf, überlegt einen Augenblick. Rico Torres ist kein Scharfschütze, nur ein spanischer Tourist, der einem Mädchen helfen will.

Rick hat nicht aufgepasst. Einer der Kerle rammt ihm einen Stuhl in den Rücken, packt Ricks Hand mit der Waffe und dreht den Arm mit einem Griff herum. Der Schmerz, der ihn durchfährt, ist mächtig.

Rick kennt so einen Schmerz nicht, es fühlt sich an, als würde ihm der Arm ausgerissen. Nutzlos hängt er an seiner Seite. Rick verbeißt sich den Schmerzensschrei, lässt die Pistole von der rechten in die linke Hand gleiten und dreht sich um. Im Gewirr entdeckt er den Muskulösen, der mit einem der vier Angreifer zugange ist. Der Glatzkopf bemerkt Rick und die Pistole in dessen Hand.

»Daaa!« Rick schreit und wirft zugleich. Die Pistole fliegt durch den Raum, der andere fängt sie. Vom Schmerz überwältigt, sinkt Rick zu Boden.

In der nächsten Sekunde bringt ein Schuss Ordnung ins Chaos. Der Glatzkopf hat seinen Gegner angeschossen, der sinkt zu Boden. Tatenlos starren die drei anderen in die Mündung der Pistole. Der Glatzkopf zielt auf denjenigen, der Victoria trägt.

»Lass sie los«, sagt er mit tiefer Stimme.

Der Mann im Regenmantel zieht das Mädchen in eine Position, wo sie ihm Deckung gibt.

»Lass sie gehen«, wiederholt der Glatzkopf.

Kampfunfähig liegt der Junge aus Madrid vor dem Tresen, neben ihm sein unbrauchbarer Arm. Ein heller Klang von draußen verändert die Situation. Das sind Sirenen, gleich werden sie da sein. Die Männer sehen ein, dass sie nicht mehr gewinnen können. Sie ziehen sich zurück. Einer stützt den Verwundeten. Derjenige, der Victoria festhält, geht als Letzter. Vor dem Eingang stößt er das Mädchen von sich, springt hinaus und verschwindet. Im Hintergrund schrillt und blinkt es, die Leute auf der Straße recken die Köpfe. Zwei Wagen halten am Straßenrand, dahinter die Ambulanz, ein Lichtermeer aus blauen und roten Funken, Uniformierte steigen aus, sprechen in Funkgeräte und laufen in die Hostería. Zwei Posten verhindern, dass die Passanten nachdrängen.

Im Lokal finden die Polizisten einen kräftigen Mann mit Glatze, der sich um ein Mädchen kümmert. Ein Junge liegt merkwürdig verrenkt auf dem Boden. Der Polizeileutnant betritt die Hostería. Er ist der Vorgesetzte. Er versucht, sich ein Bild von dem Vorfall zu machen.

4

»Ohne dich wäre es schlimm ausgegangen«, sagt Victoria.

»Du übertreibst.« Rick beißt die Zähne zusammen. Es tut ziemlich weh, was der Notarzt mit ihm anstellt. Er legt Rick einen Stützverband an, der seinen Arm in Ruhelage bringt.

»Ich kenne keinen, der so etwas für eine Unbekannte riskiert hätte.« Victoria kniet neben Rick, der auf dem Boden verarztet wird.

»Was wollten die von dir?« Er beobachtet den Muskulösen, der sich ein Taschentuch an die blutige Stirn hält. Ihm gegenüber steht ein Mann im hellen Anzug.

Victoria folgt Ricks Blick. »Mein Vater ist ein reicher Mann. Er hat befürchtet, dass einmal so etwas passiert.«

»Ist das dein Vater?« Rick zeigt auf den im Anzug.

»Nein, das ist unser *Consejero*, etwas Ähnliches wie ein Anwalt.«

»Und der andere?«

»Maximiliano ist mein Schutzengel.«

Rick deutet auf ihren Goldanhänger. »Du hast also zwei Schutzengel?«

»Heute hatte ich drei.« Sie lächelt.

Der Verband sitzt, Rick atmet auf. »Wie meinst du das, dein Vater befürchtet, dass so etwas passiert?«

»Dass ich entführt werde«, sagt sie, als sei es das Natürlichste von der Welt.

»Wieso denn?«

Sie betrachtet ihn nachdenklich. »Von welchem Stern bist du denn gefallen? Schon mal was von Lösegeld gehört?«

Bevor er antworten kann, springt Victoria auf und läuft zu den beiden Männern. »Wir müssen uns um ihn kümmern.« Sie zeigt auf Rick.

Der im Anzug widerspricht, aber so leise, dass Rick nichts verstehen kann.

»Ins Krankenhaus?« Victoria schüttelt den Kopf. »Wir können ihn nicht sich selbst überlassen.«

Bevor der Anwalt entgegnen kann, tritt der Polizeiteniente auf ihn zu. Sie reden gedämpft miteinander.

Victoria nimmt den Glatzkopf am Arm und bringt ihn zu Rick. »Das ist Maximiliano.«

Die beiden nicken einander zu, ohne recht zu verstehen, wozu die Vorstellung dienen soll.

»Wir nehmen Rico mit«, sagt Victoria. »Sollen wir deine Eltern verständigen?«

»Gott, ich muss sie anrufen.« Rick tut, als ob es ihm jetzt erst einfällt.

»Mein Vater beschäftigt so viele Angestellte, dass wir ein eigenes kleines Krankenhaus haben«, erklärt Victoria. »Ich möchte, dass du dich dort untersuchen lässt.«

»Das ist nicht nötig.« Er schaut zum Notarzt auf.

»Der Arm muss eingerenkt werden«, sagt der Arzt. »Dazu müssen Sie in die Klinik, Señor.«

»Wir bringen dich in *unsere* Klinik.« Als sei damit alles geklärt, legt Victoria Rick den Arm auf die gesunde Schulter.

»Wir kennen uns doch gar nicht.« Unter Schmerzen richtet er sich auf. »Ich weiß nicht, wer dein Vater ist und wo diese Klinik liegt. Außerdem sind meine Sachen im Hotel.« Er bemerkt, dass der Mann im hellen Anzug näher kommt. »Vielen Dank für das Angebot. Aber ich gehe lieber ins Krankenhaus.«

»Verstehen Sie das?« Victoria wendet sich an den Consejero. »Ich biete ihm unsere Privatklinik an, aber er will lieber in ein Massenkrankenhaus.«

»Victorias Familie kommt natürlich für die Behandlung auf.« Der Anwalt steht über Rick. »Wenn Sie mir bitte Ihren Namen und Ihre Anschrift sagen?«

Rick macht eine abwehrende Geste. »Sie sind zu gar nichts verpflichtet. Ich habe freiwillig geholfen. Es war mein eigenes Risiko.«

»Ich fürchte, damit wird sich Señor Beluscón nicht zufriedengeben.« Der Anwalt steckt eine Hand in die Tasche. »Sie haben seiner einzigen Tochter das Leben gerettet. In unserem Land hat so etwas eine große Bedeutung.«

Hinter Rick wird eine Krankenbahre hereingeschoben. »Gut und schön. Ich melde mich bei Ihnen, wenn die meinen Arm in Ordnung gebracht haben.«

»Einverstanden.« Der Consejero gibt ihm seine Karte. »Sie erreichen mich unter dieser Nummer.«

Die Sanitäter heben Rick auf die Trage.

»Warum kommst du nicht mit zu uns?«, fragt Victoria enttäuscht.

»Señor Torres hat seine eigenen Pläne.« Der Consejero nickt Rick zu. »Ich höre von Ihnen.«

»Ja. Mal sehen.« Er gibt sich den Anschein, als wäre er froh, die ganze Sache hinter sich zu lassen. »Adiós, Victoria.« Mit dem gesunden Arm winkt er ihr zu. Das Mädchen steht traurig zwischen den beiden Männern.

Rick wollte Kontakt zu Victoria Beluscón herstellen, durfte aber zugleich keinen Verdacht erregen. Ihm ist ein Kunststück gelungen: Indem er ihre Einladung ausschlägt, gibt er sich den Anschein von Desinteresse. Er verlässt die Hostería als uneigennütziger Held, der nicht einmal den Dank des erleichterten Vaters entgegennehmen möchte. Im Krankenwagen lässt Rick sich erschöpft zurücksinken.

Er hatte Hilfe, natürlich von mir. Es ist ein alter Mafiatrick, einen eigenen Mann zu verletzen, um ihn vom Verdacht, ein Spitzel zu sein, reinzuwaschen. Meine Männer von der Südamerika-Abteilung haben ihre Sache erstklassig gemacht. Dass sie Rick den Arm auskugeln mussten, war unerlässlich. Keine Sehne wurde gezerrt, kein Band verletzt. Meine Leute trainieren so etwas. Was Rick von dem schmerzhaften Einsatz mitbringt, ist die Visitenkarte eines Anwalts. Er kann sich der dankbaren Anteilnahme von Victoria Beluscón sicher sein.

Rick verbringt die Nacht in der Clinica Colsanitas im Zentrum der Hauptstadt. Er wird geröntgt, der diensthabende Oberarzt verabreicht ihm eine lokale Betäubung und renkt den Arm ein. Danach wird das Gelenk mithilfe eines Desault-Verbandes ruhiggestellt. Der Arzt kündigt an, Rick müsse den Verband drei Wochen lang tragen. Der nickt und denkt gleichzeitig, dass er das Ding spätestens in ein paar Tagen loswerden muss. Eine Krankenschwester klärt die Formalitäten, Rico Torres hat eine Auslandsversicherung, die die Behandlung übernimmt.

Sein Zimmer hat Blick auf die belebte Calle 100. Rick öffnet das Fenster, das Geräusch des in der Tiefe vorbeirauschenden Verkehrs schläfert ihn ein. Er erinnert sich daran, wie seine Mutter ihn füttern musste, als er nach einem Sehnenriss beim Hockeyspielen einen Mordsgips verpasst bekommen hatte. Er war schon zehn, trotzdem saß Melissa an seinem Bett und schob ihm einen Löffel nach dem anderen in den Mund. Einmal ließ sie die Tür offen, da konnte er sie und seinen Vater draußen auf der Terrasse schmusen sehen. Rick seufzt. Es kommt ihm vor, als ob solche Erinnerungen aus einem andern Leben stammen. Mit der Realität haben sie nichts mehr zu tun. Bis vor

Kurzem hat Rick gehofft, dass er Monty und Melissa eines Tages wieder zusammenbringen wird. Es sieht nicht so aus, als ob ihm das gelingen würde. Rick legt sich ins Bett, mit dem Verband ist das umständlich. Bald darauf träumt er von Storm und vom Frühling in New York.

Am nächsten Morgen, kurz nach der Visite, kriegt Rick Besuch. Man kann die Frau, die das Zimmer betritt, nicht auf den ersten Blick als Besucherin erkennen, sie schiebt einen Putzwagen vor sich her. Darauf sind Schrubber, Lappen, Reinigungsmittel, wie sie in einem Haus gebraucht werden, in dem es hygienisch zugehen soll.

»Darf ich stören?« Die Putzkraft ist eine Südamerikanerin von beachtlichem Körpergewicht. Sie hat die Stöpsel ihrer Kopfhörer im Ohr. »Ich mache das Bad, Señor. Geht ganz schnell.«

Javiera, liest Rick auf ihrem Namensschild. Er nickt zum Zeichen, dass er einverstanden ist. Javiera schiebt ihren Wagen ins Bad, im nächsten Augenblick ist sie wieder an Ricks Bett.

»Schaffst du es aufs Klo?«, fragt sie, bewegt dabei aber kaum die Lippen.

Er sieht sie an. Das ist keine gewöhnliche Putzfrau. Ihre Augen schweifen nach oben zur Überwachungskamera. Rick fragt nichts. Er schwingt die Beine aus dem Bett, stützt seinen Verband mit der anderen Hand und tappt auf nackten Füßen ins Bad. Hier drin gibt es keine Kamera. Javiera öffnet die Seitenabdeckung ihres Wagens und hält Rick ein Plastikfläschchen hin.

»Es sieht aus wie Aspirin, schmeckt wie Aspirin, wirkt aber nicht wie Aspirin.«

Das Fläschchen hat eine spanische Aufschrift, darin sind weiße Tabletten. Rick fragt nicht, ob Javiera zur Südamerika-Abteilung gehört und ob ich sie geschickt habe. Er lässt sich die Wirkung der Pillen erklären. Da uns die Zeit fehlte, ihn in New York auszurüsten, muss die Ausrüstung eben stattfinden, während Rick schon im Einsatz ist.

»Schluck zwei von den Dingern, wenn du Koks nehmen musstest. Bei schwächeren Drogen genügt eine Tablette. Pack sie ganz normal in deinen Koffer, falls du durchsucht wirst.«

Rick schüttelt das Fläschchen, 20 Tabletten sind darin.

Javiera holt einen weiteren Gegenstand aus ihrem Wagen.

»Das ist ein gewöhnlicher Filzstift. Du kannst die Kappe abnehmen und damit schreiben.« Sie präsentiert ihm das unscheinbare Ding. »Du setzt die Kappe wieder auf und drehst sie nach rechts. Jetzt kannst du das Gehäuse öffnen.« Vor seinen Augen zerlegt Javiera den Stift, eine Injektionsnadel kommt zum Vorschein.

»Du steckst die Nadel auf den Stift, so, siehst du, und setzt dir damit eine Veneninjektion. Das Medikament ist im Gehäuse des Stiftes verborgen. So kannst du es jederzeit bei dir tragen. Merk dir zwei Sachen«, fährt Javiera fort. »Erstens: Du nimmst das Medikament nur, falls sie dir Heroin verabreicht haben. Es ist ein starkes Gegengift. Bei falscher Dosierung ist es äußerst schädlich.« Sie nimmt die Nadel wieder ab.

»Und zweitens?«

»Komm nicht auf die Idee, mit dem Stift lange Briefe zu schreiben. Die Tinte dient zur Tarnung und reicht nur für ein paar Worte.«

»Schreib ich eben eine Postkarte.«

Javiera verzieht nicht einmal den Mund. »Noch Fragen?«

»Ja.« Rick zögert, es ist ihm peinlich. »Wie macht man eine Veneninjektion?«

»Hast du einen Gürtel?« Er nickt.

»Damit bindest du deinen Oberarm an dieser Stelle ab.« Javiera umfasst Ricks Bizeps. »Du suchst eine Vene, schiebst die Nadel cirka zwei Zentimeter hinein und spritzt das Mittel. Danach öffnest du die Presse …« Sie hält inne und fasst sich ans Ohr. »Wir kriegen Besuch.«

Zwei Griffe und Rick hat die Spritze in einen Filzstift zurückverwandelt. Das Aspirinfläschchen stellt er auf das Spiegelbord. Javiera schließt den Putzwagen und packt den Schrubber.

Eine Stimme von draußen. »Hallo? Rico?«

Er erkennt die Stimme. »Ja?«

»Ach, da bist du!« Victoria kommt an die Badezimmertür. »Überraschung!«

Rick und Javiera verständigen sich mit Blicken.

Kurzerhand dreht er das Wasser auf, bespritzt sein Gesicht und das Krankenhaushemd.

»Mir ist ein Malheur passiert«, ruft er.

»Was denn?«

»Dreh dich bitte um!«

Vorsichtig öffnet Rick die Tür. Victora steht abgewandt an der gegenüberliegenden Wand. Sie trägt ein rotes Kleid und hohe Schuhe.

»Was für ein Malheur?« Aus reinem Übermut dreht sie sich um, schaut in Ricks nasses Gesicht und sieht, dass er an seinem Hemd etwas abgewaschen hat.

»Das Frühstück ist mir nicht bekommen. Da musste ich …« Er macht die Geste des Übergebens. »Mit dem Verband war das schwierig.«

Javiera steht mit dem Schrubber in der Tür. »Alles wieder in Ordnung, Señor«, sagt sie. »Ich habe das weggeputzt.« Sie packt den Schrubber auf den Wagen.

Verblüfft guckt Victoria zwischen den beiden hin und her. Etwas an der Situation kommt ihr komisch vor.

»Ich rufe die Schwester«, sagt Javiera. »Sie soll Ihr Hemd wechseln.«

»Danke.« Rick setzt sich aufs Bett und macht eine entschuldigende Geste. »Du siehst, es passt gerade schlecht. Was machst du überhaupt hier?«

»Ich lasse meinen Retter nicht im Hospital versauern. Ich habe Papá von dir erzählt.«

Rick beobachtet, wie Javiera sich zum Ausgang zurückzieht. Ihr Wagen ist über die Schwelle, sie schließt die Tür. Rick will sich zudecken, sein Arm tut weh.

Victoria hilft ihm. »Papá will dich kennenlernen.« Sie schüttelt das Kissen auf.

Er seufzt. »Das ist lieb von dir, aber ich habe gestern schon gesagt, Dankbarkeit ist nicht nötig.«

»Sei nicht so störrisch. Du willst Kolumbien sehen? Warum fängst du nicht mit unserer Hazienda an?«

»Ich habe andere Pläne.«

»Mit dem Arm kannst du sowieso nicht viel unternehmen. Erhol dich ein paar Tage bei uns draußen.«

Bevor er antworten kann, geht die Tür wieder auf. Es ist nicht die Schwester, sondern der muskulöse Kerl mit der Glatze, Victorias Bodyguard.

»Alles klar«, sagt er mit tiefer Stimme. Er trägt ein Pflaster auf der Stirn.

Victoria grinst. »Siehst du? Maximiliano hat bereits mit dem Arzt gesprochen.«

»Ich will das nicht!« Rick kommt zu rasch hoch, der Schmerz fährt ihm in die Schulter.

Hinter Maximiliano taucht die Krankenschwester auf.

»Sie brauchen sein Hemd nicht mehr zu wechseln«, sagt Victoria. »Wir nehmen ihn gleich so mit.«

»Hemd wechseln – wieso?«

»Hat die Putzfrau Sie nicht verständigt?«

»Hier ist keine Putzfrau«, antwortet die Schwester. »Der Reinigungsdienst macht vor der Morgenvisite Feierabend.«

Misstrauisch dreht Victoria sich um. »Hier war doch eben diese Frau.«

»Welche Frau?«

»Die im Bad …«

Maximiliano wird aufmerksam.

Rick unterbricht Victorias Gedanken. »Also schön, ich komme mit! Wartest du wenigstens, bis ich mich angezogen habe?« Er schwingt sich aus dem Bett und zeigt auf seine nackten Beine. »Draußen, wenn möglich.«

»Wie ich höre, verlassen Sie uns schon wieder, Señor Torres«, sagt die Schwester.

Sein Blick wandert zu Victoria. »Es sieht so aus.«

Sie ist hocherfreut. »Maximiliano hilft dir packen.«

»Meine Sachen sind im Hotel.«

»Nicht mehr.« Maximiliano schiebt Ricks Koffer ins Krankenzimmer.

»Sie haben mein Zeug geholt?« Er ist perplex. »Woher wissen Sie, wo ich wohne?«

»Ist das so wichtig?« Victoria amüsiert Ricks Verblüffung. »Wichtig ist, dass du es bequem hast und gut versorgt wirst.«

»Der Arzt möchte Sie vor Ihrer Entlassung noch einmal sehen«, sagt die Schwester.

Mit seinem gesunden Arm winkt Rick die Besucher hinaus. »Ich bin nicht sicher, ob mir das alles gefällt.«

»Bis gleich also.« Als sie das Zimmer verlässt, schwingt Victorias rotes Kleid um ihre Beine.

»Wie kommt es, dass ich so anstandslos entlassen werde?«, fragt Rick die Schwester, als sie allein sind.

»Was für eine Frage.« Sie hilft ihm ins Bad. »Señor Beluscón hat Sie eingeladen. Da sind Sie in den besten Händen.«

»Ist das eine Berühmtheit oder so?« Rick gibt sich naiv.

»Berühmt? Er ist ein Wohltäter. Unser Land verdankt Señor Beluscón sehr viel.«

Rick geht ins Bad, nimmt das Aspirinfläschchen und den Filzstift. »Ein Wohltäter, so so.« Er packt die Sachen in seinen Koffer.

5

Es handelt sich um ein gewöhnliches Flugzeug, wenn man davon absieht, dass es nur sechs Sitze hat. Es ist ein kleines Flugzeug, aber mit viel Komfort. Jeder Sitz hat Internetzugang und ein drahtloses Telefon. Es gibt eine Bordküche für individuelle Speisewünsche, zur Begrüßung serviert der malayische Stewart einen Erfrischungscocktail.

»Ich dachte, ihr wohnt bloß außerhalb der Stadt.« Mit dem Ungetüm von Verband kann Rick sich schlecht bewegen. Er ziept an seinem Pulli und fährt sich durchs Haar. »Wo fliegen wir hin?«

»Entspann dich«, sagt Victoria. »Wenn du ausgetrunken hast, sind wir praktisch schon da.«

»Ich sollte wenigstens meinen Eltern sagen, wo ich bin. Also, wo geht es hin?«

Victoria will antworten, aber Maximiliano wirft ihr einen Blick zu. »Antioquia«, sagt sie ausweichend. »Das schönste Fleckchen Erde, ich habe es dir versprochen.«

»Geht es nicht etwas genauer?« Rick quirlt mit dem Strohhalm im Glas.

»Wir sind bald da«, antwortet Maximiliano, legt die Unterarme auf die Armlehnen und schließt die Augen. Rick stellt die Fragen fürs Erste ein. Schließlich hat er die wichtigste Aufgabe gemeistert: Er ist Gast von Victoria Beluscón und unterwegs zu ihr nach Hause.

Mein Department weiß, wer der Boss der Bosse im Drogenkartell ist – Nazario Moreno. Man nennt ihn *El Jabón*, die Seife, weil er den Behörden immer wieder durch die Finger glitscht. El Jabón residiert in Medellin, im Nordosten Kolumbiens, von dort gehen seine Befehle aus. Was wir nicht verstehen, ist, wieso Moreno seit Kurzem kein Lebenszeichen mehr von sich gibt. Ist er untergetaucht, hat er die Identität gewechselt? Er könnte erkrankt sein, vielleicht schon tot. Mich beunruhigt außerdem, dass der sprunghafte Drogenanstieg in den USA und El Jabóns Verschwinden zeitlich zusammenfielen. Was plant er, was sind seine nächsten Schritte, wie steuert er die Drogenpipeline?

Das soll Rick herausfinden. Da wir nicht wissen, wo sich der Kopf aufhält, müssen wir die Suche bei Morenos Kronprinzen beginnen. Ihr Einflussbereich ist auf den Norden Kolumbiens verteilt. Wir haben uns für Manuel Santander Beluscón entschieden, weil er eine Tochter in Ricks Alter hat – Victoria. Beluscón besitzt mehrere Häuser; es ist schwierig festzustellen, wo sein Hauptquartier liegt. Aus Gründen der

Tarnung konnte ich nicht riskieren, Rick einen Peilsender zu implantieren; alles, was er dabeihat, ist sein Handy. Damit können wir ihn orten. Dennoch ist Rick alias Rico Torres seit seinem Abflug aus Bogotá auf sich allein gestellt.

Er trinkt einen *tinto,* wie Victoria den Drink nennt – Waldbeeren, Limone, Zucker, kein Alkohol. Im wolkenlosen Himmel überquert der Jet das Land Richtung Nordosten. Victoria erzählt, dass sie als kleines Mädchen *hipocampo* genannt wurde, das Seepferdchen. Sie hielt sich lieber im Wasser auf als an Land. Natürlich ließ der Papá ihr ein Sportbecken bauen, dort zieht sie jeden Morgen ihre Bahnen. Bald trat Victoria bei Meisterschaften an und gewann einige. Leider sind Beluscón die Wettkampferfolge seiner Tochter ein Dorn im Auge. Er will verhindern, dass sie sich zu oft in der Öffentlichkeit zeigt. Rick vermutet, was dahintersteckt: Die Tochter eines Drogenbosses darf keine Angriffsfläche bieten.

»Der Entführungsversuch gestern zeigt, dass Papá recht hat.« Victoria schnallt sich an. Auch Rick spürt, dass es abwärts geht. »Du wirst ihm gefallen.«

»Deinem Vater? Warum?«

»Du bist kein Angeber.« Sie setzt die Sonnenbrille auf. »Papá hasst Leute, die anders scheinen wollen, als sie sind.«

Rick mustert den dösenden Maximiliano. Hat der Muskelmann einen Verdacht, dass Rico als jemand anders erscheinen möchte, als er ist? Rick schaut hinunter auf die üppige Landschaft. Keine Siedlung, keine Straßen, nichts als dichtes Grün. Plötzlich taucht im Nirgendwo eine Landepiste auf. Dort unten befindet sich ein kleines Königreich, das nur wenige betreten dürfen. Rick gehört zu den Auserwählten.

Das Flugfeld wirkt wie aus dem Dschungel herausgehauen. An den Rändern versucht der Urwald bereits, sein Terrain zurückzuerobern. Nach der Landung werden sie von einem Geländewagen erwartet, der bringt sie über eine Kiespiste zum Anwesen. Das Haus der Beluscóns überblickt den Hügel, ein Palast in der Wildnis. Beim Anblick der Villa besteht kein Zweifel, wer diese Gegend beherrscht. Wandelgänge verbinden die Trakte, dunkles Holz stützt die vorspringende Dachkonstruktion. Die Villa ist zweistöckig, ein runder Turm erhebt sich in der Mitte, die schmalen Fenster erinnern an Schießscharten. Dass hier scharf geschossen wird, erkennt man auch an der Präsenz der Wachmannschaft. Bevor der Wagen die Auffahrt erreicht, müssen drei Posten passiert werden. Die stacheldrahtbewehrten Tore öffnen sich erst, nachdem die Wachen die Insassen des Jeeps überprüft haben. Die Männer tragen eine Art Uniform, vor Victoria ziehen sie die Mützen.

»Ziemlicher Aufwand für einen kleinen Höflichkeitsbesuch.« Rick macht einen Witz, weil ihm als Rico Torres die Zustände hier schwerlich normal erscheinen können. Ein König dürfte nicht besser bewacht werden – oder ein Schwerverbrecher.

»Wir sind mitten im Urwald. Was nicht zu uns reingehört, soll draußen bleiben«, sagt Victoria leichthin.

Ricks Blick fällt auf ein Geschütz im Hintergrund, dessen Lauf nach oben gerichtet ist. Rechnet der Hausherr mit Angriffen aus der Luft?

Die Zufahrt gibt einen Blick frei, der Feriengefühle aufkommen lässt. Mangrovenbäume und Palmen erheben sich über der Villa, ein in Marmor gefasster Teich folgt in mehreren Becken dem Gefälle des Hügels, Rick wird von Wasserplätschern und Vogelgesang empfangen. Weiter unten, unübersehbar, Victorias Pool. Wie eine Wasserstraße schiebt sich die Trainingsbahn in die Natur, am Kopfende steht ein Sprungturm. Seitlich der Hauptanlage entdeckt Rick vier Tennisplätze. Ein Angestellter ist mit der Pflege des Spielfeldes beschäftigt. Eichen und Zedern lockern die weite Rasenfläche auf, dazwischen üppige Blumen, Rosensträucher ranken an den Bäumen empor, die Leuchtkraft der Farben scheint unwirklich.

»Nette Bleibe habt ihr da.« Rick schlendert mit Victoria durch den Park. Maximiliano hält Abstand. »Was ist das?« Rick zeigt auf ein paar Bananenstauden, unter denen sich etwas bewegt.

»Pekaris«, antwortet Victoria. »In der Mittagshitze gefällt es ihnen im Schatten der Bananen am besten.«

»Was sind Pekaris?«

Bevor sie antworten kann, tritt ein Mann in grauem Hemd und grauer Hose auf Victoria zu. »El Patrón erwartet Sie im Haus der Stäbe.«

»Das wird dir gefallen.« Sie zeigt zu einer Blütenhecke, hinter der sich ein Gitter erhebt. »Papá hat dort seine Lieblingsexemplare.«

»Exemplare? Sammelt er Briefmarken?«

»Rico, eine Bitte.« Sie mustert ihn von der Seite. »Gib Papá die Chance, sich an deinen Humor erst mal zu gewöhnen.«

»Wieso, was hab ich denn gesagt?«

»Er mag es, wenn man ihm Respekt entgegenbringt.«

Rick reagiert absichtlich störrisch. »Dein Vater hat mich hergeholt. Ohne euch würde ich bequem im Krankenzimmer liegen und die Fernsehprogramme durchzappen. Stattdessen verschleppst du mich in die Pampa, wo alle vor deinem Vater buckeln.« Er kickt einen Stein beiseite. »Das nächste Mal, wenn ein Mädchen entführt wird, rühre ich keinen Finger.«

Sie erreichen ein offenes Gebäude, das von zahllosen Gitterstäben getragen wird. Darin herrscht eine Dschungelvegetation.

»Zu kämpfen ist eine Frage des Charakters.« Eine Stimme spricht aus dem Dickicht, eine Stimme, die Ricks letzte Worte gehört hat. »Manche Menschen sind unfähig, einen Kampf auszutragen. Andere können nicht anders, als zu kämpfen. Es liegt ihnen im Blut.« Eine Gestalt nähert sich aus dem Gestrüpp. »Welcher Typ bist du?«

Vor Rick steht Manuel Santander Beluscón. Steht auf der anderen Seite der Stäbe und betrachtet den Besucher.

»Hola, Papá.« Victoria wirft ihm eine Kusshand zu.

Beluscón ist nicht groß. Sein Haar hat den Glanz von Stahl. Als Kind muss er an Pocken erkrankt sein, die Narben sind auffällig. Er trägt ein Hemd und weite Hosen, die Stiefel scheinen der einzige Schutz vor dem zu sein, was hinter den Gittern lauert.

»Hola, Señor Beluscón.« Rick begrüßt den Hausherren.

»Welcher Typ bist du?«, wiederholt er.

»Ich bin kein besonderer Typ.« Rick zeigt um sich. »Einen tollen Besitz haben Sie hier. Danke für die Einladung.«

Victorias Lächeln bedeutet, dass sie zufrieden ist, wie Rick sich bei ihrem Vater einführt.

»Du hast dein Leben für mein Kind riskiert. Dafür danke ich dir.« Zwischen den Stäben streckt Beluscón ihm die Hand entgegen. Rico ergreift sie mit der gesunden Linken.

»Was macht dein Arm?«

»Tut ein bisschen weh.«

»Unser Doktor wird dich später untersuchen.«

»Danke.«

»Du bist ein Kämpfer.« El Patrón lässt die Hand nicht los. Er lächelt, doch in seinen Augen glüht eine Frage. »Woher kannst du das?«

»Können, was?« Rick tut, als ob der Händedruck nicht ungewöhnlich lang wäre.

»Maximiliano hat erzählt, die Kidnapper waren Profis. Vier durchtrainierte Männer gegen einen Einzelnen und einen *chico* wie dich. Trotzdem habt ihr gewonnen. Wieso?«

»Keine Ahnung.« Rick zieht seine Hand zurück. »Fragen Sie Ihren Bodyguard.«

»Wusstest du, dass er zu Vickis Schutz da ist?«

»Ich wusste gar nichts, Señor. Ich saß bloß da und habe ein Bier getrunken.«

»Weshalb ausgerechnet in dieser Hostería?«

»Nur so, rein zufällig.«

»Jetzt reicht es, Papá.« Victoria mischt sich ein. »Wir haben Durst.«

Der Vater zeigt ins Innere. »Ich habe mir gerade Limonade bringen lassen. Kommt doch auf einen Schluck herein.«

»Was ist da drin – irgendwelche Tiere?« Rick versucht, das Dickicht mit den Augen zu durchdringen.

»Ich könnte sagen: Sie beißt nicht.« Beluscón schmunzelt. »Doch das wäre gelogen.«

»Wer ist *sie*?«

»Ich stelle sie dir vor, Rico.« Beluscón öffnet die Gittertür.

Rick muss an Schlangen denken, an Taranteln oder Giftskorpione. Aber solche Tiere ließen sich schwerlich hinter groben Eisenstäben festhalten. Beluscón muss eine andere Kreatur meinen. Im nächsten Moment ist sie da, lautlos, gefährlich.

»Ja, meine Gute.« Der Hausherr streckt ihr den Arm entgegen. »Freust du dich, dass wir Gesellschaft kriegen?«

Sie fletscht die Zähne, sie faucht, Tatze um Tatze kommt sie näher.

»Keine Angst.« Victoria legt den Arm um ihres Vaters Hüfte. »Von mir lässt sie sich sogar streicheln.«

Rick muss zusehen, wie eine Katze von der Größe eines Eisbären an ihn heranschleicht. Das Tier hebt den mächtigen Schädel, seine Barthaare zittern.

»Hallo, du.« Er hält die Hände hinter sich. »Wie geht's?«

Jaguar, Leopard oder Panther – Rick hat es nicht so mit der Zoologie. Das Tier weist einen schweren Körperbau auf. Es ist fast schwarz, wäre da nicht eine düstere Zeichnung, die durch das Fell schimmert.

»Schwarze Jaguare sind äußerst selten«, sagt Beluscón. »Man nennt es Melanismus. Deshalb habe ich sie Melusina genannt.«

»Wie haben Sie sie gezähmt?« Rick rührt sich nicht.

»Sie ist nicht zahm, nur sehr intelligent. Warum soll sie einen Menschen angreifen?«

»Weil sie … na ja, eine Raubkatze ist?«

Beluscón streichelt das dichte Fell. Der Jaguar streckt ihm den Rücken entgegen. »Als ich sie fand, war sie praktisch tot. Wahrscheinlich hat sie einen Büffel angegriffen, der ihr sein Horn in den Darm gerammt hat.« Beluscón zeigt in das Gehege hinein, dort steht ein schmiedeeiserner Tisch.

»Wieso halten Sie den Jaguar hier drin?« Rick folgt dem Hausherrn. Die Raubkatze bleibt dicht an dessen Seite.

»Weil ich alles, was ich liebe, gern in meiner Nähe habe.« Beluscón schenkt Limonade ein.

Rick beobachtet Victoria. Wie muss das Leben für sie hier draußen sein? Weit und breit nur Regenwald, keine Stadt, keine Freunde. Er bezweifelt, dass ihren Schulfreundinnen und Mannschaftskameradinnen gestattet wird, sie zu besuchen. Wo geht sie überhaupt zur Schule? So überwältigend das Anwesen ist, in Wahrheit kann man es ein großes Gefängnis nennen.

»Normalerweise beansprucht ein Jaguar ein Revier von vielen Kilometern. Aber nachdem Melusina sich erholt hatte, wollte sie nicht mehr fort von mir. Da habe ich ihr dieses Zuhause gebaut.«

Beluscón gibt Rick ein Glas, Eisstücke schwimmen darin. »Eine bestimmte Sache kann sie allerdings nicht leiden.« Plötzlich packt er den Kopf des Jaguars mit beiden Händen. »Wenn man ihr in die Augen schaut.«

Er sieht das Raubtier unvermittelt an. Ihre Geschmeidigkeit, die lauernde Sanftheit sind auf einen Schlag verschwunden. Sie bäumt sich auf, windet sich in der Umklammerung des Mannes, faucht, kreischt wie eine Katze und fährt ihre tödlichen Krallen aus. Sie bedroht Beluscóns Gesicht, seine Arme. Geschickt weicht er aus, kämpft lachend mit Melusina, bis er unvermittelt ablässt und zurückspringt. Sie faucht aufs Schrecklichste, greift aber nicht mehr an.

»Komm nicht auf die Idee, das nachzumachen«, sagt Beluscón atemlos, Blut sickert aus seinem Unterarm.

»Papá«, sagt Victoria besorgt.

»Bloß ein Kratzer.« Er nimmt einen Schluck Limonade. »Mit keinem außer mir balgt sie so friedlich.« Die Katze legt sich zu seinen Füßen. »Jeder andere ist nichts als ein Stück Fleisch für sie.«

Rick trinkt ebenfalls, ohne das Tier aus den Augen zu lassen. »Verkümmert ihr Jagdtrieb nicht, wenn sie täglich gefüttert wird?«

»Verkümmert? Im Gegenteil.« Beluscón nimmt eine Fernbedienung und richtet sie auf die Rückseite des Geheges. Gitter gleiten auseinander, dahinter öffnet sich der Park.

»Los, meine Schöne«, ermuntert er die Raubkatze. »Zeig unserm Gast, wie du dir dein Futter holst.«

In einem entfernten Winkel des Anwesens ertönt Gequieke. Im nächsten Moment jagt eine Herde Schweine unter den Bananenstauden hervor, beweglicher als Hausschweine, ziemlich flink. Der Jaguar lässt eine Sekunde verstreichen, so wie ein Genießer im Restaurant sich auch nicht gleich auf sein Essen stürzt. Melusina leckt sich das Maul, dann prescht sie los, so dicht an Rick vorbei, dass ihr scharfer Geruch ihn streift. Die Blätter einer Kautschukpflanze zittern, als die Katze ins Freie jagt. Ricks Blick begegnet dem Victorias. Ihm ist nicht klar, wozu die Demonstration dienen soll.

Vicki zeigt auf die Schweine. »Das sind Pekaris. Beim Rennen sind sie unschlagbar.«

»Fast unschlagbar.« Beluscón schaut lächelnd ins Freie, als ob ein harmloses Spiel im Gang wäre.

Der Jaguar hetzt ein Pekari, lässt von ihm ab, schlägt einen Haken und ist hinter einem anderen her. Weit greifen seine Vordertatzen aus, die Hinterläufe sind dicht unter den Körper gezogen. Die Schweine rennen um ihr Leben. Ihre Chancen stehen eins zu zehn: Für welches von ihnen wird Melusina sich entscheiden?

Die Katze trennt ein Tier von den übrigen, jagt es über die Wiese, direkt auf das Gehege zu. Wenige Meter vor Rick schlägt Melusina ihre Pranke in die Flanke des Pekaris, das quiekend zu Boden geht. Im Bruchteil einer Sekunde ist das Maul des Raubtiers über dem Schweinekopf, die Eckzähne bohren sich in den Schädel. Melusina hält ihre Beute fest. Die Krallen reißen ihm die Halsschlagader auf, Blut quillt, das Schwein bricht zusammen. Die anderen Tiere verharren in einigem Abstand, erleichtert, für heute sind sie davongekommen. Melusina begräbt ihr Opfer unter sich und beginnt zu fressen, während das Schwein noch lebt.

»Bravo!« Beluscón klatscht in die Hände.

Victoria ist nicht anzumerken, ob sie das Schauspiel anwidert. Sie stellt ihr Glas auf den Tisch.

»Kommst du auch zum Essen?«, fragt sie ihren Papá.

»Meine Arbeit für heute ist erledigt«, antwortet er. »Geht schon vor. Ich hole Melusina noch ins Gehege.«

Rick schließt sich Victoria an, die zum Ausgang zurückkehrt.

»Eine Auszeichnung«, sagt sie lächelnd. »Papá isst selten mit Fremden.«

»Hast du hier oft Besuch?«

»Nicht besonders.«

Rick beschließt, die entscheidende Frage zu stellen. Würde er sie nicht stellen, wäre es verdächtig. »Was macht dein Papá eigentlich beruflich?«

»Landwirtschaft, Raffinerie und Export. Er hat einige Firmen, die in der Gegend angesiedelt sind.«

Rick staunt, wie harmlos und zugleich wie genau sie das Geschäft ihres Vaters beschreibt. Die Kokasträucher, aus denen Kokain gewonnen wird, müssen angebaut, gepflegt, geerntet werden. Man raffiniert aus ihnen Kokain, das geht schließlich in den Export. Er fragt sich, wie viel die Tochter des Drogenbarons von dessen wahren Geschäften weiß. Er fragt sich, ob sie das Elend kennt, das Beluscón über Zehntausende Menschen bringt. Er nimmt sich vor, ihr diese Fragen später zu stellen, ein andermal. Sie werden jetzt essen, auch wenn Rick der Appetit gründlich vergangen ist.

6

Vor dem Fenster von Vice Admiral McConnells Büro scheint die Sonne. Der Stützpunkt, dessen Befehlshaber er ist, liegt in Hufeisenform vor ihm, auf dem Paradeplatz herrscht geschäftiges Treiben. Offiziere, Kadetten und Matrosen gehen ihrem Dienst nach. Die Marinestreitkräfte, die unter McConnells Kommando stehen, operieren von zwei Militärhäfen aus, sie verfügen über einen Flugzeugträger, vier Kreuzer, acht Zerstörer, mehrere amphibische Aufklärungsschiffe und zwei nukleare Unterseeboote.

Der Vice Admiral ist schlecht gelaunt, weil er die Mittagsstunde in seinem Büro verbringen muss, statt wie sonst zum Lunch in die Offiziersmesse zu gehen. Normalerweise sitzt er um diese Zeit bei seinen Männern, isst das Tagesmenü und genehmigt sich ein Lightbier. Er trägt dabei nicht die Uniform mit den Goldstreifen und der Ordensspange, sondern erscheint salopp in Hemd und Krawatte. Lediglich an den Achselklappen ist sein Rang abzulesen. Heute erwartet McConnell ein Telefonat. Da in seinem Einsatzgebiet keine Kampfhandlungen bevorstehen, übernimmt die Flotte vorwiegend Aufklärungsarbeit. Das bedeutet die Beobachtung maritimer Küstenbewegungen, abweichende Routen ausländischer Schiffe sowie ungewöhnliche Vorkommnisse auf See. Diese Informationen werden ausgewertet und an die US-Geheimdienste weitergeleitet. Auch auf meinem Schreibtisch landen von Zeit zu Zeit Berichte aus McConnells Stab. Für die Koordination der Seeeinsätze ist der Admiral persönlich verantwortlich.

In McConnells Vorzimmer klingelt das Telefon, der Adjutant stellt durch, der Vice Admiral hebt ab und begrüßt mich mit: »Hallo Detective, pünktlich wie die Flut.«

»Guten Tag, Admiral.«

»Wie ist das Wetter in New York?«

»Der Frühling lässt auf sich warten.«

»Während wir in Louisiana schon unter der ersten Hitzewelle leiden.« Übergangslos kommt er auf das strittige Thema zu sprechen. »Ich werde den Aufklärer *Albatros* leider nicht für Sie in Dienst stellen können.«

»Ich brauche dringend Unterstützung, Admiral. Und zwar vor der Küste Kolumbiens.«

»Weshalb ausgerechnet dort?«

»Ich habe einen Mann vor Ort. Er arbeitet unter Einsatz seines Lebens.« Dass es sich bei meinem »Mann« um einen Jungen handelt, binde ich dem

Admiral nicht auf die Nase. »Falls nötig, brauche ich Unterstützung, um ihn zu evakuieren.«

»Für einen einzelnen Mann soll ich die vierte Flotte in Marsch setzen?« McConnell bemüht sich um einen humorigen Ton.

»Nicht die gesamte vierte Flotte. Mit der *Albatros* wäre mir schon gedient.«

»Alle verfügbaren Aufklärer manövrieren derzeit vor Venezuela, der Einsatz hat Priorität. Sie wissen, warum.«

Ich kenne die Theorie, dass die Pipeline, auf deren Spur ich Rick gesetzt habe, ihren Ursprung in Venezuela hat. Angeblich sollen die Drogentransporte von der venezolanischen Küste aus auf den Weg gebracht werden.

Zu meiner Überraschung ändert McConnell seine ablehnende Haltung und fragt: »Wo genau ist Ihr Mann im Einsatz?«

»Das kann ich leider nicht sagen.«

»Na hören Sie: Wenn ich jemanden abholen soll, müsste ich schon wissen, wo.«

»Mein Agent gibt mir den genauen Kontaktpunkt erst bekannt.« Eine gewagte Prognose. Rick befindet sich in Beluscóns Einflussgebiet, dessen Finca liegt zweihundert Meilen von der Küste entfernt. Ich bin nicht sicher, ob Ricks Einsatz ihn überhaupt ans Meer führen wird. Wahrscheinlicher ist, dass der Drogenschmuggel auf dem Luftweg vollzogen wird.

»Ich mache Ihnen einen Vorschlag«, sagt McConnell. »Mein schnellster Aufklärer wäre imstande, in drei Stunden aus venezolanischen Gewässern vor der kolumbianischen Küste einzutreffen. Geben Sie mir rechtzeitig Bescheid, wenn Ihr Agent evakuiert werden soll, und ich werde sehen, was ich tun kann.«

»Ein fairer Vorschlag, Admiral. Ich danke Ihnen.«

Mir ist das plötzliche Einlenken McConnells nicht recht einsichtig, vielleicht ist die Erklärung dafür aber ganz simpel: Wenn wir uns einig werden und der Vice Admiral jetzt gleich aufbricht, kommt er noch rechtzeitig zum Nachtisch in der Offiziersmesse. Ich bedanke mich nochmals und beende das Gespräch.

*

Inzwischen ist Ricks Mittagessen mit der Familie Beluscón fast beendet. Der Kreis ist klein, die meisten Plätze am dunklen Mahagonitisch sind unbesetzt. Am Kopfende tafelt der Hausherr, zu seiner Rechten Victoria, ihr gegenüber Rick. Maximiliano isst nicht am Familientisch.

El Patrón hat einen weiteren Gast dazugebeten, der ebenfalls nicht zur Familie gehört, obwohl er das Privileg gern besäße. Ruben Gavirian ist erst einundzwanzig, arbeitet aber schon seit Langem für Beluscón. Der Patrón hat das Waisenkind buchstäblich von der Straße aufgelesen. Ruben gehört zum engsten Kreis, Beluscón schenkt ihm absolutes Vertrauen. Was er Ruben nicht schenken möchte, ist seine Tochter. Der junge Mann ist in Victoria verliebt und würde alles tun, um sich dieser Auszeichnung würdig zu erweisen. Beluscón steht einer Verbindung von Ruben und Vicki zwiespältig gegenüber. Einerseits könnte er sich keinen verlässlicheren Schwiegersohn wünschen, zum anderen träumt El Patrón von einer guten Partie für sein einziges Kind – von einem Mann, der nicht aus dem Drogenmilieu, sondern von der Spitze der Gesellschaft stammen soll.

Drei Angestellte bedienen die Familie. Einer trägt auf, ein Zweiter gießt die Getränke ein, der Dritte unterzieht alles, was auf Beluscóns Teller kommt, einer Prüfung. Er führt winzige Bissen zum Mund, schmeckt und schluckt sie vorsichtig. Sechs Mordanschläge wurden auf Beluscón bereits verübt. Mit Gift, mithilfe von Scharfschützen; von einem Bombenattentat hat er Brandwunden davongetragen. Die Konkurrenz im Drogengeschäft ist unerbittlich, die rivalisierenden Clans kämpfen um die Vorherrschaft. Nach jedem Anschlag ließ Beluscón die Sicherheitsvorkehrungen verschärfen.

Die kleine Gesellschaft löffelt ihre Crema Catalana. Das Gespräch dreht sich um harmlose Dinge.

»Ich kenne Madrid«, sagt Ruben Gavirian. Er trägt ein blaues Hemd und hat sein langes Haar streng nach hinten frisiert. Ihm ist nicht entgangen, dass Vicki den spanischen Gast mit besonderer Aufmerksamkeit behandelt. Rick erzählt von seiner Familie, den Immobiliengeschäften seines angeblichen Vaters, dem Studium seiner angeblichen Schwester, dem Sommerhaus in Andalusien. Er ist erleichtert, als Beluscón das Thema wechselt und sich von dem Anschlag auf Victoria erzählen lässt. Rick ist sicher, der Patrón weiß bereits alles von Vickis Leibwächter, dennoch gibt er den Überfall in allen Einzelheiten wieder.

»Haben Sie eine Vermutung, wer die Täter gewesen sein könnten?«

»Vermutungen habe ich einige«, antwortet Beluscón. »Was die Sache merkwürdig macht, ist, wie schlecht das Kidnapping vorbereitet war. Man könnte meinen, diese Leute haben es darauf angelegt, überwältigt zu werden.«

»Das verstehe ich nicht.« Rick versteht nur zu gut. Die Angreifer mussten natürlich scheitern, das gehörte zu dem Plan, Rick in Victorias Familie einzuschleusen. Wittert der Drogenboss den Braten? Beluscón kann nicht weiter darauf eingehen, da ein Diener ihm ein Mobiltelefon bringt. El Patrón nimmt das Gespräch an, nachdem er die Nummer gesehen hat.

»Wunderschön ist es hier. Unter normalen Umständen hätte ich diesen Teil des Landes nie kennengelernt.« Rick zeigt ins Freie, zugleich spitzt er die Ohren.

»Nein. Ja. Ich weiß«, sagt Beluscón. »Sicher nicht. Geben Sie Bescheid, wenn es so weit ist. Ich Ihnen auch.« Er legt das Handy auf den Tisch.

Aus den wenigen Worten lässt sich nichts ableiten. Rick versucht, einen Blick auf das Display zu werfen, schon nimmt es der Diener wieder mit.

»Spielst du Tennis?« Vicki legt die Serviette beiseite.

»Manchmal. Aber mit dem Arm dürfte das nicht ganz einfach sein.«

»Entschuldige, das habe ich vergessen.« Sie steht auf. »Ich bringe dich jetzt zu unserem Doktor.«

»Kann das nicht Maximiliano machen?« Auch Ruben schiebt seinen Stuhl zurück. »Wir sind verabredet, Vicki.« Ihm liegt sichtlich daran, mit ihr allein zu sein.

»Ich habe Rico versprochen, dass er bei uns eine besondere Behandlung bekommt. Darum bringe ich ihn jetzt in die Klinik.« Ihr entgeht Rubens Enttäuschung nicht. »Verschieben wir es auf morgen. Warum kommst du nicht zum Morgentraining? Du kannst meine Zeit stoppen.«

Ihre Antwort in Anwesenheit Ricks ist ein Schlag in Rubens Gesicht. Er bemüht sich um Fassung. »Natürlich musst du dich vor allem um deinen Lebensretter kümmern.« Er wirft Rick einen finstereren Blick zu. »Dann bis morgen früh, Vicki.« Er wendet sich zum Patrón. »Danke für die Einladung, Manuel.«

Beluscón nickt. »Ich brauche dich heute Abend. Komm in mein Büro.«

»Gern, Patrón.« Ruben tritt aus dem Speisezimmer in die Arkaden und verlässt das Haus durch den Garten.

Rick schaut ihm mit der Gewissheit nach, dass Gavirian ein gefährlicher Gegner werden könnte. Dabei hat Rick bisher nicht das Geringste getan – außer Victorias Leben zu retten.

7

Die Nacht ist da. Nach und nach ersterben die Geräusche, das Haus wird still. In der Entfernung hört Rick Hunde bellen. Er liegt auf seinem Bett, lauscht und wartet. Der Besuch in Beluscóns »Klinik« geht ihm nicht aus dem Kopf. Um dorthin zu gelangen, verließen sie das Haupthaus. Vicki brachte ihn zu einer Gruppe niedriger Gebäude hinter einer Bambuseinzäunung. Auf überdachten Verandas lagen Männer in hellen Kitteln, sie rauchten, hörten Musik und unterhielten sich.

»Was fehlt ihnen?«, fragte Rick, als Vicki auf ein größeres Haus zusteuerte.

»Verletzungen auf den Feldern oder mit den Maschinen. Manchmal auch Tropenkrankheiten.«

»Wie viele Angestellte hat dein Vater?«

»Das hättest du besser ihn gefragt. Ich kümmere mich nicht um diese Dinge.«

»Bist du denn nicht seine Kronprinzessin?« Auf ihren überraschten Blick erklärt Rick: »Als einziges Kind wirst du all das eines Tages erben.«

»Darüber denke ich nicht nach. Papá übrigens auch nicht. Ich werde nicht ewig hierbleiben. Ich will studieren. Ich will in New York leben.«

Nichts hätte Rick lieber getan, als Vicki von seiner Heimatstadt zu erzählen. Stattdessen fragt er: »Warst du schon einmal da?«

»Natürlich. Und du?«

»Leider noch nicht.« Eine Lüge, die Rick schwerfällt.

»Es ist sagenhaft.« Sie läuft ein paar Stufen hoch und öffnet die Tür. »Papá hat Geschäftsbeziehungen dort. Die Leute werden mir bestimmt gern weiterhelfen.«

Beim Eintritt ins Haus verwandelt sich das Dschungelparadies in ein steriles Krankenhaus. Eine Schwester begrüßt Victoria und führt die beiden zum Behandlungszimmer des Arztes.

»Erschrick nicht vor seinem Gruselkabinett. Unser Doktor ist ein leidenschaftlicher Präparator.«

Ein Schreibtisch, ein Computer, ein kleiner Operationstisch – Rick versteht den Hinweis nicht, bis er sich umdreht. Eine ganze Wand dient als Vitrine. Was sich darin befindet, ist tot und wirkt dabei, als wäre es lebendig. Kleine Tiere, Vögel und Nager, auch Leguane und andere Reptilien, der Kopf eines Alligators. Die Leidenschaft des Doktors beschränkt sich nicht auf Tiere. Rick sieht einen menschlichen Arm, einen Männertorso, er entdeckt einen Menschenkopf. Dessen Augen sind geschlossen, die Lippen lächeln. Wäre dieser Mensch nicht körperlos, man könnte meinen, dass er schläft.

»Das Gefährlichste daran ist das Hantieren mit den Chemikalien.« Der Arzt kommt vom Waschbecken auf sie zu und trocknet sich dabei die Hände ab. Sein Aussehen lässt einen glauben, er habe sich der gleichen Prozedur unterzogen wie die Kreaturen in seiner Vitrine. Ein Gespenst von Mensch, die Augen sind wässerig, die Haut ist fahl, straff spannt sie über den Schädelknochen. Er wirkt nicht alt, doch die Haare sind feine weiße Fäden, die den Kopf wie eine Corona umgeben. Sanft gibt er Rick die Hand, sie fühlt sich kalt an.

»Ist etwas tot, muss so rasch wie möglich das Blut ausgetauscht werden. Die Verwesung beginnt im Blut. Die Substanzen, die statt des Blutes in die Venen gespritzt werden, sind giftig und aggressiv. Doch durch sie findet eine wunderbare Erneuerung statt. Eine Leiche erwacht zu frischem Leben. Es ist faszinierend.«

»Hören Sie auf, unseren Gast zu vergraulen.« Victoria zeigt gespielte Abscheu vor der Todeswand. »Sehen Sie sich lieber seine Schulter an.« Zu Rick sagt sie: »Hier draußen kommen die Menschen auf die merkwürdigsten Hobbys.«

Rick würde gern glauben, dass Vicki das Hobby des Arztes als harmlos ansieht, doch eigentlich muss sie wissen, dass hier schreckliche Dinge passieren. Weshalb sieht sie darüber hinweg? Eine junge Frau, die davon träumt, in New York zu studieren, muss in dieser Umgebung leben, an der Seite eines übermächtigen Vaters, der einen Jaguar auf Schweine hetzt. Eine junge Frau, deren einzige Freude ihre Schwimmbahn inmitten des Urwalds ist.

»Ich lasse euch jetzt allein. Du kannst mich nachher am Pool besuchen.« Sie nickt dem Doktor zu und geht.

Behutsam macht sich der Arzt an Ricks Verband zu schaffen.

»Warum präparieren Sie tote Menschen?«

»Ich habe früher als Einbalsamierer gearbeitet. Wenn Menschen nach einem Unfall stark entstellt sind, oder wenn eine Bestattung erst Wochen nach dem Tod stattfinden kann, wird der Betreffende balsamiert.«

Rick zuckt zusammen, als der Doktor die eingerenkte Schulter berührt.

»Die Technik ist jahrtausendealt und hat sich in all der Zeit nur wenig verändert. Man bringt die zerstörerische Wirkung des Todes zum Stillstand, man bewahrt das Bild eines Menschen auf – so lange man will.«

Rick beißt während der Untersuchung die Zähne zusammen. Er muss daran denken, dass Männer, die in den blutigen Fehden eines Drogenkrieges sterben, nicht eben hübsch aussehen dürften. Der Doktor ist imstande, die den Toten angetane Grausamkeit verschwinden zu lassen und ihren Tod zu beschönigen.

Danach können die Menschen Abschied von ihren Angehörigen nehmen. Ein Arzt, der solche Praktiken beherrscht, muss für Beluscón genau der richtige Mann sein.

»Der Arm wurde gut eingerenkt«, sagt der Doktor. »Der Heilungsprozess ist zufriedenstellend.« Er fixiert Rick, als überlege er, wie es wäre, ihn zu präparieren. Der Doktor legt einen neuen Verband an.

Den restlichen Nachmittag verbringt Rick in seinem Zimmer. Vom Fenster aus sieht er Victoria zum Pool gehen, ohne Maximiliano im Schlepptau. Innerhalb des Anwesens scheint der Leibwächter andere Aufgaben zu haben als ihren Schutz. Beim Abendessen leistet Beluscón ihnen nicht Gesellschaft. Rick erkundigt sich nach Victorias Mutter und erfährt, sie ist vor Jahren gestorben. Ihm fällt auf, dass von den Angestellten keiner die runde Treppe in den Turm hochsteigt. Nur einmal sieht er jemanden dort verschwinden, den Consejero, Beluscóns Anwalt.

»Was ist da oben?« Rick und Vicki sitzen nach dem Essen auf der Veranda.

»Papás Büro«, sagt sie so selbstverständlich, als wären die Geschäfte ihres Vaters harmlos.

»Es muss schwierig sein, vom Dschungel aus ein Business zu betreiben.«

»Wir haben alles, was man braucht.«

»Du meinst, über Satellitenverbindung?«

»Natürlich.« Sie bewegt den Schaukelstuhl vor und zurück. »Wieso willst du das wissen?«

»Diese Abgeschiedenheit ist nicht jedermanns Sache. Daheim in Madrid finde ich alles vor der Haustür.«

»Man gewöhnt sich daran.«

»Bist du nicht manchmal einsam?«

»Papá und ich verstehen uns prächtig. Manchmal unternehme ich was mit Maximiliano. Wir sind hier eine große Familie.«

Rick schaut hinaus. Die Dunkelheit macht den Park in der Wildnis noch unwirklicher. »Und dann hast du ja noch Ruben.«

»Stimmt, Ruben.« Vicki lässt nicht erkennen, wie sie zu dem jungen Mann steht.

»Er mag dich«, fährt Rick vorsichtig fort.

»Ich mag ihn auch.« Sie steht auf, der Schaukelstuhl wippt nach. »Lass uns reingehen. Die Mücken kommen.«

Später begleitet Rick Victoria in den Salon, wo viele Bilder und Fotografien hängen. Sie spielt Poolbillard mit dem Consejero.

»Wohnen Sie auch hier?«, fragt Rick, der wegen seines Handicaps am Spiel nicht teilnimmt.

»Gelegentlich, wenn es die Arbeit verlangt.«

Vor dem Zubettgehen drückt Vicki Rick einen Kuss auf die Wange. »Schön, dass du da bist. Morgen zeige ich dir etwas von der Gegend.«

»Abgemacht.« Er geht auf sein Zimmer.

Seit drei Stunden liegt er bereits wach da. Er setzt sich auf. Sein Herz schlägt schneller. Was er nun tun muss, kann ihn den Kopf kosten. Er ist ausgezogen bis auf die Pyjamahose. Barfuß verlässt er das Zimmer, bewegt sich lautlos auf den Steinfliesen. Er strubbelt durchs Haar, falls er entdeckt wird, muss er es so hinstellen, als hätte er sich im Haus verlaufen. Er hat beobachtet, dass nur außerhalb des Gebäudes Wachposten stehen, nicht in der Villa selbst. Überwachungskameras sind ihm keine aufgefallen. Rick rechnet trotzdem mit ihnen, vielleicht gibt es auch Bewegungsmelder. Mehrmals bleibt er stehen und lauscht.

Die Treppe zum Turm stellt das Rückgrat des Hauses dar, sie windet sich steil in die Höhe. Wenn er da hinaufgeht, wird ihm keiner die Geschichte vom harmlosen Touristen mehr abnehmen. Und selbst wenn er ungesehen in den Turm gelangt, wie soll er dort Hinweise aufspüren, wo sich die Drogenpipeline befindet? Rick hat keine Ausrüstung dabei, um sich in Beluscóns Netzwerk einzuhacken; die Daten sind gewiss verschlüsselt. Ricks einziger Trumpf ist, dass er es bis in Beluscóns Haus geschafft hat. Hier muss es irgendwelche Spuren geben, vielleicht Hinweise ganz privater Natur.

Rick schleicht nicht die gefährliche Treppe hoch, sondern läuft in den Salon, wo Billard gespielt wurde. Victoria hat ihm ein Gemälde ihrer Mutter gezeigt und Familienfotos, aber da gibt es noch mehr. Er streicht die Galerie entlang, ohne zu wissen, was er eigentlich sucht.

Auch ein Mann wie Beluscón ist nicht gefeit gegen

Eitelkeit. Er hat sich mit einigen prominenten Persönlichkeiten ablichten lassen. Der kolumbianische Staatspräsident ist darunter und andere Politiker. Die Fotos sollen den Eindruck erwecken, dass er ein angesehener Kolumbianer ist, der sein Geld legal verdient. Ein Bild im Nationaltheater von Bogotá zeigt Beluscón, umringt von Opernsängern in Kostüm und Maske. Auf diesem Bild fällt Rick ein Mann auf, der scheinbar nicht mit aufs Foto wollte. Der Schwarzhaarige mit den weißen Schläfen wendet den Kopf ab und hält die Hand schützend vor die Kamera. Dennoch kann man sein Profil erkennen. Bei einigen Aufnahmen liegt der Schauplatz am Meer, es ist immer dasselbe Haus, eine einsame Bucht mit schnittigen Booten. Die abgebildeten Menschen sind in Badekleidung, fröhlich prosten sie mit ihren Drinks in die Kamera. Auch Ruben Gavirian ist dabei, Rick fällt dessen durchtrainierte Figur auf. Vicki ist im Bikini hübsch anzusehen. Sie zeigt auf eine imposante Jacht, die in der Bucht vor Anker liegt. Rick beugt sich vor, um den Schiffsnamen am Rumpf zu entziffern. Es ist zu dunkel, er braucht mehr Licht.

Die Lampen gehen an. Rick hat sich nicht vom Platz gerührt. Er erstarrt. Wer hat Licht gemacht, wer hat ihn entdeckt?

»Hier bist du.« Victoria trägt nur ein langes T-Shirt.

»Habe ich dich geweckt?« Er tritt von der Bildwand zurück. »Ich kann nicht mehr schlafen. Die Zeitverschiebung.«

»Ich schlafe auch nicht besonders gut zurzeit. Da bin ich an deinem Zimmer vorbeigegangen.«

»Ich wollte was trinken.«

»Die Küche liegt auf der anderen Seite.«

»Wirklich?«

Sie verschränkt die Arme. »Außerdem hast du einen eigenen Kühlschrank im Zimmer.«

Rick grinst. »Erwischt. Um die Wahrheit zu sagen: Mir ist vorhin euer tolles Schiff aufgefallen.« Er zeigt darauf. »Das wollte ich mir genauer ansehen.«

»Warum hast du mich nicht danach gefragt?«

»Vielleicht ist es deinem Vater nicht recht, wenn ich so neugierig bin.«

»Im Gegenteil. Papá ist stolz auf die *Victoria*.«

»Er hat das Schiff nach dir benannt?«

»Nach meiner Mutter. Als sie starb, fuhr er mit ihr aufs Meer hinaus und hat sie dort bestattet.«

Rick deutet auf eines der Fotos. »Die Bucht sieht wunderschön aus. Wo liegt sie denn?«

Victoria zögert. Ist er mit der Frage zu weit gegangen?

»Im Norden.«

»Ihr lebt also gar nicht das ganze Jahr auf der Finca?«

»Leider fahren wir viel zu selten nach Puerto Escondido. Ich liebe das Meer. Du auch?« Sie tritt näher.

Rick wird bewusst, dass sein Oberkörper bis auf den Verband nackt ist. Unter Vickis T-Shirt zeichnen sich ihre Brüste ab.

»Sollten wir nicht besser hochgehen – jeder auf sein Zimmer?« Er lehnt sich an den Billardtisch.

»Du schleichst durch unser Haus wie ein Einbrecher.« Victoria nimmt eine Billardkugel. »Gut, dass Papá dich nicht erwischt hat.« Sie berührt seine Schulter. »Tut dein Arm weh?«

»Nur wenn ich eine plötzliche Bewegung mache.«

Sie rollt die Kugel über das grüne Tuch und fängt sie, als sie zurückkommt.

Er rückt ein wenig ab. »Leidest du oft unter Schlaflosigkeit?«

»Ich hatte Angst, dass die Zeit nach der Schwimmmeisterschaft langweilig wird.« Die Kugel rollt zum zweiten Mal, Vicki beugt sich zu Rick. »Dann bist Gott sei Dank du aufgetaucht.«

»Schade, dass ich nicht lange bleiben kann.« Er rührt sich nicht.

»Warum eigentlich nicht? Gefällt es dir nicht bei uns?« Vickis Bein fühlt sich warm an. Ihre Haut hat einen wunderbar braunen Ton.

»Meine Reise ist fest gebucht. Bald muss ich zurück nach Spanien.«

»Du hast meine Frage nicht beantwortet. Magst du das Meer?«

»Tut das nicht jeder?«

Plötzlich legt sie den Arm um seine Hüfte. »Hast du Lust, mich nach Puerto Escondido zu begleiten?«

»Willst du denn dorthin fahren?«

»Ich könnte Papá bitten, dass wir übers Wochenende hinausfahren. Dann würden wir ein bisschen mit der Jacht rumschippern.« Sie lächelt verführerisch und schiebt eine Haarsträhne hinter ihr Ohr.

Rick ist in der Zwickmühle. Bisher hat er nichts herausgekriegt, nicht den kleinsten Hinweis, keine Spur. Alles, was er bis jetzt geleistet hat, ist, dass dieses Mädchen ihn mag. Er hat es nicht provoziert, er ist eben Rick. Er weiß nicht, ob ein Ausflug zu Beluscóns Strandhaus ihn seinem Ziel näher bringen würde. Ricks Vermutung geht eher dahin, dass die Drogentransporte vom Urwaldflugplatz abgewickelt werden. Doch seit er da ist, hat Rick kein Flugzeug landen oder starten sehen.

Victorias Hand liegt immer noch auf seiner Hüfte. Stille im Haus, nächtliche Geräusche aus dem Park. Schläft der Jaguar, schlafen die bedauernswerten Schweine? Liegt Maximiliano in seinem Zimmer oder hat er seine Schutzbefohlene aufstehen hören und ist ihr nachgeschlichen? Wo schläft Ruben Gavirian?

Rick erwidert Vickis Lächeln und streichelt ihre Hand. »Ans Meer fahren? Hört sich verlockend an.«

Sie erwidert seine Zärtlichkeit und sieht ihm sehnsüchtig in die Augen. Rick denkt an Storm. Er mag diese Art von Auftrag nicht, er ist nicht der Typ für solche Spiele.

»Ich habe eine Freundin«, sagt er.

»In Madrid?« Sie umspielt seine Finger. Er nickt. »Wirst du es ihr erzählen?«

»Was erzählen?«

»Ich weiß nicht.« Ihre Lippen sind an seinem Ohr. »Dass wir Billard gespielt haben.«

»Mit einer ausgerenkten Schulter? Das würde sie nie glauben.«

Statt einer Antwort küsst Vicki Ricks Ohr. Ihre Zungenspitze gleitet die Rundung seiner Ohrmuschel entlang. Es durchschauert ihn, es wäre gelogen, würde er behaupten, er fühlte sich im Moment nicht zu ihr hingezogen.

»Du gehst aber ran«, flüstert er, ohne ihr sein Ohr zu entziehen.

»Muss ich ja, wenn du nur so kurz da bist.«

Rick laufen Schauder rauf und runter, Vicki bemerkt seine Gänsehaut, ihr Zungenspiel wird intensiver.

»Vielleicht bleibe ich etwas länger.« Mit einem Ruck tritt er zurück. »Ja, lass uns ans Meer fahren, Vicki. Darauf hätte ich Lust!« Er nimmt eine rote Kugel und rollt sie gegen die Bande.

»Du willst, ehrlich?« Sie ist enttäuscht von seinem Rückzieher, zugleich neugierig.

»Euer Schiff zu sehen finde ich super.«

Sie greift nach einer anderen Kugel und lässt sie mit seiner zusammenstoßen. »Wir könnten weit aufs Meer hinausfahren.«

Weitere Kugeln klicken gegeneinander. Rick und Vicki spielen ein merkwürdiges Spiel.

»Schade, dass ich nicht schwimmen kann.« Er zeigt auf seinen Verband.

»Im Wasser paddeln kannst du bestimmt.«

»Also dann, auf nach ...« Er schießt die nächste Kugel los. »Wie heißt der Ort noch mal?«

»Puerto Escondido.«

Laut prallen die Kugeln aufeinander und schießen in entgegengesetzte Richtungen. Eine davon rast auf das Loch in der Ecke zu und poltert hinein.

»Gewonnen!«, ruft Victoria.

8

Rick hat einen Namen und ein Ziel. In sein Zimmer zurückgekehrt, will er sein Handy benutzen und mich informieren. Er hört, wie sich draußen, auf dem gleichen Korridor, Victorias Zimmertür schließt. Rick öffnet den Koffer. Er sucht. Er wühlt in seinen Sachen, immer hektischer, bis er einsieht, da ist kein Handy. Er tastet seine Jacke ab, läuft sogar ins Bad, aber das Mobiltelefon bleibt unauffindbar. Er sinkt aufs Bett.

Die Lösung ist so einfach: Maximiliano hat Ricks Koffer aus dem Hotel geholt und dabei durchsucht. Ricks Tarnung hielt der Kontrolle anscheinend stand, trotzdem wollte Beluscón kein Risiko eingehen. Rick soll keine Möglichkeit haben, publik zu machen, wo Beluscóns Finca liegt. Die Hoffnung, dass ich seinen Aufenthaltsort mithilfe des Handys orten kann, ist dahin. Rick sitzt im Urwald fest. Vickis Idee, an die Küste zu fahren, kommt ihm plötzlich gelegen. Das

Meer ist ein Weg nach draußen, es bietet die Möglichkeit zur Flucht. In diesem Augenblick, abgeschnitten von der Außenwelt, denkt Rick weniger an seinen Auftrag, mehr an die Chance, davonzukommen.

Er liegt noch lange wach. Im Geist schlendert er mit Storm durch die Straßen von Brooklyn. Sie setzen sich in den Park und sehen den Artisten zu, die beim Springbrunnen auftreten. Sie bestellen einen Eisbecher mit zwei Löffeln. Ob es schon warm genug ist zum Eisessen, ob es endlich Frühling wurde in New York?

Am nächsten Morgen frühstücken Rick und Vicki mit dem Drogenboss.

»Unmöglich«, sagt Beluscón.

»Warum nicht, Papá?« Victoria bekommt eine aufgeschnittene Mango serviert. »Rico wird nicht mehr lange bei uns sein. Ich würde gern mit ihm ans Meer fahren.«

»Nicht dieses Wochenende.« Beluscón wendet sich an Rick. »Tut mir leid. Vielleicht besuchst du uns ein andermal.«

»Natürlich, Señor, macht nichts.« Rick stellt die Kaffeetasse ab.

Vicki lässt nicht locker. »Rico gefällt deine Jacht so gut. Nur einen Tag in Puerto Escondido, Papá!«

»Schluss!« Mit steinernem Gesicht mustert El Patrón die beiden jungen Leute. »Nichts mehr davon.« Er hebt kaum die Stimme, und doch sind seine Worte so eisig, dass Victoria verstummt. Sie wirft die Gabel auf den Teller und rennt aus dem Zimmer.

Sekunden des Schweigens.

»Ich bin zu nachsichtig mit meinem Kind«, sagt Beluscón nach einer Weile. »Sie bekommt sonst immer, was sie will.«

»Ich wollte nicht, dass es zwischen Ihnen zum Streit kommt.« Rick überlegt, ob Beluscóns harsche Antwort Ausdruck seines Temperaments ist, oder ob ihm ein Besuch am Meer tatsächlich ungelegen kommt.

»Du interessierst dich für meine Jacht?«, fragt der Gastgeber mit unüberhörbarer Neugier. »Wo hast du sie gesehen?«

»Auf den Bildern im Salon.«

»Weshalb interessierst du dich dafür?«

»Sie ist einfach schön«, antwortet Rick so harmlos wie möglich. Sein Instinkt sagt ihm, dass es mit diesem Schiff tatsächlich etwas auf sich haben könnte.

»Du hast recht, sie ist schön und schnell. Trotzdem geht es nicht.« El Patrón steht auf. »Mach dir nichts draus, für das Wochenende ist ohnehin schlechtes Wetter angesagt.«

»Kein Problem, Señor.«

Beluscón verlässt das Speisezimmer, Rick hört ihn in den Turm steigen. Vor dem Fenster läuft Maximiliano vorbei. Unschlüssig steht auch Rick auf. Soll er zu Victoria gehen und noch einmal mit ihr reden? Als er sich zu ihrem Zimmer aufmacht, hört er im Stock darüber jemanden sprechen. Hat Beluscón die Tür zu seinem Büro offen gelassen? Lautlos schlüpft Rick aus den Schuhen, nimmt die ersten Stufen und hält den

Atem an. Er steht nur noch ein paar Meter von Beluscóns Tür entfernt.

»Sonntag soll es Stärke zehn geben«, sagt der Patrón, niemand antwortet. Rick begeift, er telefoniert. »Bei Windstärke zehn kann ich unmöglich manövrieren.« Eine Pause. »Sollen wir abbrechen? – Und unser Zeitfenster? – Schön, das Riskio tragen Sie. – Ich warte auf Ihr Zeichen.«

Eine Bewegung im Büro. Rick darf keinen Moment länger auf der Treppe bleiben. Eilig läuft er nach unten, im Erdgeschoss stellt er seine Schuhe zu Boden. Aus dem Augenwinkel sieht er jemanden in den Arkaden verschwinden – Maximiliano? Es ist jemand in einem blauen Hemd. Rick huscht ins Freie. Dort läuft Ruben Gavirian. Wenn *er* ihn auf der Treppe zum Turm beobachtet hat, ist Rick von diesem Moment an nicht mehr sicher. Er beschließt, Ruben zu folgen.

Zwischen den Bananenstauden verliert er ihn aus dem Blick. Dort taucht das blaue Hemd wieder auf! Ruben nimmt einen unbekannten Weg, einen Buschpfad, fast zugewachsen. Rick bleibt stehen, hört, wie sich die Schritte des anderen entfernen. Er dringt ins Dickicht ein. Beim Laufen schmerzt sein Arm, er stützt ihn mit der anderen Hand.

Dort taucht ein Haus auf. Es wirkt wie eine Kopie der Villa im Liliputformat. Rick hört Stimmen – keine Männer-, sondern Frauenstimmen. Die Tür geht auf. Eine junge Frau im Bademantel tritt heraus, hinter ihr eine Zweite in einem Hemd. Sie setzen sich auf die Veranda und rauchen. Diese Frauen sind noch keine zwanzig. Sind es die Ehefrauen der Arbeiter, die hier wohnen? Warum liegt das Häuschen so versteckt? Ist Ruben dort hineingelaufen?

Rick zieht sich unschlüssig zurück und wartet. Seit er Beluscóns Telefonat belauschte, hat er einen Verdacht. Irgendetwas wird auf See geschehen. Vielleicht sogar in der Bucht von Puerto Escondido. Es wird Sturm geben, ein Schiff soll im Sturm manövrieren – etwa Beluscóns Jacht? Dass der Patrón seiner Tochter verboten hat, dorthin zu fahren, untermauert Ricks Theorie. Soll er auf eigene Faust ans Meer aufbrechen oder weiter den spanischen Touristen spielen? Ist das Spiel nicht ohnehin zu Ende, seit Ruben ihn beobachtet hat? Wieso hat Ruben nicht gleich den Patrón verständigt? Was will er bei den jungen Frauen?

»Traust du dich nicht rein?«

Rick fährt herum. Eine Frau kommt den Pfad entlang, sie führt einen kleinen Jungen an der Hand.

»Du bist neu hier.« Vor Rick bleibt sie stehen. Diese Frau ist außergewöhnlich schön und dunkelhäutig. Ihr Haar fällt weich über die Schultern, sie hat große Augen und einen lachenden Mund. Ein buntes Tuch ist um ihre Hüften geschlungen. Neugierig mustert der kleine Junge Rick.

9

Der Junge zeigt auf Ricks Verband. »Was ist mit deinem Arm?« Seine Haut ist heller als die der Frau.

»Ich muss ihn still halten, damit er wieder heil wird.«

Die Frau lächelt. »Bist du der Lebensretter? Ruben hat von dir erzählt. Was machst du hier?«

»Ich suche Ruben.« Es ist die einzige Antwort, die ihm einfällt.

»Ich will Polenta«, sagt der Junge.

»Sollst du kriegen.« Mit einer einladenden Geste geht die Frau voraus. »Komm rein. Ich bin Lourdés.«

Die Mädchen auf der Veranda begrüßen sie.

»Rauch nicht so viel«, sagt Lourdés zu der im Bademantel.

»Das ist meine erste heute.«

»Gott hört jede Lüge.« Alle drei lachen. »Das ist der Junge, der Vicki das Leben gerettet hat«, sagt Lourdés.

»Bravo«, ruft die im Hemd. »Und so ein hübscher Kerl noch dazu.«

Rick folgt ihnen ins Haus. Es ist winzig. Nur ein Zimmer mit Sofas, dahinter eine Küche. Eine schmale Treppe führt in den ersten Stock.

»Ruben ist wahrscheinlich oben.« Lourdés verschwindet in der Küche. »Magst du auch Polenta?«

Rick hat gerade erst gefrühstückt, trotzdem sagt er Ja. »Zu wievielt wohnt ihr hier?«

Lourdés hantiert am Herd. »Im Moment sind wir neun. Die Schlafmützen sollten endlich aufstehen.«

»Was macht Ruben bei euch?«

»Er besucht seine Freundin.«

»Ich dachte, er und Victoria …«

Sie dreht sich um. »Du bist erst einen Tag hier, weißt aber schon eine Menge. Ruben und Vicki, das ist eine romantische und traurige Geschichte.«

»Wieso?«

Lourdés rührt Maismehl in Wasser an. »Vielleicht sollte dir das besser Vicki erzählen.«

Der kleine Junge klettert auf einen erhöhten Stuhl. »Ich bin Diego.«

»Ich bin Rico.« Rick setzt sich ihm gegenüber.

»In der Liebe muss immer einer leiden.« Lourdés lehnt sich an die Anrichte. »Nicht Ruben hat sich um Victoria bemüht, sie hat ihm schöne Augen gemacht. Die Sache wurde ziemlich ernst. Dann, von einem Tag auf den andern, hat sie ihm den Laufpass gegeben.«

»Warum?«

»Vicki spielt gern mit Dingen und mit Menschen.

Nein, in diesem Fall stimmt das nicht ganz. Manuel muss mit ihr gesprochen haben.«

»Wer ist Manuel?«

»Du bist Gast in seinem Haus.«

»Manuel … Beluscón?«

»Er hat Vicki klargemacht, dass sie mit einem Angestellten unmöglich etwas Ernstes anfangen darf. Darauf hat Victoria Ruben fallen gelassen. Er war am Boden zerstört.«

Rick zeigt zur Treppe. »Er scheint aber rasch drüber hinweggekommen zu sein, wenn er schon wieder eine Freundin hat.«

»Er sucht Trost, würde ich eher sagen.« Lourdés bestreicht ein Backblech mit Maisbrei und schiebt es ins Rohr. »Und du? Was willst du bei uns in der Wildnis?«

Ein Geräusch von oben, drei Mädchen kommen in die Küche. »Polenta!«, rufen sie.

»Die Polenta ist für mich«, widerspricht der Junge.

Ungeniert setzen sich die jungen Frauen rund um Rick. Auch sie sind sehr hübsch – dunkelhäutig, mit langem Haar und geschmeidigen Gliedern. Sie tragen Wickeltücher und leichte Morgenmäntel. Lourdés stellt Rick vor.

»Bravo dem Helden!«, ruft eine.

»Tut's weh?« Die andere berührt seinen Arm.

»Hat der Doktor dir *Ullulua* gegeben?«, will die Dritte wissen.

»Ullulua?« Rick wendet sich an Lourdés.

»Ein Muntermacher. Unser Doktor verabreicht ihn gern.« Sie zeigt auf die kichernden Mädchen. »Deshalb rennen die Chicas mit jedem Wehwehchen gleich auf die Krankenstation.«

»Was ist in dem Muntermacher drin?«

Für einen Augenblick mustert Lourdés ihn aufmerksam. »Wer will Tomatensauce?«

Alle, auch der Junge, zeigen auf.

»Ist das dein Sohn?«, fragt Rick.

»Sieht man das nicht?«

»Nicht … auf den ersten Blick.«

Die anderen brechen in Gelächter aus. »Nicht auf den ersten Blick!«, kichert eine.

»Diego ist der Stern meines Herzens.« Lourdés wuschelt durch das Haar des Jungen.

»Tomatensauce«, bekräftigt er.

»Was ist hier los?« In die ausgelassene Stimmung tritt Ruben ein, hinter ihm ein Mädchen. Als er Rick im Kreis der anderen sieht, wird sein Gesicht finster. »Was will *er* hier?«

»Das Gleiche wie du«, antwortet eine. »Sich unterhalten.«

»Hola.« Rick mustert Ruben wachsam.

»Genügt dir die *Unterhaltung* drüben nicht?«, fragt Ruben scharf.

»Ich bin spazieren gegangen. Was soll ich die ganze Zeit im Haus?«

»Und Vicki?«

»Die ist daheim, nehme ich an.«

»Wie lang bleibst du noch?«, fragt Ruben.

»Wahrscheinlich bis morgen.«

»Was?« Eins der Mädchen hängt sich mit gespieltem Bedauern an Rick. »Du willst schon wieder fort?«

»Ich habe schließlich eine Reise gebucht.«

»Morgen also.« Ruben scheint erleichtert zu sein.

Rick traut dem Frieden nicht. Hat Ruben ihn auf der Treppe doch nicht gesehen? »Wie steht's mit der Polenta?«, fragt er mit gespieltem Appetit.

Lourdés öffnet das Backrohr und schneidet die feste Polenta in Streifen. Alle setzen sich um den Tisch. Rick mustert Rubens Freundin. Mit etwas Fantasie sieht sie Victoria ähnlich.

Neun Mädchen in einem versteckten Haus im Dickicht. Rick vermutet etwas und weiß nicht, ob es wahr ist. Er kann nicht fragen, weil er die Frauen nicht beleidigen will. Er kriegt einen Teller und isst die Polentastreifen mit der Hand.

Lourdés schaut auf ihre Armbanduhr. »Schon so spät? Wir müssen zu kochen anfangen.«

»Noch mal kochen?« Rick dippt Polenta in Tomatensauce.

»In zwei Stunden kommen die Männer«, antwortet die, die sich an ihn schmiegt. »Die haben einen Mordshunger.«

»Sind das eure Männer?«

»Nein!«, lacht sie. »Die Leiharbeiter, die zeitweise auf den Feldern arbeiten. Wenn sie hier fertig sind, fahren sie zu ihren Familien heim.«

»Sérafina!« Ruben schaut das redselige Mädchen scharf an. Sie verstummt.

»Dann ist das hier so eine Art Kantine?«

Rick erntet wieder Gelächter. »So könnte man es nennen. Eine Kantine mit ein bisschen Spaß.«

»Störe ich euch beim Kochen?«

»Bleib, so lange du willst.«

Er bleibt und unterhält sich mit den Frauen. Ruben beobachtet Rick argwöhnisch, später muss er zurück zur Arbeit. Seine Freundin bringt ihn an die Tür. Mit gemischten Gefühlen beobachtet Rick, wie der junge Mann im Dickicht verschwindet. Lourdés und die anderen bereiten ein deftiges Gericht vor, Schweinefleisch in Öl, gegart mit weißen Bohnen und Gemüse. Rick erzählt von Madrid, stellt unauffällig Fragen, kriegt das eine oder andere über die Plantage heraus, nichts jedoch, was ihm bei seiner Suche nach der Pipeline weiterhelfen könnte.

»Wie oft wird die Landebahn benutzt?«

»Mal mehr, mal weniger.« Die hübsche Sérafina schneidet Karotten klein. Ihr krauses Haar wippt dabei, aus Honigaugen sieht sie ihn an.

»Manuel benutzt das Flugzeug für Geschäftsreisen.« Lourdés richtet sich über dem Kochtopf auf.

»Fliegt er damit auch nach Puerto Escondido?«

Auf diese Frage verändert sich Lourdés' Gesichtsausdruck. »Wieso willst du das wissen?«

Er knabbert an einer Möhre. »Victoria hat mir von der Jacht erzählt, die so heißt wie sie.«

»Die *Victoria*!«, schwärmt Sérafina. »Die ist vielleicht schön!«

»Du kennst das Schiff?«

»Wir durften alle mal dorthin. El Patrón hat eine Party gegeben, wir haben die Gäste unterhalten.«

»Ist die Jacht so groß, dass man Partys darauf feiern kann?«

»Wir hatten elegante Kleider an und tranken Champagner.« Sérafina wirft Karottenschnipsel in den Sud. »Endlich mal brauchten wir nicht über die dämlichen Witze der Feldarbeiter zu lachen.«

»Die Witze von Manuels Gästen waren auch nicht besser«, sagt Lourdés.

»Was waren das für Leute?«

»Manche kamen aus Bogotá«, plaudert Sérafina. »Auch Amis waren da.«

»US-Amerikaner?« Rick beugt sich schnuppernd über den Topf. »Was wollten die bei Beluscón?«

Wieder ist ihm, als ob Lourdés ihn merkwürdig mustert. »Wenn jemand internationale Geschäfte macht, hat er auch internationale Gäste«, antwortet sie.

»Ich habe Fotos von Partys in der Villa gesehen. Euer Patrón scheint ziemlich beliebt zu sein.«

»Das kannst du glauben!« Sérafina bringt die restlichen Karotten. »In Medellin haben sie ein Krankenhaus nach ihm benannt, das er bezahlt hat.«

Lourdés setzt den Deckel auf den Topf. »Jetzt muss es eine Stunde garen.«

»Lass uns Musik hören.« Sérafina nimmt Ricks Hand. »Rauchst du eine mit mir?«

»Eigentlich rauche ich nicht.«

»Mein Kraut wird dir schmecken.« Sie lächelt verheißungsvoll.

»Ist das Kraut von euren Plantagen?« Rick nimmt an, dass er jetzt die Probe aufs Exempel machen muss.

Sérafina zieht ihn ins andere Zimmer und schubst ihn auf ein Sofa. In ihrer Hand ist ein Tabakbeutel. »Jetzt gönnen wir uns was.«

Vor dem Fliegengitter taucht eine Silhouette auf, verharrt kurz, die Tür wird aufgerissen.

»Hier bist du.« Victoria trägt einen Tennisdress, sie hat den Schläger in der Hand. »Ich habe dich im ganzen Haus gesucht.«

»Ich war spazieren.« Rick rückt von Sérafina ab.

»War es dir bei mir drüben schon zu langweilig?«

»Ich wollte nur spazieren gehen.«

»Und hast ausgerechnet den Weg hierher gefunden?«

»Lourdés hat mich zum Polentaessen eingeladen.« Rick zeigt zur Küche.

Lourdés wischt sich die Hände ab. »Hallo, Vicki.«

»Ich gehe Tennis spielen.« Victoria würdigt die anderen kaum eines Blickes. »Kommst du?«

»Wie soll ich denn …?« Er hebt den verbundenen Arm.

»Für alles hast du eine Ausrede«, entgegnet Vicki schroff.

Er steht auf. »Ich begleite dich natürlich gern.« Auf

Sérafinas bedauernden Blick sagt er: »Danke für die Einladung.«

Vicki klopft mit dem Schläger gegen ihre Hand. »Aber vielleicht gefällt es dir hier ja besser als auf dem Tennisplatz.«

»Unsinn.« Er bedankt sich auch bei Lourdés.

In ihren Augen liest er eine Frage. »Nichts zu danken.«

Als Rick an Vickis Seite den schmalen Pfad zurückgeht, sieht er eine Gruppe von Männern aus der anderen Richtung kommen.

»Sind das die Feldarbeiter?« Sie nickt. »Was machen die in dem kleinen Haus? Essen sie nur mit den Mädchen oder … auch was anderes?«

»Papá betreibt keinen Puff hier, wenn du das meinst. Unsere Arbeiter halten sich manchmal monatelang auf den Plantagen auf. Sie sind einsam und wollen Gesellschaft. Papá findet es gut, wenn sie sich amüsieren.« Auf Ricks Schweigen fährt sie fort: »Mein Vater ist kein Moralapostel. Wie weit das Amüsieren geht, entscheiden die Mädchen selbst. Aber sie werden zu nichts gezwungen.«

»Und Lourdés?«

»Papá und sie kennen sich lange.« Victoria presst sich dicht an seine Seite. »Gefällt sie dir?«

»Lourdés?«

»Nein, Sérafina. Sie hat wunderbares Haar.«

»Schon möglich. Wir haben bloß gequatscht.« Als sie aus dem Wald treten, blinzelt Rick in die Sonne.

Plötzlich hakt Vicki ihn unter. »Dass wir nicht ans Meer fahren, tut mir leid.«

»Da ist nichts zu machen.«

»Bleibst du trotzdem noch ein bisschen?«

Er betrachtet sie lächelnd. In dem knapp sitzenden weißen Dress sieht Vicki wirklich reizend aus. »Jetzt will ich erst mal ausprobieren, ob ich mit der linken Hand einen Schläger halten kann.«

Sie schlendern an den Bananenstauden vorbei, wo die Schweine sich vor der Hitze verbergen.

10

In der Ferne bellen Hunde. Die Nacht bringt kaum Abkühlung. Rick liegt auf dem Bett, nackt bis auf die Shorts. Er schwitzt unter dem Verband, zieht und zerrt daran. Wenn er sich nicht täuscht, kann er die Schulter schon wieder bewegen. Er probiert es ein paarmal, bis der Schmerz ihn zusammenfahren lässt.

Er schenkt sich ein Glas Wasser ein, trinkt, steht auf und tritt ans Fenster. Auf der Finca kann er nicht mehr bleiben. Hier ist kaum mit weiteren Informationen zu rechnen. Beluscón scheint das Interesse an dem jungen Besucher verloren zu haben, ihre Begegnung abends war kurz und unverbindlich. Sein Streit mit Vicki ist vergessen, keiner erwähnte das Wochenende in Puerto Escondido noch einmal.

Am Meer wird sich etwas abspielen, das mit seinem Auftrag zu tun hat, denkt Rick. Soll er sich morgen nach Bogotá zurückbringen lassen und auf eigene Faust nach Puerto Escondido aufbrechen? Das macht wenig Sinn. Nur an Vickis Seite könnte Rick weit genug in Beluscóns Reich vordringen, um an entscheidende Informationen zu gelangen. Vielleicht weiß Victoria ja besser über die Vorkommnisse in Puerto Escondido Bescheid, als sie zugibt. Soll er sie noch einmal darauf ansprechen? Rick mag diesen Weg nicht beschreiten. Wenn er nach dem, was am Billardtisch passiert ist, heute Nacht bei ihr auftaucht, kann Vicki nur den Schluss ziehen, dass er ihre Gefühle erwidert. Er stellt das Glas ab, nimmt sein T-Shirt und öffnet die Tür.

Ein Schmerz, als ob ein Hammer in seine Gedärme fährt. Rick klappt zusammen, fällt auf die Knie. Der zweite Schlag trifft ihn im Nacken. Er ächzt. Jemand tritt in seine Rippen, zieht ihn hoch und zerrt ihn in sein Zimmer zurück.

»Ich wusste es!«, zischt eine Stimme. »Der Kater schleicht nachts auf Beutezug! Wo soll's denn hingehen?«

Ricks Kopf wird hochgerissen, er schaut in Ruben Gavirians hasserfülltes Gesicht.

»Ruben! Was willst du?«

»Fürs Erste eine Antwort! Dann bringe ich dich zu Beluscón!«

»Bist du verrückt?«

»Wolltest du zu Victoria – oder wieder ins Büro des Patrón?«

Rick spürt den Schlag kommen, Rubens Faust trifft ihn am Ohr.

»Du stammst nicht aus Madrid! Von wo bist du?«

»Was redest du da?« Rick versucht, in die Ecke zu kriechen. An den Haaren hält ihn der andere fest.

»Ich habe ein bisschen recherchiert. Auf den ersten Blick sieht alles ganz ordentlich aus. Dann habe ich an der Oberfläche gekratzt. Die angebliche Immobilienfirma deines Vaters hat vor Jahren Pleite gemacht!«

»Du musst was verwechselt haben! In Madrid gibt es Zehntausende, die Torres heißen!« Ricks Kopf wird so weit nach hinten gezerrt, dass er den Deckenventilator sieht. »Wir können meine Eltern anrufen«, ächzt er.

»Um uns irgendwelche Lügen von deinen Verbindungsleuten anzuhören? Wer bist du? In wessen Auftrag arbeitest du?« Ruben stößt Rick nach vorn, sodass der auf die Knie fällt, tritt ihn in die Wirbelsäule. »Ich rate dir, sag es lieber mir! Der Patrón würde dich dem Doktor übergeben und diesen Qualen hältst du nicht lange stand.«

»Ich bin Rico Torres! Ich stamme aus Madrid! Ich bin …« Rick ist klar, so kann er nicht weitermachen. Er ist aufgeflogen, die Charade ist zu Ende. Bleibt nur die Hoffnung, dass Ruben erst sichergehen wollte, ob sein Verdacht stimmt, bevor er Beluscón einweiht. Das wird ihm eine Belohnung einbringen: Ruben Gavirian spürt einen Undercover-Agenten auf. Dass er es nur aus Eifersucht tat, spielt dabei keine Rolle. Rick muss verhindern, dass Ruben sein Wissen weitergibt. Und er muss es lautlos tun, niemand im Haus darf geweckt werden.

»Okay. Ich sag dir alles«, keucht er unter Schmerzen. Der Griff in seinem Haar lockert sich. Mit der gesunden Hand stützt er sich auf den Nachttisch. Ricks anderer Arm bewegt sich im Verband, verdeckt umfasst seine Hand das Wasserglas.

»Bleib unten«, zischt Gavirian.

Rick wirbelt herum, das Glas wird zum Geschoss, es trifft Ruben ins Gesicht. Es zerbricht. In der gleichen Sekunde hat Rick das Bettlaken zur Hand und wirft es über seinen Gegner. Ruben will es beiseitereißen, ein Tritt zwischen seine Beine setzt ihn kurz außer Gefecht. Rick packt das Laken und drängt Ruben damit zurück. Sie knallen gegen die Wand. Systematisch beginnt Rick, auf den anderen einzuschlagen. Mit einer Faust ist er nicht schnell genug, Ruben wirft sich nach vorn, bringt Rick aus dem Gleichgewicht und streift das Laken ab. Er trägt Schuhe, Rick ist barfuß. Ein heller Schmerz, Rick ist in Glas getreten. Ruben wirft ihn gegen den Schrank, packt die verwundete Schulter und zerrt daran. Der Schmerz ist Irrsinn. Rick beißt sich auf die Zunge, um nicht zu schreien, um nicht das Bewusstsein zu verlieren. Bevor Ruben ein weiteres Mal zupackt, reißt Rick die Schranktür auf und knallt sie gegen Gavirians Schädel. Er gewinnt einen Augenblick Zeit. Rick bückt sich, dort liegt der zersplitterte Boden des Wasserglases. Er hebt ihn auf. Ruben ist über ihm, seine Faust bearbeitet Ricks Schulter. Der Schmerz! Der Schmerz füllt Rick vollkommen aus. Die Wirklichkeit verschmilzt mit dem Schmerz. Rick steht kurz davor, sich in den Schmerz fallen zu lassen.

Wehr dich nicht länger, sagt der Schmerz. *Ich bin eine dunkle Höhle.* Rick fällt auf die Höhle zu. *Komm*, raunt der Schmerz. Sein riesiges Maul droht Rick zu verschlingen. Er denkt an Storm. An den letzten Abend, als sie sich trafen. Rick hatte das Ticket nach Bogotá schon in der Tasche. Ihr Gesicht war vor Besorgnis ganz eingefallen.

»Ich will das nicht.« Sie lag in Ricks Armen.

»Was nicht, was denn nicht?« Er streichelte ihren Rücken.

»Solche Angst um dich haben.« Sie packte seinen Kopf. »Das letzte Mal hast du in New York gekämpft, in deiner Stadt. Ich war dabei, ich konnte dir helfen.« Sie schüttelte seinen Kopf. »Was machst du diesmal, wenn du in Not gerätst?«

»Ich werde vorsichtig sein.«

»Lügner.« Sie küsste ihn. »Komm heil zu mir zurück!«

»Ich verspreche es.«

Rick hat es versprochen, er muss Storm wiedersehen, er hatte es nur vergessen. Er darf nicht in die Höhle des Schmerzes fallen, er muss dem Schmerz entkommen.

Das dürfte schwierig sein, kichert der Schmerz. *Du kannst mich nicht abschütteln.*

Weiches besiegt Hartes, denkt Rick und gibt sich den Anschein, als ob Rubens Schläge ihn fertigmachen. Er lässt sich fallen und rollt gleichzeitig herum. Ruben glaubt, dass er gewonnen hat, stürzt auf den Gegner und will die Sache zu Ende bringen.

»Hast du genug?« Rubens Gesicht ist nahe.

Rick rammt ihm die Kante des Glases ins Gesicht. Sie zerschneidet Rubens Nase, die Wange, die Lippe. Blut quillt zwischen seinen Händen hervor, tropft auf Rick. Der rollt herum, springt auf und rammt Ruben sein Knie in die Seite. Er sucht nach etwas, das er als Waffe benutzen kann. Da ist nichts. Er packt Ruben am Kragen, zerrt ihn zum Fenster und rammt ihm den Fensterflügel gegen den Kopf. Ohne einen Laut von sich zu geben, erschlafft Ruben in Ricks Hand und verliert das Bewusstsein. Rick lässt ihn zu Boden gleiten.

Die Stille ist wie ein Buch, das man zuschlägt. Als ob nichts geschehen wäre, breitet sich draußen die Nacht aus. Es flüstert, zirpt und zischt. Rick atmet die Nachtluft ein. Er umfasst seine Schulter, schiebt den Arm in den Verband zurück. Er fleht den Schmerz an, woanders hinzugehen. Der Schmerz sitzt an vielen Stellen. Rick bückt sich, sein Fuß blutet. Er setzt sich aufs Bett und zieht den Glassplitter aus der Sohle.

»Oh Mann«, flüstert er. Und noch einmal: »Oh Mannomann.«

Er hat die Tür aus den Augen gelassen. Ein winziges Geräusch. Rick erstarrt. Wer ist es – Maximiliano, ein Angestellter, etwa Beluscón selbst?

»Was … habt ihr getan?«, fragt Victoria.

Rick sinkt erleichtert zusammen. »Vicki …« Er dreht sich um. »Ruben war plötzlich da.« Er zeigt auf die leblose Gestalt am Boden.

»Was wollte er?«

»Er weiß, was zwischen uns passiert ist. Er liebt dich immer noch, Vicki.«

»Du hast dich mit ihm geschlagen – wegen mir?«

»Ja.« Rick steht auf. Sein Fuß tut weh. Er humpelt auf sie zu.

»Aber wie konntest du ihn …?« Vicki mustert Rick, da ist Misstrauen, das vorhin noch nicht da war. »Du hattest nur eine Hand. Ruben ist ein guter Kämpfer. Wie …?«

»Ich weiß auch nicht.« Er legt seine Hand auf ihre Schulter. »Es war Glück.« Er streichelt ihren Arm. »Er ist in das Glas gefallen.«

Sie will ihm glauben, sie mag seine Berührung, sie hat ihn endlich da, wo sie ihn wollte. Aber Victoria ist die Tochter ihres Vaters, sie ist schlau. »Das ist unmöglich«, sagt sie und schüttelt Ricks Hand ab. »Niemand besiegt Ruben mit einem Arm, wenn er nicht …«

Bevor sie den Satz beendet, beugt er sich vor. »Vicki.« Rick küsst sie.

Sie küssen sich lange. Als Rick sich aufrichtet, hat Victoria einen zärtlichen Glanz in den Augen. Sie haucht einen weiteren Kuss auf seine Lippen. Dann löst sie sich aus der Umarmung.

»Das war schön.« Sie lächelt und tritt zur Tür. »Jetzt hole ich Papá.«

»Nein!« Rick packt ihre Hand. »Wozu? Du bringst uns alle in Verlegenheit. Was soll dein Vater denken? Ruben will bestimmt nicht, dass wir das an die große Glocke hängen. Er ist nicht schlimm verletzt.«

Sie tritt so weit zurück, dass ihre Arme sich strecken. Mit schief gelegtem Kopf sieht sie Rick an. »Ich glaube, dass du ein verflucht süßer Bursche bist. Und ich glaube, dass mit dir was nicht stimmt. Niemand besiegt Ruben mit einer Hand, wenn er nicht eine besondere Ausbildung hatte. Danke für den Kuss. Ich hole Papá.«

Sie reißt sich los, will in den Korridor.

Rick hasst das, was er gerade getan hat: Er wollte Vickis Vertrauen durch einen Kuss erkaufen. Er hasst das, was er jetzt tut. Er überwältigt ein Mädchen. Rick hat keine Erfahrung damit, wie man ein schreiendes Mädchen zum Schweigen bringt. Sie wehrt sich, will schreien. Rick presst seine Hand vor ihren Mund. Er hebt sie hoch, nutzlos zappeln ihre Füße in der Luft. Ihm stehen nur ein T-Shirt, eine Vorhangschnur, ein Laken zur Verfügung. Der Kampf mit Vicki dauert eine ganze Weile. Sie ist durchtrainiert und geschickt. Fast entschlüpft sie ihm, einmal setzt sie zum Schrei an, Rick kann es verhindern. Am Ende hat Vicki sein T-Shirt im Mund, ein Streifen des Lakens ist um ihren Kopf gebunden und hindert sie daran, das T-Shirt auszuspucken. Hasserfüllt starrt sie Rick an. Ihr Zappeln nützt nichts, er hat sie in das Laken gepackt und mit der abgerissenen Vorhangkordel verschnürt. Er zerrt Victoria zum Schrank.

»Ich mache das nicht gern«, beteuert er. »Und ich mag dich wirklich.« Er hebt sie hoch. »Aber du hast leider den falschen Vater.« Er setzt Vicki in den Wandschrank. Sosehr sie sich wehrt, Rick schließt die Tür und sperrt ab. Der Schrank hat Lamellentüren, sie kriegt da drin genügend Luft. Rick muss sich nun um Ruben kümmern.

Wenig später liegt Gavirian in Ricks Bett, mit seinem eigenen Gürtel gefesselt. Rick hat auch ihn geknebelt, Rubens Gesicht sieht übel aus. Er stöhnt in der Ohnmacht.

Von jetzt an muss Rick alles tun, um sein Leben zu retten. Er will lebend davonkommen, weg aus dem Haus, fort aus Beluscóns Machtbereich. Dazu muss Rick an den Wachen vorbei, an gut bewaffneten Männern, wahrscheinlich mit Nachtsichtgeräten ausgerüstet. Das Anwesen ist eingezäunt, es gibt Sicherheitsdrähte, Bewegungsmelder und was sonst noch. Rick steht unschlüssig in dem Zimmer, das ihn nicht länger beherbergt. Ein Sechzehnjähriger in Unterhosen, mit einem Arm im Verband. Er hat Schmerzen. Rick greift nach seinen Kleidern und beginnt vorsichtig, sich anzuziehen.

11

Aus dem Haus hat er es geschafft, Rick steht im Park. Welche Richtung? Keine scheint besser zu sein als die andere. Dort ist der Bananenhain, nicht weit davon das Gehege des Jaguars. Links im Wald befindet sich die Krankenstation, ein wenig davon entfernt das Haus mit den Mädchen. Wo wird Beluscón ihn am wenigsten suchen? Rick ist nirgends sicher. Die Nacht ist sein einziger Schutz. Solange es dunkel ist, muss er es schaffen, fortzukommen. Er hebt den Kopf zum Himmel. Noch deutet nichts die Morgendämmerung an.

Ein dunkler Laut. Dort schleicht etwas, verborgen vom Dickicht, eingesperrt hinter Gittern. Erstaunlich, aber Rick und der Jaguar sind in der gleichen Situation. Der Junge huscht über den Rasen, zum Reich der Raubkatze. Am Gitter verharrt er.

»Wo bist du, Melusina? Schläfst du nicht? Hast du Hunger?«

Das tiefe Knurren ist näher als erwartet.

»Schade, dass du nicht selbst auf die Fernbedienung drücken kannst, damit sich dein Gefängnis öffnet.« Rick klopft leise an den Stahl. »Hast du auch eine Fernbedienung für mich, Melusina? Ich muss raus hier.« Dort glaubt er ein dunkles Fell, eine geschmeidige Bewegung zu sehen. »Ich hoffe, du schaffst es eines Tages zurück in die Freiheit.«

Rick muss weiter. Trotz der Gefahr, in der er steckt, ist er erleichtert, keine Rolle mehr spielen zu müssen. Schluss mit Rico Torres, dem spanischen Touristen, Schluss mit dem vorgetäuschten Interesse an Victoria. Er will raus aus der Dschungelfestung, will das Department über seine Vermutungen informieren und dann nach Hause zu Storm. New York, denkt er, Lärm und Gestank und Asphalt unter den Füßen, Frühling in New York! Er umrundet das Gehege und taucht in den Wald ein.

Dort unterhalten sich ein paar Mädchen. Mitten in der Nacht? Es ist nach zwei Uhr morgens, schläft eigentlich niemand auf Beluscóns Besitz? Rick duckt sich. Er will keinem begegnen, der später erzählen kann, wohin Rico Torres gelaufen ist.

»Halt! Wer da?« Sie haben ihn schon entdeckt. »Stehen bleiben oder ich schieße!«, ruft eine, die andern lachen. Sie rechnen damit, einer Wache zu begegnen, und sind erstaunt, als der Gast des Patrón vor ihnen auftaucht.

»Rico!«, sagt Sérafina hocherfreut.

»Was treibt ihr hier?«

»Das könnten wir dich fragen. – Uuuuh!«, macht sie, als sie sein Gesicht sieht. »Wer hat dich so zugerichtet?«

Rick hat vergessen, dass die Schläge Rubens nicht spurlos geblieben sind. Er muss mitgenommen aussehen.

»Eine kleine Meinungsverschiedenheit.«

»Du hast dich gekloppt. Mit Ruben?« Sérafina tritt näher.

Sobald Gavirian erwacht, kommt die ganze Sache sowieso ans Licht. Wozu es also verheimlichen? »Du sagst es.«

Sie versucht, die Wunde an Ricks Kinn zu betasten. »Und jetzt?«

»Jetzt ist alles wieder in Ordnung.«

»Ihr Jungs!« Sie schüttelt die wilden Locken. »Dass ihr euch immer prügeln müsst.«

»Was macht ihr hier draußen?« Rick tut, als hätte er alle Zeit der Welt, dabei ticken die Minuten. Ruben kann jederzeit aufwachen. Vicki könnte Lärm schlagen, Maximiliano nach seiner Schutzbefohlenen schauen und feststellen, dass sie nicht in ihrem Zimmer ist. Jeden Moment muss Rick damit rechnen, dass die Suche nach ihm beginnt.

»Wir haben noch ein bisschen Zaubertrank übrig«, antwortet Sérafina. Sie hält eine gerollte Tüte in der Hand.

»Koks? Crack?«

»Was Besseres – Ullulua.« Sie nimmt das Tütchen, eine klebrige Flüssigkeit schimmert darin.

»Ist das das Zeug, das der Doktor euch gibt?«

»Probier mal.«

Rick will nicht. Er braucht einen klaren Kopf.

»Das Problem mit Ullulua ist: Es macht so verflucht munter.« Sie führt den Rand der Tüte an Ricks Mund. »Deshalb können wir nicht schlafen.«

Ein Muntermacher für den Rest der Nacht kann nicht schaden; er nimmt einen winzigen Schluck. Es schmeckt wie Hustensaft, süß und bitter zugleich.

»Seid ihr ständig auf der Plantage oder kommt ihr auch mal raus?« Er gibt das Ullulua zurück.

»Manchmal nimmt Lourdés eine von uns mit zum Einkaufen.«

»Ist denn eine Stadt hier in der Nähe?«

»Wie man's nimmt. Mit dem Flugzeug ist es nicht weit nach Chigorodo.«

Rick schüttelt sich. Das Zeug hat einen unangenehmen Nachgeschmack. »Und zu Fuß?«

Die drei lachen. »Zu Fuß brauchst du drei Tage ins nächste Dorf. Hier ist weit und breit nichts.«

Ricks Finger fühlen sich kalt an, er ballt die Fäuste. »Was ist das?«

»Geht gleich vorbei.« Sérafina nimmt seine Hand. »Wenn man es nicht gewohnt ist, hat Ullulua eine lähmende Wirkung.«

»Alles wird so schön taub«, lächelt die Zweite. »Bis du nichts mehr spürst.«

Sérafina drängt ihm noch einen Schluck auf. »Komm ins Haus.«

Rick wägt seine Möglichkeiten ab. Früher oder später wird er auf eine Sperre stoßen, über einen Sicherheitsdraht stolpern, Alarm auslösen. Auch wenn es die Gefahr nicht verringert, ist er im Haus der Mädchen fürs Erste sicher. Vielleicht können sie ihm ja einen Fluchtweg verraten. »Einverstanden.« Er erwidert Sérafinas Händedruck.

Rick spürt die Wirkung des Ullulua. Sein Herz schlägt schneller, ihm ist heiß im Gesicht, kalt an Händen und Füßen. Er glaubt, in der Dunkelheit besser sehen zu können. Am erstaunlichsten ist, dass seine Schmerzen verschwunden sind. Rick betastet die Schulter. Sie fühlt sich taub an, tut aber nicht mehr weh. Er greift in die Brusttasche: Trotz des hastigen Aufbruchs hat er an den Filzstift gedacht, er hat das Gegengift dabei. Gegen Ullulua wird er es nicht brauchen, das Zeug scheint harmlos zu sein. Oder täuscht er sich? Sind diese Mädchen rauschgiftsüchtig?

Die Miniaturvilla taucht auf, auf der Veranda brennt Licht. Sérafina will Rick auf eine Bank ziehen. »Bleiben wir hier draußen?«

»Gehen wir lieber rein. Mir ist kalt.«

»Ssst.« Sie legt den Finger auf Ricks Mund. »Lourdés braucht nicht zu wissen, dass wir …«

Zu viert schleichen sie in die Küche. Die Tüte mit dem klebrigen Saft macht die Runde.

»Nehmt ihr das Zeug oft?«

Sérafina zündet eine Kerze an. »Hier draußen gibt es wenig Unterhaltung. Die Tage sind träge, die Nächte lang.«

»Wie hat es euch überhaupt hierher verschlagen? Geht ihr nicht zur Schule?«

Sie sehen ihn an. »Wer für den Patrón arbeitet, braucht keine Schule. Er sorgt für uns.«

»Ja, wir haben ausgesorgt.« Die Zweite lacht bitter.

»Ich würde gern zur Schule gehen.« Sérafina bleibt ernst.

»Warum bist du dann hier?«

Sie starrt in die Kerze. Rick ahnt, dass nicht nur der Jaguar eingesperrt ist. Auch die Mädchen sitzen in diesem riesigen Käfig fest, genau wie er selbst. »Wollt ihr gar nicht mehr schlafen?«, fragt er.

»Sie schlafen tagsüber. Und das tut ihnen nicht gut.« Im langen Nachthemd betritt Lourdés die Küche. »Wenn ihr Diego aufweckt, kriegt ihr's mit mir zu tun.«

Sie setzt sich an den Tisch und mustert Ricks zerschundenes Gesicht. »Bist du Nachtwandler oder was treibt dich her?«

»Er hat sich mit Ruben gekloppt«, sagt Sérafina.

Lourdés sieht die Tüte in ihrer Hand. »Gib das her.« Sie nimmt sie Sérafina weg. »Ihr seid bereits abhängig von dem Zeug, ist euch das klar?« Lourdés kippt die Flüssigkeit in den Ausguss und knüllt das Papier zusammen. »Genau das will Beluscón. Eine Horde hübscher, willenloser Chicas. Mädchen, die man zu allem gebrauchen kann.«

Die drei scheinen Lourdés' Worte nicht ernst zu nehmen und kichern.

»Wenn du Streit mit Ruben hattest, kannst du hier nicht bleiben«, sagt sie zu Rick.

»Es ist alles wieder in Ordnung.« Er weicht ihrem Blick aus.

»Raus mit euch«, sagt sie zu den Mädchen. Als die nicht gleich reagieren, wird Lourdés massiv. »Auf eure Zimmer, sofort!«

Wortlos stehen sie auf und verschwinden.

»Du bist in Schwierigkeiten, nicht wahr?« Lourdés setzt sich Rick gegenüber.

»In Schwierigkeiten, wie kommst du drauf?«

»Weißt du überhaupt, mit wem du dich anlegst? Dein Gastgeber bringt Menschen um, ohne mit der Wimper zu zucken. Er macht sie kalt, weil es ihm gefällt. Er braucht keinen besonderen Grund dafür.« Sie beugt sich ins Licht der Kerze. »Ruben ist wie ein Ziehsohn für Beluscón. Wer sich Ruben zum Gegner macht, kriegt es mit dem Patrón zu tun. Besser, du sagst mir, was wirklich passiert ist.«

Soll sich Rick ihr anvertrauen oder muss er vor Lourdés die Maske wahren? Er atmet tief durch. »Ich muss fort von hier. Noch heute Nacht.«

»Was hast du getan?«

»Es geht um Vicki«, lügt er.

»Du hast Rubens Eifersucht geweckt, das war mir gestern schon klar. Aber da ist noch mehr.«

Rick schweigt.

Lourdés lehnt sich ins Halbdunkel zurück. »Vielleicht sollte ich dir sagen, dass ich Manuel Beluscón aus tiefstem Herzen hasse. Für das, was er tut, und für das, was er ist. Ich hasse ihn, weil er mich gut genug kennt, um zu wissen, dass ich nichts gegen ihn unternehmen werde.«

»Gegen ihn unternehmen – was heißt das?«

»Jemand muss ihn aufhalten. Er ist der Teufel in Menschengestalt. Er überschwemmt die Welt mit dem Bösen. Zehntausende, Hunderttausende Menschen sind abhängig von dem Gift, das er hier produziert. Hier, mitten im Nationalpark Paramillo, sind die Kokaplantagen. Die Regierung schweigt dazu, hält die Hand auf und lässt sich ihr Schweigen bezahlen. Die Provinzregierung stellt Beluscón sogar billige Arbeiter zur Verfügung.«

»Warum sagst du mir das alles?«

»Weil jeder weiß, womit El Patrón sein Geld verdient. Jeder weiß auch, dass sein letztes Stündchen geschlagen haben würde, wenn er dieses Wissen weitergibt. Du bist anders als die anderen, und ich wüsste gern, wieso. Kommst du wirklich aus Spanien? Ist dein Name Rico Torres? Was ist mit Ruben passiert?«

Als Rick immer noch zögert, zeigt sie zum Fenster. »Bald steigt der Morgennebel aus dem Boden, danach wird es hell. Du solltest reden, bevor der Tag anbricht.«

Rick weiß, dass er auf eigene Faust nicht weiterkommt. Allein schafft er es nicht. »Mein Name ist nicht Rico Torres«, beginnt er. »Ich stamme nicht aus Madrid. Und das hat Ruben herausgekriegt.«

»Weiter.« Sie beugt sich zu ihm. Zu zweit sitzen sie im Schein der Kerze.

12

»Das glaube ich nicht.« Lourdés trinkt Schnaps. Ricks Geständnis hat nur wenige Minuten gedauert.

»Du wolltest die Wahrheit hören. Das ist sie.« Trotz der Uhrzeit fühlt er sich immer noch frisch. Das Ullulua wirkt unvermindert.

Lourdés gießt nach. »Ich glaube nicht, dass die Amerikaner einen Grünschnabel losschicken, um Manuel Beluscón zu bekämpfen.«

»Bekämpfen werden ihn andere. Ich soll den Weg feststellen, über den das Rauschgift in die USA gelangt.«

»Indem du mit seiner Tochter flirtest?« Sie lacht ungläubig. »Glaubst du, der Boss der Bosse ist ein Anfänger?«

»Der Boss?« Rick stutzt. »Beluscón ist nicht die Spitze der Pyramide im Drogenkartell, sondern …«

»Nazario Moreno.« Sie sieht ihn herausfordernd an. »Den meinst du doch.«

»Genau. Moreno, genannt *El Jabón*.«

»Dein Department ist nicht besonders gut unterrichtet.«

»Wieso?«

»Moreno ist tot.«

»Seit wann?«

»Ungefähr seit einem halben Jahr.« Lourdés trinkt. »Zur gleichen Zeit, als der Drogenimport in die Staaten sprunghaft anstieg!«

Rick schaut aus dem Fenster. Er sollte endlich fliehen! Aber zum ersten Mal, seit er hier ist, bekommt er konkrete Informationen. »Wie ist er gestorben?«

»Beluscón hat ihn umgebracht«, antwortet Lourdés ganz selbstverständlich.

»Deshalb hat man von Moreno nichts mehr gehört.« Rick steht auf. »Er ist nicht untergetaucht, sondern tot. Und jetzt ist Beluscón der Kopf des Drogenkartells.«

Sie nickt.

»Ich muss meine Leute informieren. Kann ich dein Telefon benutzen?«

»Hier gibt es kein Telefon.« Sie kommt seiner nächsten Frage zuvor. »Wir haben auch keine Handys. El Patrón hat sie beschlagnahmt.«

»Willst du mir erzählen, dass keins der Mädchen ein Mobiltelefon besitzt? Und keiner der Arbeiter auf den Plantagen?«

»Für Beluscón zu arbeiten, gilt als Privileg. Er zahlt die höchsten Löhne, er versorgt die Familien der

Arbeiter. Dafür befolgen die Menschen seine Befehle. Seine Sicherheitsstandards sind oberstes Gesetz. Nur seine engsten Vertrauten verfügen über ein Telefon.«

»Ruben zum Beispiel?«

»Ruben gehört zum inneren Kreis.«

»Ich muss in die Villa. Ich muss Rubens Handy benutzen.«

Lourdés hebt den Kopf und lauscht. »Sobald sie dich suchen, werden die Hunde freigelassen.«

»Wo sind … die Hunde?«

»In den Zwingern. Bluthunde, riesige Biester. Denen entkommt keiner. Die Wachen sind mit Maschinengewehren ausgerüstet. Der Zaun um das Sperrgebiet ist elektrisch geladen. Die Fangdrähte lösen Alarm aus.«

»Okay, schon gut!« Rick winkt ab. »Ich habe eine ungefähre Vorstellung, was mich erwartet.« Er kommt an den Tisch zurück. »Kannst du mir helfen?«

»Nein.« Sie nimmt seine Hand. »Wenn ich das täte, wäre ich morgen tot. Ich würde dir gern helfen, aber ich habe ein Kind.«

»Entschuldige. Kannst du mir wenigstens einen Tipp geben, wie ich entkomme? Du fährst doch manchmal rein und raus. Du fliegst zum Einkaufen in die nächste Stadt.«

»Stimmt, die Besorgungen werden per Flugzeug gemacht. Aber jeder, der zum Flugplatz will, wird streng kontrolliert, damit keiner was von dem Koks beiseiteschafft. Alles, was reingebracht wird, untersuchen sie genauso.«

»Wieso hast du gesagt, dass du Beluscón hasst? Nur wegen der Drogen oder ist da noch etwas anderes?«

Sie schenkt sich noch einmal ein. »Manuel ist schuld, dass ich hier festsitze. Er hat mir diesen *Job* zugeteilt.« Sie schüttelt den Kopf. »Ich leite sein Freudenhaus.«

»Warum verschwindest du nicht mit Diego?«

»Er verbietet es. Er will seinen Sohn in der Nähe behalten.«

»Seinen …?« Rick erinnert sich, dass ihm die helle Hautfarbe von Lourdés' Kind gleich auffiel. »Diego ist Beluscóns Sohn?«

»Manuel hat sich immer einen männlichen Erben gewünscht. Seine Frau, konnte ihm nur ein Kind schenken,Victoria. Als Manuel und ich zusammen waren, lebte seine Frau noch. Sie hat Diegos Geburt erlebt. Bevor sie starb, nahm sie Beluscón den Eid ab, den Jungen niemals rechtmäßig anzuerkennen.« Sie lächelt traurig. »Diego ist ein Mischling und ein Bastard, zwei Eigenschaften, die für den Erben des Beluscón-Imperiums unmöglich sind.«

»Deshalb müsst ihr hierbleiben?«

Sie nickt. »So kann ich wenigstens die Mädchen beschützen. Es geht hier nicht immer so friedlich zu. Vor allem wenn die Arbeiter betrunken sind.«

Ein Schuss zeigt an, dass die nächtliche Ruhe vorbei ist.

»Jetzt geht es los.« Rick springt ans Fenster. »Ich verschwinde. Ich will dich nicht in Gefahr bringen.«

»Was wirst du tun?«

»Auf eine Chance hoffen. Mich verstecken. Keine Ahnung.«

»Warte.« Sie geht zum Küchenbord und holt ein gefülltes Fläschchen.

»Ullulua?«

»Nimm nicht zu viel davon. Nur wenn du müde wirst.«

»Danke.«

Sie hören Hundegebell. »Die Biester freuen sich, aus dem Zwinger gelassen zu werden.«

»Oh Gott.« Rick kann die Fassung nicht länger wahren. Er hat Angst. Verwirrt sieht er Lourdés an. »Und wenn ich mich stelle?«

»Du hast Beluscóns Tochter gefesselt und geknebelt in einen Schrank gesperrt. Was erwartest du, wie sie dich behandeln? Hast du Geld?«

Bevor er antworten kann, hält Lourdés ihm ein Bündel Scheine hin. »Vielleicht lässt sich eine der Wachen bestechen.«

»Danke.« Rick nimmt das Geld und ist draußen. Er huscht ins Dickicht, lauscht auf das Hundegebell und versucht, sich zu orientieren. Er zwingt sich, klar zu denken. Verstecken kann er sich nicht, die Hunde würden seine Spur wittern. Man sucht ihn überall dort, wo es nach draußen geht. Man sucht die Zäune ab, die Tore, die Gebäude. Er muss einen Ort finden, wo keiner ihn vermutet. Rick läuft los. Seine Idee ist verwegen, aber ihm bleibt keine Zeit, lange nachzudenken. Er nimmt den gleichen Weg zurück, den er gekommen ist, und erreicht den Ort, wo sie Ullulua getrunken haben. Dort ist das Gehege. Er schaut nach oben. Die Spitzen der Stäbe ragen in den Himmel, der von Minute zu Minute heller wird. Im Inneren des Jaguargeheges vermuten sie ihn bestimmt nicht. Rick packt die Stäbe, zieht sich hoch, klettert, bis er den oberen Rand erreicht. Hier läuft das Metall in Spitzen aus. Vorsichtig schwingt er ein Bein darüber, sitzt rittlings auf der Bekrönung des riesigen Käfigs und schwingt sich auf der anderen Seite nach unten. Er steht auf feuchtem Boden, lauscht mit angehaltenem Atem. Die Hunde sind nah, auch die Rufe der Männer und das Flackern der Taschenlampen. Bald werden sie keine Lampen mehr brauchen, der Tag bricht an. Er betet, dass Melusina abends reichlich zu fressen bekam, dass sie einen Menschen nicht ohne Vorwarnung angreift. Schritt für Schritt dringt Rick tiefer ins Dickicht ein. Die Hunde kommen noch näher, manche werden an der Leine geführt, andere laufen frei. Sie kläffen am Gitter entlang, springen hoch.

»Sie riechen das Biest da drin«, sagt eine der Wachen und zerrt den Hund weiter.

»Zur Krankenstation!«, ruft im Hintergrund einer. Rick erkennt das blaue Hemd. Ruben beteiligt sich an der Suche. Die Männer folgen ihm. Als Rick erleichtert die Luft ausströmen lässt, hört er ein tiefes

Knurren, es ist unmittelbar hinter ihm. Er dreht langsam den Kopf.

»Morgen, Melusina«, sagt er beruhigend. »Ich leiste dir ein bisschen Gesellschaft.«

Es faucht und knurrt.

»Ich bleibe nur so lange wie unbedingt nötig.« Als er sich umdreht, senkt er den Blick und vermeidet, der Raubkatze in die Augen zu sehen. Das riesige Vieh schleicht um ihn herum, ihre Flanke streift Ricks Bein. Sie hebt den Kopf.

»Guck mich nicht an, dann guck ich dich auch nicht an.« Er wendet die Augen ab. Der Jaguar bleibt ruhig. Rick wischt seine Hände an der Hose ab, sie sind nass von Schweiß.

Ein Schuss. Im Halbdunkel gebärden sich die Hunde wie verrückt. Dem Jaguar missfällt das. Melusina tut einen Sprung Richtung Gitter, faucht und röhrt, fährt herum und springt auf Rick los. Er hebt die Arme zum Schutz, die mächtige Katze ist über ihm. Rick glaubt, dass seine letzte Stunde geschlagen hat, er hält die Hände vors Gesicht. Das Biest bringt ihn zu Fall, wirft ihn zu Boden, läuft aber weiter. Melusina verschwindet im Dickicht. Er hört sie fauchen. Der Lärm nimmt zu, die Hunderotte nähert sich wieder. Rick dreht sich auf den Bauch.

»Jetzt werde ich euch einen Gegner präsentieren, wie ihr ihn noch nicht erlebt habt.« Er kommt auf die Knie hoch und sieht sich um. Dort sind sie beim ersten Mal entlanggegangen, dort ist der Kautschukbaum, darunter der schmiedeeiserne Tisch. Er sucht tastend, schon hält er die Fernbedienung in der Hand. Er hört Melusinas Fauchen.

»Wie wär's mit Frühstück, meine Schöne?«

Die Katze ist da. Neugierig betrachtet sie seinen gestreckten Arm. Sie scheint zu wissen, dass sie gleich ins Freie darf. Rick drückt auf den Knopf. Ein metallenes Geräusch, die Gitter gleiten auseinander. Melusina setzt zum Sprung an.

»Guten Appetit!«

Sie springt an Rick vorbei, erreicht die Grenze ihres Geheges und verschwindet im Park. Rick sieht das Flackern der Lampen, dort sind die Bluthunde.

Schreckensschreie, Warnrufe, Winseln und Kläffen. Aus den Jägern werden Gejagte. Rick drückt zum zweiten Mal auf den Knopf, die Gitter schließen sich. Jetzt ist dem Jaguar der Rückweg versperrt. Schreie der Not, verzweifeltes Bellen, das mit einem erstickten Laut erstirbt. Er rennt zum Eingang des Geheges, muss die Verwirrung nutzen, die er gestiftet hat. Nur jetzt hat er eine Chance, davonzukommen. Schüsse fallen. Schießen sie auf Beluscóns Lieblingskatze?

»Du bist ja irre!«

Rick fährt zusammen. Auf der anderen Seite der Gitter steht eine Frauengestalt.

»Worauf wartest du?«, flüstert sie.

Ist Lourdés ihm gefolgt? Rick erkennt wild gelocktes Haar. »Sérafina?«

»Ich helfe dir!«

»Was? Woher weißt du …?«

»Ich habe alles mitangehört, was du Lourdés erzählt hast. Wir schaffen es zusammen hier raus!«

»Wir?« Rick packt die Eisenstangen. »Wieso bringst du dich in Gefahr?«

»Weil ich es nicht länger aushalte! Lieber sterbe ich mit dir auf der Flucht, als länger in Beluscóns Gefängnis zu bleiben!«

»Du hast Beluscón gestern einen Wohltäter genannt.«

»Da wusste ich nicht, wer du wirklich bist.« Als Rick immer noch nicht losklettert, zischt sie: »Nun mach schon!«

Die Freude durchzuckt ihn, nicht mehr allein zu sein, die Hoffnung, dass Sérafina einen Weg hinaus kennt. Er klettert, so schnell es ihm sein verbundener Arm erlaubt, schon springt er neben Sérafina ins Freie.

»Und jetzt?«

Sie packt seine Hand, zerrt ihn in eine Richtung.

»Der Jaguar ist frei!«, flüstert er.

»Der hat genug mit den Hunden zu tun.«

Sie erreichen einen Bambuswald, rennen geduckt wie zwei Buschläufer.

Da springt ihnen ein Wächter in den Weg. Sérafina schreit vor Schreck auf, der Mann hebt das Gewehr. Bevor er anlegen kann, gibt Rick Sérafina einen Stoß. Sie landet in den Armen des Mannes. Für einen Moment weiß der nicht, was er mit dem hübschen Mädchen anfangen soll. Rick rennt den Wächter von der Seite an, packt dessen Gewehr. Der Wächter stößt Sérafina beiseite, die Männer kämpfen um die Waffe. Rick lässt sich zu Boden fallen, die Mündung ist auf ihn gerichtet. Er rollt sich ab, der Schuss geht in den Boden. Rick kommt auf die Füße, springt den Mann von hinten an und reißt dessen Kopf herum. Sérafina hebt einen Stein. Der Mann will schießen. Rick rammt ihm den Fuß in die Kniekehle, der Wächter knickt ein. Sérafina schlägt zu, sie zieht ihm den Stein über den Schädel. Mit erhobenem Gewehr fällt der Mann vornüber. Bevor er aufprallt, packt Rick die Waffe.

Der Junge und das Mädchen sehen einander an, er das Gewehr, sie den Stein in der Hand.

»Vor dir muss man sich in Acht nehmen«, sagt Rick.

»Sie haben den Schuss bestimmt gehört. Komm.«

»Warte.« Mit wenigen Griffen reißt er sich den Verband von der Schulter. Aus den Resten bindet er eine Schlinge um seinen Hals. So kann er den Arm besser bewegen. Sie rennen weiter.

Das Tor ist näher als gedacht. Friedlich liegt es im Morgenlicht, dahinter die Schranken, dahinter ein Geländefahrzeug. Ein Vogel setzt sich auf den elektrisch geladenen Zaun und singt sein Morgenlied.

»Ich kenne den Typen, der hier Dienst tut.« Rennend sieht Sérafina Rick an. »Versteck dich.«

Er verschwindet hinter einem Haufen gestapelter Abfallsäcke.

»Raoul?«, ruft Sérafina.

Ein schlurfendes Geräusch, ein Uniformierter kommt aus der Wachbaracke.

»Hast du gepennt?«, fragt sie lachend. »Bei dem Spektakel?«

Der Wächter streift sein dichtes Haar aus dem Gesicht.

»Zu viel Kaktusschnaps?« Sie lehnt sich an das geschlossene Tor und zieht ein Bein hoch.

»Was willst du hier?«, fragt er mürrisch.

»Will mich draußen mal umsehen.«

»Ich darf dich nicht rauslassen, das weißt du.«

»Ich geh bloß bis zum Flugfeld.«

»Was willst du dort?«

»Lourdés sagt, gestern ist eine Ladung Kosmetiksachen angekommen. In einer Kiste.«

»Du willst klauen?«

»Bloß ein kleines Geschäft machen. Die Mädchen brauchen Schminksachen und Parfums. Ich beteilige dich mit fünfzig Prozent.«

Raoul überlegt. »Mein Partner wird gleich zurück sein. Er ist auf Patrouille.«

»Lass mich raus. Er braucht nichts davon mitzukriegen.«

Rick findet, dass Sérafina ihre Sache gut macht, aber es dauert zu lange. Die Panik über den frei laufenden Jaguar hat die Suchtrupps nicht lange aufgehalten. In der Ferne sieht er die schemenhafte Umrisse einer Gruppe im Wald.

»Heute nicht, Schätzchen.« Raoul fasst durch das

breitmaschige Gitter und kneift Sérafina in die Wange. »Morgen, wenn die Aufregung vorbei ist.«

»Wen sucht ihr eigentlich?«

»Woher soll ich das wissen?«

Durch das Gitter zieht Sérafina den Wächter zu sich. »Komm schon, Dicker, lass mich raus. Ich bin ja nicht die Gesuchte.«

Er streichelt ihre Figur. »Du bist mir schon eine, Sérafina.«

»Ja, ich bin dir eine.« Sie erwidert seine Zärtlichkeit.

Rick findet, sie sollten sich beeilen. Der Suchtrupp hat den Waldrand fast erreicht.

»Zehn Minuten, nicht länger.« Raoul macht einen Schritt zum Wachhaus und betätigt den Elektromechanismus. Ein metallisches Knarren, die Sperre entriegelt.

»Tausend Dank, Dicker!« Sérafina schlüpft zu Raoul und schmiegt sich an ihn. »Du wirst es nicht bereuen.«

Rick will aufspringen, da tritt der Suchtrupp ins Freie. Er wird angeführt von Ruben.

»Verdammt.« Rick duckt sich wieder.

Raoul kriegt es mit der Angst zu tun. »Ausgerechnet der!«, knurrt er und schiebt Sérafina ins Wachhaus. »Keinen Mucks, verstanden!«

Die Gruppe ist da, Ruben baut sich vor Raoul auf. »Wieso ist das Tor offen?«

»Ich hab euch kommen sehen, da dachte ich …« Raoul umfasst seine Pistole im Halfter, zum Zeichen, dass er auf dem Posten ist.

»Niemand geht raus, niemand kommt rein!« Der nächtliche Kampf steht Ruben ins Gesicht geschrieben, Schnitte an Mund und Nase, verkrustetes Blut. »Absolut niemand, kapiert?«

»Sicher.« Raoul nickt geflissentlich.

Ruben tritt aus dem Tor, als wollte er sich draußen umsehen. Er nähert sich der Wachbaracke.

»Auf wen habt ihr's denn abgesehen?«, fragt Raoul hastig.

»Ein Junge, sechzehn Jahre alt. Helle Augen, trägt einen Arm im Verband.«

»Hier war kein Junge.«

Ruben mustert den Wächter von oben bis unten. »Du bist ein Idiot«, sagt er nüchtern.

»Wenn du das behauptest, Ruben.« Raoul lächelt breit.

»Weiter!« Ruben geht dem Wachtrupp voraus. »Mach dein Tor zu!«

Raoul beeilt sich, dem Befehl nachzukommen, und lässt den schweren Torflügel einrasten. Verstohlen sieht er sich um und tritt ins Wachhäuschen. »Raus mit dir, Schätzchen«, zischt er. »Hast dir einen schlechten Tag ausgesucht.«

Sérafina sieht, wie sich das Tor schließt. Rick ist immer noch auf dem Gelände. »Und wenn wir's uns hier ein bisschen gemütlich machen?«

»Du spinnst wohl.« Raoul wehrt sie ab. »Die können jederzeit zurückkommen.«

Sérafina weiß, auf die sanfte Tour ist das Problem

nicht zu lösen. Sie springt zur Tür, wirft einen Blick zu den Abfallsäcken, sieht Ricks Haarschopf dahinter.

»Renn!«, schreit sie unvermittelt.

Raoul weiß nicht, wie ihm geschieht. Das Mädchen drückt auf den Mechanismus, das Tor entriegelt zum zweiten Mal. Im nächsten Augenblick drängt sie den Wächter zurück.

»Hast du sie noch alle?« Weiter kommt er nicht. Im Hintergrund taucht ein Junge auf, dunkles Haar, helle Augen, einen Arm in der Schlinge. Er schlüpft aus dem Tor, kaum dass es sich geöffnet hat, springt ins Wachhaus und hebt ein Gewehr hoch. Der Junge legt auf den Wächter an.

»Ganz ruhig«, sagt Rick, während Sérafina sich von Raoul löst.

Der sieht das Mädchen an und begreift. Sein Ausdruck ist zum Erbarmen. »Du Schlampe«, sagt er.

»Ist nicht persönlich gemeint.« Sie stellt sich neben Rick.

Der Wächter macht eine schwerfällige Bewegung zu seiner Waffe.

»Lieber nicht.« Rick nimmt ihn ins Visier. »Nimm ihm die Pistole ab.«

Sie holt das Ding aus dem Halfter. »Tut mir leid, Raoul. Ich mag dich wirklich.«

»Verpiss dich. Ihr kommt nicht weit.« Raoul legt alle Verachtung in den Satz.

»Außer du sagst uns, wo der Autoschlüssel ist.«

»Ich denke nicht daran!« Ein reflexhafter Blick verrät Raoul. Er hat zu dem Blechkasten an der Wand geschaut.

»Vielen Dank.« Rick öffnet das Ding, der Schlüssel liegt in seiner Hand.

»Ich fürchte, ich muss dir jetzt eine über den Schädel ziehen. Danach fessle ich dich, zu deinem eigenen Besten. Du kannst behaupten, wir hätten dich überwältigt.«

Raoul fügt sich in sein Schicksal. »Verdammte Schlampe«, sagt er noch einmal. Dann wird es still im Wachhaus.

13

»Mein Dad fuhr einen ähnlichen.« Rick startet. »Damals, als wir noch Kohle hatten.«

»Dein Dad?« Sérafina schnallt sich an.

»In New York. Ein cooler Schlitten.« Rick will den Gang einlegen, das Getriebe knirscht. Mit quietschenden Reifen fahren sie los. Nach hundert Metern taucht eine Gabelung auf.

»Wohin?«

»Rechts geht es zum Flugplatz. Dort sind Wachen.«

»Die haben bestimmt Bescheid gekriegt.« Rick biegt hart links ab. »Wo geht's hier lang?«

»Ins Nirgendwo.«

Rick guckt aus dem Seitenfenster, wo rosa Strahlen das Aufgehen der Sonne ankündigen. »Wir müssen nach Norden.«

»Wieso?«

»Da liegt das Meer.«

»Und was wollen wir am Meer?«

»Abhauen.«

»Wie?«

»Mit einem Schiff natürlich.«

Sérafina fragt nicht weiter. Es gäbe tausend Fragen, und die Antwort auf jede wäre, dass ihre Chancen schlecht stehen. Was sie auch unternehmen, sie haben sich den Herrscher dieser Gegend zum Feind gemacht. Er wird es ihnen heimzahlen. Es ist nur eine Frage der Zeit.

»Hat Beluscón auch Helikopter?«, fragt Rick.

»Klar.«

Er fährt schweigend weiter. Die Straße wird schlechter. Der Regen hat tiefe Löcher hinterlassen, Rick weicht den schlimmsten aus, ein Zickzackkurs durch den Urwald. Ich brauche ein Telefon, denkt er, und weiter, dass er in der Wildnis kaum ein Handysignal kriegen dürfte.

»Lebt jemand hier draußen?«

»Wenn wir die Kokaplantagen hinter uns haben, durchqueren wir den Parque Nacional Paramillo. Er ist unbesiedelt.«

Gleich darauf fahren sie am Anbaugebiet vorbei. Der Stacheldrahtzaun ist hoch, was hier bewacht wird, muss wertvoll sein. Rick sieht endlose Reihen hellgrüner Sträucher mit unregelmäßigen Blättern, die Strauchrinde schimmert rötlich. Man sieht dem freundlichen Gewächs nicht an, welches Gift aus ihm gewonnen wird. Nichts könnte friedlicher wirken als diese Plantage.

Sérafina nimmt etwas aus ihrer Tasche. Rick erkennt ein Kokablatt.

»Wo hast du das her?«

»Einer der Jungs hat mir ein paar Blätter mitgebracht. Probier mal.« Sie reißt ein Stück ab und kaut darauf.

»Danke. Mein Kokabedarf ist nach eurem Ullulua restlos gedeckt.«

»Wir kauen Kokablätter seit Jahrhunderten. Das schadet keinem.«

»Werdet ihr nicht abhängig davon?«

»Erst seitdem Koka ausgeführt, verarbeitet und verschnitten wird, ist die Pflanze verteufelt worden. Meine Leute nehmen es als Genussmittel zu sich oder als Medizin.« Sie beugt sich zu Rick. »Besser als Kaugummi. Hilft bei Hunger und Müdigkeit. Oben in den Anden heilen sie mit Koka sogar die Höhenkrankheit.« Sérafina streut ein hellgraues Pulver auf ihren Handrücken und leckt es ab.

»Was ist das nun wieder?« Er weicht einem Schlagloch aus. »Koks?«

»Unsinn.«

»Sag schon.«

»Man muss die Blätter mit Kalk kauen. Das verändert die Chemie. So wird man nicht süchtig davon. Pass auf!«

Der letzte Sturm hat einen Bambusstamm quer über die Straße gelegt.

»Wollen mal sehen, wieviel Power der Wagen hat.«

Rick drückt aufs Gas und rast auf den Stamm zu. Die metallene Schnauze schiebt den Baum mühelos beiseite. »Freie Fahrt!« Er schlägt triumphierend aufs Lenkrad.

»Freu dich nicht zu früh.« Sérafina zieht die Beine an. »Sie werden bald hier sein. Was machst du dann?«

»Das überlege ich mir, wenn es so weit ist.«

Eine Zeitlang fahren sie schweigend.

»Bist du wirklich Geheimagent?«

»Nein. Nicht wirklich.«

»Du hast Lourdés gesagt ...«

»Ich mach den Job nur im Moment.« Rick schaltet einen Gang höher. »Eigentlich gehe ich noch zur Schule. Ich will studieren, Jura vielleicht.«

»Wozu?«

»Um mich mit dem Recht auszukennen. Um Konflikte friedlich zu lösen ...«

»Zzzss!« Sie zischt zwischen den Zähnen. »Es gibt Millionen Anwälte auf diesem Planeten. Hast du den Eindruck, die Welt ist deshalb friedlicher geworden?« Sie umfasst ihre Knie mit den Armen. »Ich will Sportreporterin werden.«

»Warum ausgerechnet das?«

»Mit Fußball kennt sich keine besser aus. Ich hab neun Brüder. Zusammen mit meinem Vater waren wir eine komplette Fußballmannschaft. Jeden Abend haben wir Sport geguckt. Manchmal hab ich den Ton weggeschaltet und das Spiel selbst kommentiert. Das will ich eines Tages machen.« Sie lächelt. »Wie ist New York?«

Rick weiß, wie trügerisch ihre Unterhaltung ist. Sie dient als Schutz vor der Wirklichkeit: Sie sind im Reich eines Mannes unterwegs, der seine Gegner rücksichtslos umbringen lässt. Sie kennen den Weg genausowenig wie das Ziel oder die Gefahren, die auf sie lauern. Zu ihrer Ergreifung wird gerade eine kleine Armee losgeschickt. Es gibt weit und breit niemanden, der ihnen helfen könnte. Rick wirft einen Blick auf die Treibstoffanzeige: Wenigstens der Tank ist voll. Damit sollten sie die 200 Kilometer ans Meer eigentlich schaffen. Dass 200 Kilometer im Dschungel etwas anderes bedeuten, als wenn man auf einem Highway unterwegs ist, ahnt Rick.

»Du warst schon einmal in Puerto Escondido?«, fragt er. »Wie ist es dort?«

»Der pure Luxus.«

»Erzähl mir von der Party auf dem Schiff.«

»Es gab jede Menge zu essen, jede Menge zu saufen und jede Menge hübscher Mädchen.«

»Was waren das für Geschäftskunden, mit denen ihr euch unterhalten habt?«

»Die meisten waren Ausländer. Amerikaner.«

»Waren das Dealer aus den Staaten?«

Sie schüttelt den Kopf. »Diese Männer standen ein paar Stufen über den Dealern. Das waren solche, die das fette Geld mit Rauschgift machen.«

»Hast du eine Ahnung, wie die Drogen außer Landes geschafft werden?«

»Hey! Ist das ein Verhör?«

»Ich frag doch nur …« Er versteht ihren plötzlichen Stimmungsumschwung nicht.

»Du brauchst mir gegenüber nicht den Secret Agent raushängen. Ich wollte abhauen, das hat geklappt. Ich helfe dir und du hilfst mir. Wir schauen, dass wir mit dem Leben davonkommen. Alles andere ist mir scheißegal.«

»Okay, okay.« Er nimmt eine lange Kurve.

»Ich bin keine Nutte«, sagt sie mit einem Mal ganz weich.

»Das habe ich auch nicht …«

»Doch, hast du.« Ihre Augen sind blank. »Ich hab mich mit Männern amüsiert, ich hab auch mit Männern geschlafen. Aber ich bin keine Nutte. Ist das klar?«

»Glasklar.«

Nach einer Pause fährt sie fort. »Wir sind während der Party von der Jacht nicht runtergekommen. Ich weiß nicht, was Beluscón in Puerto Escondido sonst noch treibt.«

»Diese Amerikaner auf dem Schiff, worüber haben die sich unterhalten?«

»Nicht über Geschäfte.«

»Sondern?«

»Ich hatte mit einem zu tun, schon älter, der hat erzählt, wie schön es am Mississippi ist. Der kam mir eigentlich nicht wie ein Geschäftsmann vor. Er war so korrekt, so steif. Ist auch nur kurz geblieben.« Sérafina wischt sich Schweiß vom Hals. Allmählich gewinnt die Sonne an Kraft.

»Weißt du, wie der Mann hieß?«

Sie schüttelt den Kopf. »Beluscón ist schlau. Wenn wir Mädchen dabei waren, wurden keine Namen genannt.«

»Ich könnte was zu trinken vertragen.« Er sieht sie an. »Wären wir jetzt in Manhattan, würde ich dich auf eine Riesen-Soda einladen, mit Eisstückchen, die wir uns auf die Zunge legen.«

Sérafina lächelt. »Das wär was.«

Am Ende der Kurve ist eine Straßensperre. Rick sieht sie zu spät. Die Männer beginnen ohne Vorwarnung zu schießen.

»Schnall dich an!«

Die erste Kugel geht in die Windschutzscheibe.

»Nein, schnall dich nicht an! Kopf runter!« Rick drückt Sérafina nach unten, sie verschwindet vor dem Beifahrersitz. Er reißt das Lenkrad herum, der Wagen rast von der Piste ins Gestrüpp. Sträucher, Äste, Lianen schlagen gegen das Auto. Rick betet, dass der Dschungel nicht so dicht wird, dass der Wagen nicht mehr durchkommt. Aus der Nähe knallt es, er muss jetzt auf der Höhe der Straßensperre sein. Ein Schuss zertrümmert den Außenspiegel. Rick nimmt den Fuß nicht vom Gas, weicht einem Wasserloch aus, rammt einen dünnen Baum, knickt ihn ein und fährt darüber hinweg. Rick steuert zur Straße zurück, länger durch das Dickicht zu brausen, ist zu gefährlich. Sein Auto hat eine Menge Power, vielleicht gelingt es ihm, die anderen abzuhängen.

Wie ein Geschoss prescht der Geländewagen aus dem Unterholz, springt auf die Straße, die Reifen quietschen. Rick rast weiter. Das Geknalle hinter ihm wird heftiger, er zieht den Kopf ein. Sie haben nur leichte Munition, denkt er, wie Insektenstiche bohren sich die Kugeln ins Blech. Rick fährt äußerstes Tempo, die Schlaglöcher werden zu Detonationen. Er muss das Steuer hin- und herreißen, um nicht die Kontrolle zu verlieren. Vor ihm taucht eine Kreuzung auf. Kein Schild, kein Wegweiser.

»Wohin?«

Sérafinas Wuschelkopf taucht wieder auf. »Hier war ich noch nie.«

»Rechts oder links?« Er zieht das Lenkrad herum. »Ach, hol uns der Teufel, wir fahren links!«

Nach ein paar hundert Metern werden sie durch eine Senke gestoppt. In der Regenzeit muss sie voll Wasser gelaufen sein. Zwei Bohlen liegen darüber, gerade dick genug, dass ein Autoreifen darauf Platz hat.

»Vorsicht«, zischt Sérafina, als Rick darauf zusteuert.

»Vorsicht geht leider nicht.«

Er poltert auf die Bretter, alles zittert und schwankt, Wasser spritzt, sie rutschen. Eine Bohle kippt, sie sinken ein. Rick wechselt das Getriebe auf Vierradantrieb und schaltet in den niedrigsten Gang. Das andere Ufer ist zum Greifen nah. Die Hinterreifen rotieren im Schlamm, vorn aber greifen die Räder und ziehen das Fahrzeug Zentimeter für Zentimeter weiter. Sie rutschen zurück, kommen wieder voran, diese Steigung noch, diese eine Steigung! Die Räder tauchen aus dem Morast auf – und sie sind durch!

Auf Sérafinas bewundernden Blick grinst Rick: »Ich sag doch, mein Dad hat einen ähnlichen gefahren.« Er tritt auf die Bremse und hält.

»Bist du verrückt? Was machst du?« Sérafina sieht zu, wie er rausspringt und zurückläuft. »Rico!«

Er schlüpft ins Wasser und zerrt an der rechten Bohle. Sie ist zu schwer. »Hilf mir!«

Sie begreift, was er vorhat, schon ist sie neben ihm.

»Zusammen!« Sie zerren. Das Holz bewegt sich. »Noch mal!«

Das Brett rutscht auf sie zu, Rick wird untergetaucht. Prustend kommt er hoch, vom schlammigen Wasser schwarz von oben bis unten.

»Weiter!« Sie schaffen es, die Bohle aus der Verankerung zu zerren, sie ziehen sie quer, stoßen sie unter die Wasseroberfläche. Das vollgesogene Holz versinkt im Schlick.

»Und die andere?«, fragt Sérafina.

Rick hebt den Kopf. »Keine Zeit.« Zwei der Autos sind nicht mehr fern. »Nichts wie weg!«

Gegenseitig helfen sie einander aus dem Loch und rennen geduckt. Kugeln schlagen rund um sie ins Erdreich ein. Zugleich springen sie in den rettenden Wagen. Rick wechselt aufs Überlandgetriebe und gibt Gas. Hinter sich hören sie wütende Schreie, Schüsse ins Blech. Sie machen sich aus dem Staub. Sie sind klitschnass und dreckig, sie lachen trotzdem. Sérafina wischt Rick den Schlamm aus dem Gesicht. Danach wird es still. Schnurgerade liegt die Dschungelstraße vor ihnen.

14

Sérafina dribbelt eine Kokosnuss mit dem Fuß vor sich her. Sie stoppt sie, kickt sie hoch, hält sie auf der Beuge ihres Fußes.

Rick lacht anerkennend. »Du solltest Fußballprofi werden.«

»Spielst du auch?«

»Nein.«

»Klar, ihr seid ja die Baseball-Nation.«

»Ich frage mich nur, wie die Kokosnuss hierherkommt. In dieser Höhe wachsen keine Kokospalmen.«

»Wir sind nicht mehr so hoch. Merkst du nicht, wie heiß es wird?«

»Wir dürfen uns nicht lange hier aufhalten.«

Das Auto steht am Ufer. Sie rasten und löschen ihren Durst. Das Wasser ist klar bis auf den Grund und eiskalt. Rick hat sein Hemd ausgezogen und wäscht sich. Mit der Schulter ist das nicht einfach.

»Ich helfe dir.« Sérafina spritzt ihn nass und wäscht

ihn mit der Hand. Sie schöpft Wasser auf seinen Nacken.

»Das tut gut.« Für einen Moment legt er den Kopf auf ihren Handrücken.

»Wie weit können wir schon sein?« Sie zieht die Bluse aus. Darunter trägt sie ein gelbes Bikini-Oberteil.

»Noch nicht weit genug.«

Sérafina watet ins Wasser, sucht eine tiefere Stelle und hockt sich hin.

»Wir müssen etwas essen.« Rick wringt sein Hemd aus. »Irgendeine Idee?«

»Vielleicht gibt es Brotfruchtbäume.« Sie zeigt in den Wald. »Oder Mangos.«

»Das wäre gut.« Rick läuft das Wasser im Mund zusammen. Er denkt an seinen Vater. Seit sie sich nicht mehr so viel leisten können, lädt Montgomery seinen Sohn am Wochenende in die kleine Saftbar um die Ecke ein. New Jersey ist nicht Manhattan, die Shakes in der Bar können sich nicht mit den hippen Drinks im Big Apple vergleichen. Auch die Ausstattung des Lokals ist schlicht. Aber Rick und sein Vater haben dort manche lustige Stunde verbracht und miteinander geplaudert, während sie frisch gepressten Fruchtsaft tranken. »Mango-Erdbeer«, bestellte Montgomery meistens, und Rick schloss sich an: »Mir auch Mango-Erdbeer.« Was würde er geben, jetzt mit seinem Dad in dieser Bar sitzen und Mango-Erdbeer schlürfen zu können!

Das Geräusch klingt anders als das Wasserrauschen. Sérafina bemerkt es zuerst. Mit einem Sprung kommt sie hoch. »Hörst du das?«

Statt einer Antwort rennt Rick zum Wagen. »Raus aus dem Fluss!«

Er startet und lenkt das Auto auf das Dickicht zu. Sand und Kies sprühen unter den Rädern. Rick steuert das Fahrzeug in den nächsten Busch. Er prallt gegen etwas und wird gegen die Windschutzscheibe geschleudert. Der Wagen hängt fest. Die Schnauze verschwindet im Strauch, der Rest aber ist im Freien. Rick springt hinaus, greift sich Äste, Laub und Unterholz. In größter Eile wirft er, was er findet, auf das Wagendach.

Sérafina kommt aus dem Fluss gerannt. Ihr Bikini-Top leuchtet.

»Unter die Bäume! Zieh dir was über!«, schreit er.

Das Geräusch wird lauter. Zwei Hubschrauber fliegen oberhalb der Dschungelpiste. Sie sind fast über ihnen. Rick und Sérafina kriechen ins Dickicht und lauschen ängstlich.

Ein Helikopter fliegt den Fluss entlang, der zweite über der Straße, die sich am anderen Ufer fortsetzt. Es klingt, als ob sie sich entfernen, nein, einer kommt zurück. Während der eine über den Bäumen entschwindet, verliert der zweite an Höhe. Rick und Sérafina beobachten es mit Schrecken. Der Sturm der Rotorblätter peitscht das Flusswasser. Rick kriecht zum Auto.

»Was tust du?«, ruft Sérafina ihm nach.

Er hört sie nicht. Vorsichtig öffnet er die hintere Tür und langt hinein.

Währenddessen hat der Hubschrauber am Ufer aufgesetzt. Ein Mann springt ins Freie, er trägt die Uniform von Beluscóns Männern, er hält ein Gewehr im Anschlag. Vorsichtig, nach allen Seiten sichernd, erreicht er die Stelle, wo Rick das Fahrzeug versteckt hat. Sérafina zieht sich ins Grün zurück, bis es an einem Felsen nicht weitergeht. Ihre Bluse steht offen, hastig zieht sie den Stoff über den Bikini.

Der Bewaffnete erreicht den Wagen. Er ist stolz, dass er so gute Augen hatte und das Auto aus der Luft entdeckte. Er zieht ein Blatt vom Dach, die Sonne trifft das Blech, es spiegelt. Der Mann greift nach dem Funkgerät. Alle sollen erfahren, dass er die Flüchtigen aufgespürt hat. Er drückt auf den Sprechknopf, führt das Ding aber nicht zum Mund. Er hebt es in die Luft, hebt auch den Arm, der das Gewehr hält. So steht er da. Aus dem Wageninneren schiebt sich eine Mündung auf den Mann zu. Rick hält die Pistole, die er dem trägen Raoul abgenommen hat. Er zielt auf das Herz des Uniformierten.

Dieser ist dreißig Jahre alt, steht seit Langem in Beluscóns Diensten und hat viele Aufträge für ihn erfüllt. Er lässt sich von einem Grünschnabel nicht bedrohen, so einen Gringo verspeist er zum Frühstück. Der Kerl ist sicher, dass er schneller sein wird als das Jüngelchen mit der Pistole. Er wirft Rick das Funkgerät zu, um ihn abzulenken. Zugleich schnellt er vor und will die Pistole packen. Rick fängt das Funkgerät mit der gesunden Hand, die Waffe hält er in der anderen, sein Finger zieht den Abzug. Die Kugel dringt in die Schulter des Mannes ein, die Wucht reißt ihn zurück. Taumelnd will er das Gewehr heben, doch Rick ist schneller. Er stürzt sich auf ihn und bringt ihn zu Fall. Beluscóns Mann lässt die Waffe los, Rick packt sie und steckt sie ein. Der Kerl will sich aufrichten, Rick tritt ihm in den Rücken. Mit dem Gesicht nach unten stürzt der Mann ins Dickicht. Rick schaut ins Freie. Der Schuss war lauter als der Helikopterlärm. Er hört eine aufgeregte Stimme aus dem Funkgerät. Rick schlüpft geduckt zu Sérafinas Versteck.

»Renn erst auf mein Zeichen!« Er zeigt zum Hubschrauber.

Er dreht sich um, checkt, ob das Gewehr entsichert ist, sprintet aus dem Wald, über Felsplatten, durch den Kies, rennt auf den Helikopter zu. Der Pilot erkennt, dass jemand anderes als sein Kumpel auf ihn zukommt. Er packt den Steuerknüppel. Rick legt an und zielt auf den Piloten. Die Rotoren drehen sich schneller, Sand wirbelt auf, Rick hält die Hand vors Gesicht. Er verliert den Piloten kurz aus den Augen. Die Libelle schwebt hoch. Rick schießt. Die Kugel trifft das Glas der Kanzel. Der Pilot duckt sich und zieht den Vogel nach oben. Rick wirft die Waffe fort und rennt, nimmt Anlauf und springt. Er packt die Kufe der Libelle und hält sich fest. Der Schmerz fährt ihm durch die Schulter, er versucht hochzuklettern. Der Pilot spürt das ungewohnte Gewicht, legt die Libelle schief, sie neigt sich von einer in die andere Richtung. Rick schlenkert hin und her. Er krallt sich fest, packt eine Strebe, einen metallenen Holm, er lässt sich nicht abschütteln. Als sein Kopf auf Höhe der Kanzel ist, kriegt er einen Stoß verpasst. Der Pilot tritt aus der offenen Tür nach ihm. Rick weicht aus, so gut er kann. Seine Beine suchen Halt, eine Hand krallt sich fest, die andere greift nach hinten. Im nächsten Moment zieht er die Pistole aus der Tasche und hievt sich mit gewaltigem Schwung in die Kanzel. Er richtet die Waffe auf den Kopf des Piloten.

»Runter!«, befiehlt Rick.

Der andere weigert sich.

»Runter, sofort!« Rick schiebt die Mündung zwischen Helm und Schläfe des Mannes.

Der Pilot drückt den Schaltknüppel nach vorn, der Vogel senkt sich. Der Fluss wird sichtbar, sein Wasser weiß von Gischt. Am Ufer taucht eine schmale Gestalt auf. Als der Rotorensturm sie packt, hält sie ihre Bluse fest. Kaum hat der Helikopter aufgesetzt, springt Sérafina hinein und klettert nach hinten. Für einen Moment begegnen sich ihre Blicke.

Rick beugt sich zum Piloten. »Wir fliegen jetzt nach Norden.« Er presst die Pistole in den Nacken des Mannes. »Wenn wir dort sind, trennen wir uns, ohne dass jemand verletzt wird. Einverstanden?«

Der Pilot sieht ihn grimmig an. »Bleib cool. Wir

wollen alle heil runterkommen. Nach Norden, wenn ich bitten darf.«

*

Gleich darauf setzt Rick zwei Funksprüche ab. Der erste geht an Beluscóns Hauptquartier und dient dazu, die anderen zu täuschen: Die Flüchtigen seien noch nicht gefunden worden. Den zweiten Funkspruch gibt Rick auf einer Frequenz durch, die das Department benutzt. Wer arbeitet heute noch mit Funk? Ist das nicht Schnee von gestern? Erreicht man nicht die entferntesten Punkte der Erde per Handy? Wenn man Empfang hat. Im kolumbianischen Dschungel gibt es keinen Empfang, daher benutzt Rick das gute alte Funkgerät. Wahrscheinlich beinhaltet sein Funkspruch, wohin er unterwegs ist, er nennt auch den Hafen Puerto Escondido. Doch Ricks Nachricht erreicht uns verstümmelt. Ein Mitarbeiter der Mittelamerika-Abteilung fängt sie in Panama ab. Durch das Rauschen hört er eine entfernte Stimme, die sich als Rick zu erkennen gibt. Der Junge verliert kostbare Sekunden damit, zu sagen, wer er ist, statt wo er ist. Gleich darauf bricht die Verbindung ab. Eine neue kommt nicht zustande.

Meine Leute tun ihr Bestes, die Nebengeräusche zu eliminieren und etwas Brauchbares aus Ricks Worten zu filtern; wir verstehen das Wort *Puerto.* Rick will also zu einem Hafen, vielleicht ist er schon dort. Das ist eine ziemlich vage Neuigkeit. Die Küste Kolumbiens erstreckt sich über 3000 Kilometer entlang zweier Meere, dem Pazifik und dem karibischen Ozean. Dazwischen liegt die Landesgrenze zu Panama. Der karibische Teil der Küste beginnt im Nordosten bei Macao und schwingt sich südwestlich bis Panama. Auf dieser langen Strecke gibt es jede Menge Häfen, große und kleine, Fischerhäfen, Industriehäfen, private Buchten. Durch Satellitenbilder ist uns die Küste Kolumbiens vertraut, trotzdem weiß ich nicht, an welchem Punkt ich Rick finden soll. Ich weiß nur, dass er Hilfe braucht. Dieses Wort war in dem Funkspruch deutlich zu verstehen: *Hilfe.*

Ich habe den Jungen in die Gefahr geschickt, jetzt muss ich ihn da rausholen. Zum zweiten Mal lasse ich mich mit Vice Admiral McConnell verbinden. Er ist auf See. Wieder fordere ich ein Aufklärungsschiff an, man versichert mir, die Nachricht an den Vice Admiral weiterzuleiten. Ich beende das Gespräch ohne Ergebnis. Der Junge ist allein da draußen, er braucht meine Unterstützung.

»Hilliard«, sage ich zu meinem Mitarbeiter. Auch er steht im Rang eines Detective. »Hilliard, wir müssen da runter.«

Detective Hilliard ist ein Mann, der seinen Schnurrbart zum Kunstwerk kultiviert hat. Das Haar unter seiner Nase ist stahlgrau und dicht, er trägt es in der Mitte gescheitelt. Wenn er spricht, ist es, als würde der Schnurrbart mitsprechen.

»Aufs Festland oder aufs Wasser?«, fragt er mit ruhiger Stimme.

Es wäre möglich, sich unauffällig im kolumbianischen Küstengebiet absetzen zu lassen. Doch Operationen von dort aus sind schwierig. Eine Basis auf dem Meer scheint sinnvoller. »Aufs Wasser«, antworte ich.

Detective Hilliard braucht nur ein paar Minuten, um das gewünschte Ziel zu finden, den Flugzeugträger *USS Oklahoma*. Das ist ein gigantisches Schiff, drei Fußballfelder haben darauf Platz. Auf diesem schwimmenden Stützpunkt werden Hilliard und ich einchecken. Dort soll unser Hauptquartier sein, bis wir Rick rausgeholt haben. Die USS Oklahoma gehört zur 4. US-Flotte und untersteht damit Vice Admiral McConnell. Wir brauchen seine Genehmigung; ich habe keinen Zweifel, dass er sie erteilen wird.

15

Man fliegt ziemlich angespannt, wenn man einen Piloten als Geisel genommen hat. Rick kann in seiner Konzentration keinen Moment nachlassen, damit der Mann an den Schalthebeln nichts Unvorhergesehenes tut. Wo sind sie gerade? Das immergrüne Dickicht gibt keinen Anhaltspunkt. Am Bordkompass kann Rick bloß erkennen, sie fliegen nach Norden. Er sitzt neben Sérafina, manchmal lehnen sie Schulter an Schulter.

Rick ist alles andere als fit. Letzte Nacht hat er nicht geschlafen, ist seit 48 Stunden auf den Beinen. Die Sonne brennt in die kleine Kabine, das viele Licht, die quälenden Gedanken, was auf sie wartet – Rick möchte gern die Augen schließen. Er reißt sie krampfhaft wieder auf. Sérafina hat ihm erneut Ullulua gegeben; das Zeug wirkt aber nicht auf Dauer.

Er denkt an Storm und fragt sich, was sie gerade tut. Vielleicht kommt sie aus der Schule nach Hause, legt sich hin und hört Musik. Nicht für lange, der Frühling lockt sie bestimmt rasch wieder ins Freie. Sie stromert durch Brooklyn, trifft Freundinnen, sonnt sich im Park – Rick seufzt. Herrgott, wäre er jetzt gern bei ihr!

Storm ist nicht gesund. Sie hat eine ernste Krankheit, sie aber nennt sie salopp: *der Typ in meinem Blut*. Storms Blut bildet nicht genügend rote Blutkörperchen. Häufig muss sie ins Krankenhaus und wird dort an Schläuche und Kanülen angeschlossen. Storm selbst ist voller Hoffnung, aber die Diagnose lautet, dass sie möglichst bald in eine Spezialklinik müsste. Wer soll das bezahlen? Storms Mutter ist geschieden und arbeitet in einem Supermarkt. Wenn ich ihr nur helfen könnte!, denkt Rick. Er will sich zu Storms Krankenbett hinunterbeugen, aber ein Gewirr von Schläuchen und piependen Geräten ist im Weg. Er reißt an den Schläuchen, sie wölben und schlängeln sich, drängen sich ihm entgegen. Er kann Storm kaum noch sehen. Die Schläuche sind Lianen. Sie umschlingen ihn. Er erstickt fast im Gewirr. Storm versinkt im Dschungel der Lianen. Sie sind nicht mehr im Krankenhaus! Überall ist Natur. Storm droht von der Natur verschlungen zu werden. Rick stürzt ihr hinterher, ins Reich der Schlingpflanzen, abwärts, ins Dickicht, ins Grüne.

»Rico!« Storms Stimme ist voll Panik. Ein Schlag in sein Gesicht, etwas zerrt an ihm. Ein Schmerz durchrast ihn, der Schmerz an seiner Schulter. *Hallo*, sagt der Schmerz, *du verpennst das Spannendste.*

»Ich penne nicht, ich suche Storm.«

Du bist eingeschlafen, erwidert der Schmerz, *du träumst.* Augenblicklich ist leider ein schlechter Zeitpunkt zum Träumen.

Schreiend fährt Rick hoch und starrt in Sérafinas Gesicht. Ihre Hand berührt seine Schulter an der schmerzhaften Stelle.

»Wach auf!«

»Ich schlaf nicht!«

»Ach nein?«

Warum ist alles so schief? Warum liegen Sérafina und Rick aufeinander? Was macht der Pilot, wieso steuert er den Hubschrauber nach unten? Sind sie schon am Meer? Noch wichtiger ist die Frage: Kann ein Hubschrauber im Sturzflug landen? Rick begreift, dass er nicht mehr die Kontrolle hat. Der Mann am Steuerknüppel macht, was ihm gefällt. Rick fasst nach der Pistole. Sie ist ihm aus der Hand geglitten. Eingekeilt liegt sie hinter dem Pilotensitz. Rick langt danach, die Schwerkraft ist gegen ihn, er wird gegen die Kabinenwand gepresst, genau wie Sérafina. So rasend, wie sie nach unten gehen, ist es unmöglich, etwas zu unternehmen. Der Pilot ist angeschnallt, Rick und Sérafina nicht. Sie sind ein Spielball der Schwerkraft. Fühlt es sich so an, wenn man abstürzt? Der Helikopter wird ins Dickicht eintauchen, gleich werden die Rotoren gegen Baumkronen schlagen, wird die Libelle ins Trudeln kommen, dann sind sie nicht mehr zu retten. Äste werden knicken und brechen, die Natur wird ins Innere der Kabine dringen und sie mühelos zerquetschen. Bevor sie auf dem Dschungelboden aufprallen, sind sie wahrscheinlich schon tot.

Rick schiebt Sérafina beiseite und versucht mit äußerster Kraft an den Piloten heranzukommen. Der ändert die Richtung und zieht den Vogel wieder hoch. Rick wird ans andere Ende der Kabine geschleudert. Vergeblich versucht Sérafina sich festzuklammern, sie stürzt auf Rick, nimmt ihm die Sicht. Sie fliegen wieder, doch nur für Sekunden. Sie sacken gezielt ab. Rick spürt es in den Ohren, wie rasend es hinuntergeht. Er arbeitet sich unter Sérafina hervor. Sie sind im Dickicht. Blätter, Äste, Schlingpflanzen wie in seinem Traum. Ein letztes Mal versucht er an die Pistole zu kommen, da wird es dunkel. So dicht muss der Wald sein, dass die Sonne nicht mehr bis zum Boden dringt. Ein Ruck, sie haben aufgesetzt. Ohne sich weiter um die Maschine zu kümmern, wuchtet sich der Pilot aus dem Sitz und springt ins Freie. Die Rotorblätter drehen sich noch. In all dem Lärm und Wind sieht Rick den Piloten davoneilen. Was ist da draußen? Flatternde Blätter, hochgepeitschter Dreck. Durch die staubige Kabinenverglasung entdeckt er etwas, es bewegt sich auf den Helikopter zu, es ist grün wie die Umgebung. Männer in grünen Uniformen, wo kommen sie her? Als Rick sich umwendet, sieht er in Sérafinas entsetztem Gesicht die Antwort. Sie sind in der Falle gelandet. Sie haben sich aus Beluscóns Machtbereich auf und davon gemacht, haben sich ziemlich gut geschlagen, aber sie sind ihm nicht entkommen. Beluscón ist wie das Dickicht, er ist überall. Jetzt könnte Rick nach der Pistole greifen und sich ins Gefecht stürzen. Es wäre sein letztes. Gegen diese Übermacht kommt niemand an.

»Tut mir leid.« Er drückt Sérafinas Hand. »Wird er uns töten?«

»Das wäre zu viel der Gnade.« Sie ist starr vor Angst. »Wir werden sterben. Aber es wird lange dauern.«

Die Männer stehen rund um den Helikopter. Einer brüllt gegen den Lärm. Rick versteht es nicht, hebt die Arme, zum Zeichen, dass er aufgibt.

*

Ich senke die Arme, um nach dem Halteseil zu greifen. Wenn jemand meiner Gewichtsklasse einen Overall der US-Navy und eine knapp sitzende Schwimmweste trägt, ist das kein attraktiver Anblick. Ich weiß das, als ich aus dem Helikopter klettere und meinen Aktenkoffer fast verliere. Detective Hilliard zeigt sich von anderem Format. Cool spiegelt sich seine Sonnenbrille, passgenau sitzt die Schwimmweste über dem Overall, federnd springt er aus dem schwankenden Vogel, der nicht landet, sondern gleich wieder aufsteigt.

Unser Eintreffen auf dem Flugzeugträger fällt mit einer Kommandoübung zusammen. Kampfjets vom Typ Super Hornet sollen knapp hintereinander starten und einen fingierten Bombenangriff auf einen Übungsplatz in Louisiana fliegen.

Ein Flight Director kommt in seiner gelben Weste auf uns zugerannt. Wir können nicht gleich nach unten gebracht werden, der Start hat Priorität. Er sagt das nicht, er brüllt es nicht, er deutet es. Der Job der Flight Directors ist es, die Düsenjets durch Körpersignale zu steuern. Bei dem Lärm wäre jedes Sprechsignal wirkungslos. Hilliard und ich werden neben die Startrampe gebracht. Ducken!, signalisiert der Flight Director. Vor uns wendet eine Super Hornet. Trotz Schutzrampe könnte uns der Jetblast mühelos von Deck blasen. Selbst bei erfahrenen Seeleuten kommt das vor, ein Sturz aus zwanzig Metern Höhe ins Meer.

Jetzt fährt der Jet die Triebwerke hoch. Trotz Helm und Ohrstöpsel ist der Lärm ein Wahnsinn, mein ganzer Körper vibriert. Die Sonne, der Jetblast, der von der Schutzrampe abgelenkt wird – mir bricht der Schweiß aus. Dazu der beißende Spritgestank. In dem Inferno wirkt Detective Hilliard relaxed, seine Schnurrbartspitzen zittern im Luftstrom. Der Flight Director vollführt sein ungewöhnliches Ballett, bis die Position des Kampfjets stimmt. Dahinter rollt schon der nächste heran. Ein Officer in grüner Weste sitzt am Katapult, er wird den Jet abschießen. Er gibt das Zeichen. Uns bleiben wenige Sekunden. Der Mann in Gelb treibt uns vor sich her, ein Schott geht auf, wir werden hineingeschoben.

Luken und Gänge, ein Lieutenant Junior führt uns.

Im Innern des Hightech-Riesen gibt es keinen Fahrstuhl. Die Treppen wirken wie klappbare Feuerleitern. Flink folgt Hilliard dem Offizier, während ich mich wie ein Walross von Stockwerk zu Stockwerk quäle. Es gibt insgesamt achtzehn, der Besprechungsraum liegt auf einem Zwischendeck. Im Intelligence Center angelangt, nimmt uns der Commanding Officer in Empfang.

»Wir haben Vollbelegung«, begrüßt er uns. »Ihr Besuch kommt ziemlich kurzfristig.«

Ich weiß, was das bedeutet. »Schnarchst du?«, frage ich Hilliard. Er und ich werden uns eine Kabine teilen müssen.

»Die Aufklärungsinstrumente stehen Ihnen zur Verfügung, inklusive der Satellitenpeilung«, erklärt der Officer. »Ich kann unsere Nachrichtenspezialisten allerdings nicht entbehren.«

»Wir kommen schon klar.« Ich stelle meinen Aktenkoffer auf den Tisch.

»Worum geht es?«

»Verdeckter Einsatz in Kolumbien.« Mehr braucht er nicht zu wissen.

»Ich frage nicht meinetwegen.« Er mustert den Aktenkoffer. »Der Vice Admiral möchte informiert werden, wie das Unternehmen steht.«

»Ach ja?« Ich werfe Hilliard einen Blick zu. »Der Vice Admiral schien nicht besonders interessiert zu sein, als ich um Aufklärungsunterstützung auf See gebeten habe.«

»Die Lage hat sich geändert. Der Vice Admiral kreuzt derzeit vor der kolumbianischen Küste. Er lässt Sie informieren, dass er vielleicht doch behilflich sein könnte.«

»Danken Sie dem Vice Admiral in meinem Namen.« Ich öffne den Koffer. »Sobald ich die aktuellen Koordinaten meines Agenten kenne, komme ich auf das Angebot zurück.«

»Wollen Sie jetzt Ihre Unterkunft sehen?«

»Das hat Zeit, vielen Dank.«

Der Commanding Officer salutiert und verlässt die Nachrichtenzentrale.

»Die *Koordinaten*?« Hilliard zwirbelt seinen Schnurrbart. »Wir haben keine Koordinaten von Rick, bloß das Wörtchen ›Puerto‹.«

Ich lasse mich auf einen Stuhl fallen. »Ich weiß. Aber wenn der Junge schon einmal einen Funkspruch absetzen konnte, gelingt es ihm vielleicht ein zweites Mal. Wir müssen alle verfügbaren Antennen ausfahren und geduldig sein.«

Hilliard zippt den Reißverschluss des Overalls auf und steigt heraus. Darunter trägt er Sweater und Jeans.

»Bist du so freundlich und hilfst mir auch aus meinem Kokon?« Ich hebe die Beine in die Luft.

»Du solltest ein paar Pfunde abspecken«, sagt er, während ich mich wie eine dicke Wurst aus der Pelle schäle.

»Ein paar Dutzend Pfunde wären da nötig.« Ich ächze.

Ein breites Grinsen zieht Hilliards Schnauzbart auseinander. »Du trägst Anzug und Krawatte – zum Kampfeinsatz?«

»Kümmere dich um deine Kleiderordnung.« Insgeheim gebe ich ihm Recht. Kein vernünftiger Mensch läuft auf einem Flugzeugträger im Anzug herum.

16

Dass Rick Gelegenheit haben wird, eine zweite Nachricht abzusetzen, ist leider unwahrscheinlich. Beluscóns Männer haben ihn gefilzt, nichts gefunden, den Stift in seiner Hemdtasche haben sie ihm gelassen. Er nahm an, dass er dem Patrón vorgeführt werden würde, doch die Fragen, die Rick beantworten soll, stellt jemand anderes. Das Verhör begann vor zwei Stunden – wenn man das, was der Doktor mit Rick anstellt, als Verhör bezeichnen kann.

»Storm!«, schreit Rick. Er ist ins Reich des Schmerzes zurückgekehrt. »Aufhören!«, schreit er mit aufgerissenen Augen.

Du machst es mir nicht gerade leicht, seufzt der Schmerz. *Warum gibst du nicht auf und sagst mir, was ich hören will?*

Rick weiß, nicht der Schmerz spricht zu ihm, sondern der Mann mit dem langen weißen Haar. Der Arzt, der Tiere und Menschen mithilfe von Chemikalien konserviert.

»Ich bin hier nur notdürftig ausgerüstet«, sagte er zu Beginn und zeigte Rick die Folterinstrumente. Er gab ihm Zeit, sich das Allerschrecklichste auszumalen. Darauf stellte er ihm die entscheidende Frage. Er stellt sie auch jetzt, immer und immer wieder.

»Ist der Transport in Gefahr?«

»Ich weiß nichts«, wimmert Rick. Die Insel, auf die er sich zurückziehen will, wird kleiner und kleiner. Der Schmerz verschlingt sie. »Bitte nicht mehr!«

»Ist der Transport in Gefahr?«

»Ich weiß es nicht! Hören Sie auf, ich flehe Sie an!«

Zu Ricks Überraschung dreht der Doktor den Stromregler auf Null.

»Danke … danke«, stammelt Rick.

»Dafür ist es zu früh.« Der Weißhaarige lächelt. »Deine Nerven sind bereits abgestumpft. Sie nehmen den Strom kaum noch wahr.« Er öffnet seinen Koffer. »Wir müssen anders weitermachen.«

Als Rick die Geräte sieht, die Messer und Scheren, die Spritzen mit den langen Kanülen, weiß er, nun soll er präpariert werden wie eine Leiche. Der Arzt wird Chemikalien in ihn hineinspritzen, in der Erwartung, dass Rick vor seinem Tod die Wahrheit preisgibt.

»Das wird nicht nötig sein«, flüstert er.

»Es liegt bei dir.« Der Doktor macht seelenruhig weiter.

»Ich gebe Ihnen die Antwort.«

»Wie lautet sie?«

»Der Transport ist nicht in Gefahr.«

Der Arzt schaut auf. »Woher weiß ich, dass das stimmt?«

Rick hält dem Blick stand. »Glauben Sie mir, ich habe nicht die geringste Ahnung, wie der Transport vonstatten gehen soll.«

»Weshalb bist du dann so zielsicher ans Meer geflogen?« Der Doktor hält ein spiralförmiges Messer hoch.

»Ich wollte abhauen. Übers Wasser.«

»Wieso hast du versucht, alles Mögliche über Puerto Escondido in Erfahrung zu bringen?«

»Wer hat Ihnen …?« Rick kennt die Antwort. Der Arzt hat auch Sérafina verhört. Um ihr Leben zu retten, gab sie alles preis.

»Vom Helikopter aus hast du einen Funkspruch abgesetzt, dass du nach Puerto Escondido fliegst. Der Pilot konnte leider nicht verstehen, an wen die Nachricht gerichtet war. Mit wem hast du gesprochen?«

Inmitten der Verzweiflung spürt Rick den winzigen Triumph, dass seine Vermutung richtig war. Er hat sie aufgescheucht. Sie fürchten, dass er mehr wissen könnte, als er weiß. Von Anfang an wollte Beluscón verhindern, dass Rick und Vicki nach Puerto Escondido aufbrechen. Die Spur ist heiß. Nur nützt es Rick jetzt nichts mehr.

»Ich warte.« Mit dem spiralförmigen Messer beugt sich der Doktor über ihn.

Rick schließt die Augen und denkt an Sérafina. Wieder ein Mensch, der wegen seines selbstmörderischen Auftrags zu Schaden kommt. Rick lenkt seine Gedanken zu Sérafina, um so weit wie möglich von sich selbst entfernt zu sein. Dann beginnt er zu schreien.

*

»Er weiß nichts«, sagt der Doktor etwas später. »Wüsste er etwas, hätte er es gesagt.«

Manuel Beluscón geht an der Reling auf und ab. Es ist ein strahlender Nachmittag am karibischen Meer. Leichter Wind macht die Hitze erträglich. Das Wasser hat die Farbe von Saphiren. Sanft schwankt das Schiff vor der Küste, die Ankerkette ist straff gespannt. Im Hintergrund, von tropischen Gewächsen verborgen, sieht man das Dach einer Villa.

»Er wusste über den Ort Bescheid«, antwortet Beluscón. »Er ist zur rechten Zeit hier eingetroffen, und du behauptest, er weiß nichts?«

Selten zeigt der Patrón Nervosität; vor dem Doktor verbirgt er sie nicht. Dieser Mann, sein Name ist Xarron, hat Beluscón aus der schlimmsten Krise seines Lebens gerettet. Als Junge, jünger noch als Rick, hat sich Manuel Beluscón in die Arme einer grausamen Geliebten geworfen – Heroin. Viele Jungs aus dem Armenviertel Medellins verdingten sich als Drogenkuriere: Gute Bezahlung, hohes Risiko, so mancher Junge ging dabei drauf. Der Kontakt mit dem kostbaren Stoff machte Manuel neugierig, er zweigte kleine

Mengen ab und probierte es selbst. Wochen später war er abhängig. Nazario Moreno, für den er damals arbeitete, kam dahinter. Doch statt mit Manuel wegen des Diebstahls kurzen Prozess zu machen, benutzte er ihn als Versuchskaninchen. *El Jabón* probierte damals einen chemischen Wirkstoff aus, der Heroin stark verdünnte, ohne dass die Kunden es merken sollten. Im Falle eines Erfolgs würde die Prozedur Morenos Profite vervielfachen. Beluscón bekam reichlich Zugang zu dem gestreckten Stoff und geriet immer tiefer in die Abhängigkeit. Bald traten neben den Suchterscheinungen andere Symptome auf. Nervenlähmungen an Händen und Füßen, schwere Bewusstseinsstörungen. Der Versuch musste abgebrochen werden. Als körperliches und seelisches Wrack überließ Moreno den Jungen seinem Schicksal.

Abgeschnitten vom Zugang zu Drogen, stand Beluscón vor dem sicheren Ende. In diesem Zustand nahm ihn Xarron zu sich. Xarron war Arzt und Leichenpräparator. Aufgrund seines unangenehmen Äußeren hatte er nie eine Frau gefunden und lebte allein. Für ihn bedeutete der sterbenskranke Junge etwas Ähnliches, wie wenn man ein verwundetes Tier findet und gesund pflegt. Xarron kümmerte sich um Manuel und besorgte die nötigen Präparate, die ihm den Drogenentzug erleichterten. Es dauerte ein ganzes Jahr, bis Manuel geheilt war. Seit damals verbindet die beiden eine tiefe Freundschaft. Aus dem schmächtigen Manuel ist inzwischen der mächtige Patrón geworden. Xarron blieb während der ganzen Zeit an seiner Seite.

»Er hat bloß ein paar Dinge aufgeschnappt«, sagt der Doktor. »Vielleicht hat Vicki etwas erwähnt.«

»Vicki?«

»Unabsichtlich«, beruhigt Xarron. »Der Junge sieht blendend aus, ist herzlich und liebenswürdig, Frauen mögen ihn.« Der Doktor tritt seinem Freund in den Weg. »Er weiß vielleicht das Wo, aber weder das Wie, noch das Wann. Er ist aufs Geratewohl nach Puerto Escondido geflogen.«

»Wer sind seine Auftraggeber?«, fragt Beluscón.

»Die Drogenfahndung, die Zollbehörde, der CIA, die NSA – ist das von Bedeutung?« Xarron zuckt die Schultern. »Deine Transportmethode ist sicher. Selbst wenn die Schnüffler hier vor Ort wären, selbst wenn sie uns beobachten könnten, würden sie doch nichts sehen! Dafür hast du gesorgt. Es ist der genialste Coup, der in der Branche je gelandet wurde.« Xarron legt die Hand an Beluscóns Ohrläppchen und zieht leicht daran, als ob der Patrón immer noch sein junger Patient wäre. »Was soll ich mit dem Jungen machen, Manuel?«

»Nimm ihn dir noch einmal vor.«

»Es wird ihn umbringen.«

Beluscón verlässt das Deck, um auf die Kommandobrücke zu steigen. Auf der Metallleiter dreht er sich um. »Du bist ein Meister darin, den Tod hinauszuzögern.«

»Wozu? Ihn als Geisel zu behalten, genügt doch.«

»Er hat sich in mein Vertrauen geschlichen. Er hat meine Tochter ausgenutzt.« Beluscón öffnet die Tür zum Kommandoraum. »Das muss bestraft werden.« Er lässt den Doktor stehen.

Mürrisch schaut Xarron übers Wasser. Er ist kein Metzger, kein Schlächter. Er sieht sich als jemand, der einem Menschen jegliches Geheimnis entlocken kann. Er kennt die zahllosen Variationen des Schmerzes. Wo es jedoch kein Geheimnis gibt, ist seine Arbeit sinnlose Quälerei. Der Doktor hat keine Lust, Rick sinnlos zu quälen. Er will ihm Zeit schenken. Xarron steigt unter Deck und gießt sich an der Bar einen Drink ein. Er starrt das dunkle Holz an, mit dem die Wand getäfelt ist.

17

Rick ist gefangen in Verzweiflung. Er antwortet dem Schmerz nicht mehr, auch wenn der unausgesetzt zu ihm spricht. Rick sucht einen Weg, wie er sein Leid beenden kann. Er denkt an Selbstmord und weiß, dass zu viel Lebenswille in ihm ist, um diesen Weg zu gehen. Außerdem gäbe es hier nichts, womit man sich umbringen könnte. Eine Pritsche ohne Bettzeug, ein Eimer in der Ecke. Rick liegt zusammengekrümmt auf dem Betonboden, bis aufs Bett hat er es nicht geschafft. Er wimmert, hört seinen Atem ein und aus gehen, ein und aus. So lange er atmet, ist er noch da.

»Hombre.«

Wer sagt das, eine der Wachen? Unter Qualen hebt Rick den Kopf. Vor dem Gitter ist niemand. Seine Augen wandern umher. Dort in der Ecke der Eimer, der Deckel liegt schief darauf. Die Wand, die Pritsche. Nichts und niemand.

»Hombre«, hört Rick ein zweites Mal.

Er wirft einen Blick nach oben. Auch die Decke ist aus Beton. Kein Lüftungsschlitz, kein Fenster. Rick will sich nicht bewegen, weil das dem Schmerz Nahrung gibt. Doch er muss wissen, ob die Stimme wirklich ist oder ob er halluziniert. Rick dreht sich auf den Bauch, auf Händen und Knien kriecht er zum Eimer. Er hat ihn nicht benutzt, trotzdem stinkt es abscheulich. Er legt den Deckel so, dass er schließt, und zieht den Eimer beiseite.

Wurde das Loch dahinter herausgestemmt oder brach ein Stück Beton heraus? Ratten dürften hier ein und aus gelaufen sein. Rick schiebt eine Hand in die Öffnung. Dreck und Feuchtigkeit. Rick wartet.

»Hier, Hombre.« Die Stimme kommt von der anderen Seite. Liegt dort jemand vor dem gleichen Loch?

»Wer bist du?«, flüstert Rick.

»Und du – ein Schmuggler?«, kommt die Gegenfrage. »Weshalb hat er dich eingelocht?«

Rick erhielt eine solide Ausbildung von uns. Er weiß um die Methode, dass man Spitzel zu einem Gefangenen schleust, um ihn auszuhorchen. Ich habe Rick persönlich davor gewarnt, unter solchen Umständen etwas auszuplaudern.

»Schmuggler, ja«, antwortet er daher.

»Wie hat er dich erwischt?« Die Stimme klingt atemlos, als ob der andere fürchtet, er könnte jeden Augenblick entdeckt werden.

»Er hat mich eben erwischt.« Rick wirft einen Blick zur Tür.

»Er ist ein Teufel.« Rick glaubt, ein verzweifeltes Lachen zu hören. »Mein Gott, was für ein Teufel!«

»Und du? Auch Schmuggler?«

»Ich bin Beluscóns Geheimschatz!« Ein Kichern. Hat der Mann dort drüben den Verstand verloren? Haben die Methoden des Doktors ihn so weit gebracht?

»Glaubst du, dass du noch mal rauskommst?«, fragt der andere.

»Schon möglich.«

»Tot oder lebendig?«

»Lebend, hoffe ich.«

»Wie heißt du?«

»Rico.«

»Hör zu. Ich kann dich reich machen, Rico. Reicher, als du unter normalen Umständen in deinem ganzen Leben werden würdest. Wenn du mir hilfst!«

»Wie willst du das schaffen? Du bist genauso ein armes Schwein wie ich.« Rick spürt seine Lebensgeister erwachen. Die Neugier, die Überraschung drängen den Schmerz zurück.

»Nicht so wichtig«, antwortet der andere. »Wenn du rauskommst, musst du jemanden benachrichtigen.«

»Wen?«

»Kennst du Lourdés?«

Rick schweigt verwirrt. Welcher Gefangene Beluscóns könnte sich wünschen, dass Lourdés ihm zu Hilfe kommt? Jemand von den Plantagen, ein Freund von früher?

»Klar kenne ich Lourdés.«

»Machst du das, benachrichtigst du sie?«, drängt die Stimme von drüben.

»Sag mir zuerst, wer du bist.«

»Immer mit der Ruhe. Richte Lourdés aus, El Jabón ist nicht tot. Er lebt. Sag ihr, Beluscón hat mich gekriegt, er hält mich fest! Kannst du dir das merken?«

Rick merkt es sich nicht nur, er ist von der Nachricht fasziniert. Wo nur der Schmerz und das Ende auf ihn lauerten, hat er jemanden aufgespürt, den das Department seit Monaten sucht. Nazario Moreno, den König des Drogenkartells, entmachtet von seinem Kronprinzen, Manuel Santander Beluscón. Offenbar hat der Patrón entschieden, dass ihm El Jabón lebend mehr nützt als tot. Vielleicht hält er andere Drogenbarone damit in Schach, dass Moreno seine Geisel ist. Rick fühlt die Hoffnung in sich aufsteigen, dass hier der Hebel ist, den er ansetzen muss, will er der Tortur entfliehen. Jetzt da er in Nazario Morenos Nähe ist, sieht er die Chance, seinen Auftrag fortzusetzen.

»Und wenn ich Lourdés verständigt habe, was mache ich dann?«

»Sie findet schon einen Weg«, antwortet El Jabón. »Sie holt uns raus. Danach bin ich am Drücker. Ich zerquetsche den selbst ernannten Patrón wie eine Laus!«

»Ich glaube, er verschiebt die Ware von Puerto Escondido aus«, sagt Rick.

»Natürlich. Das weiß jedes Kind.«

Rick möchte nach der Schmuggelmethode fragen, nach dem Anfang der Pipeline, doch er weiß, damit würde er zu viel riskieren.

»Was hast du in Beluscóns Organisation gemacht, bevor sie dich beim Schmuggeln erwischt haben?«, fragt El Jabón.

»Security«, antwortet Rick aufs Geratewohl.

»Bist du ein Schläger oder ein Aufpasser?«

»Aufpasser.«

»Dann hast du für Gavirian gearbeitet.«

»Stimmt. Ruben war mein Boss.«

»Weißt du, ob Lourdés in Puerto Escondido ist?«

»Ich glaube, ja.« Rick lügt. Er weiß, dass Lourdés auf der Plantage blieb.

»Ich kann dir sagen, warum. Bevor eine Ladung rausgeht, schmeißt Beluscón meistens ein Fest.«

»Auf der *Victoria*«, antwortet Rick, als ob er es wüsste. Die Partys auf der Jacht, die Mädchen, der Drogentransport, wie hängt das zusammen?

»Ähm, was den Reichtum betrifft, den du mir versprochen hast…« Rick gibt sich skeptisch. »Woher weiß ich, dass du wirklich El Jabón bist?«

Ein Geräusch, als ob etwas reißt. Ein Rascheln, etwas wird durch das Loch geschoben. »Nimm!«

Rick fasst hin und hält ein Stück Stoff in der Hand. »Was ist das?«

»Lies!«

Rick hält den Fetzen ans Licht. Er wurde aus einem Hemd gerissen. Auch wenn der Stoff schmutzig ist, spürt man, das ist Seide. Initialen wurden darauf gestickt. Rick entziffert N.M.

»Glaubst du mir jetzt?«

»Ich glaube dir … Ich glaube Ihnen, Señor Moreno«, setzt Rick hinzu, weil er weiß, ein kleines Licht würde es nicht wagen, den König zu duzen.

»Jetzt bist du dran«, ruft Moreno.

»Ich tue mein Möglichstes, Señor.« Rick lässt sich nach hinten sinken. Er hat etwas in der Hand, das weit mehr ist als ein Stück Stoff. Der Schmerz ist vergessen, die Gedanken regieren wieder.

*

Sie holen ihn, bevor es Abend wird. Er hat etwas zu essen gekriegt, es war nahrhaft, schmeckte gut. Rick hat genügend Kraft gewonnen, um sich Fragen zu stellen. Werden sie ihn weiter foltern, ihn umbringen oder als Geisel behalten, wie El Jabón? Die beiden Wächter führen ihn nicht den kurzen Weg zur Krankenstation. Es geht über einen schattigen Pfad. Rick ist zu schwach zum Laufen, sie stützen ihn, manchmal schleifen seine Beine nach. Zuerst glaubt er, zum Haupthaus gebracht zu werden, doch der Pfad endet an einer Veranda. Ein offenes Gebäude, mit Bambus gedeckt, dahinter sieht man das Meer. Der Blick ist herrlich, er wird eingerahmt von einem Blütenmeer. Sträucher, Obstbäume, Klettergewächse, alles blüht in den schönsten Farben. Dahinter versinkt die Sonne im Meer. Rick versteht nicht, wozu dieses Wechselbad der Gefühle dienen soll – zuerst tiefste Erniedrigung, jetzt das Paradies. Zum ersten Mal fühlt er, dass er am Meer ist. Die See ist nicht stürmisch, wie Beluscón am Telefon vorhersagte. Glatt erstreckt sie sich in die Endlosigkeit, sie glitzert wie Gold.

Die Männer haben Rick nicht gefesselt. Sie sagen, er solle warten, und setzen ihn auf einen Stuhl. Sie bleiben hinter ihm stehen. Durch einen Verschlag tritt ein lächelnder Mann ein, er ist nicht mehr jung, er wirkt asiatisch.

»Was darf's sein?«, fragt er und macht Licht.

Dieser Ort ist eine Bar. Ein kleiner Vergnügungstempel, wo Beluscóns Männer etwas trinken können.

»Er nicht«, sagt ein Wächter. »Uns gibst du zwei Bier.«

Der Asiate öffnet den Kühlschrank hinterm Tresen und holt zwei Flaschen heraus. Die Männer trinken schweigend. Der Asiate mustert Rick. Dann fegt er den Boden und wischt seinen Tresen sauber. Rick möchte vorbereitet sein auf das, was ihn erwartet. Er schaut sich um, lauscht. Sein Blick wandert übers Meer, ob er irgendwo die Jacht entdeckt. Wenn sie überhaupt hier vor Anker liegt, dann in einem anderen Teil der Bucht.

Jemand nähert sich über den Pfad. Rick spannt die Muskeln an.

»Warum gebt ihr ihm nichts zu trinken?«, ruft der Ankömmling. Es ist der Doktor. »Gib ihm was«, sagt er zu dem Asiaten. »Was trinkst du?«

»Wasser«, antwortet Rick.

»Warum nicht was Stärkeres?« Der Weißhaarige zeigt auf die Batterie aus Flaschen.

»Ich möchte lieber nicht.«

»Und ob du möchtest.« Der Doktor setzt sich an Ricks Tisch. Sein Haar wirkt wilder als sonst, die Augen ruhen tief in den Höhlen. »Es wird dein letztes Schlückchen sein. Genieß es.«

Rick sitzt stocksteif. Die Angst packt ihn wie eine eiserne Klammer. Sein letzter Schluck? »Sie bringen mich um?«

Statt einer Antwort blafft der Weißhaarige die Wächter an. »Nicht so sehr auf Tuchfühlung, wenn ich bitten darf!« Sie ziehen sich an den Rand der Veranda zurück. »Du läufst mir nicht davon, nicht wahr?« Xarron lächelt. »Dazu wärst du gar nicht imstande. Obwohl deine Regenerationskräfte erstaunlich sind.«

Zwei Drinks werden vor ihnen abgestellt. Eisstückchen schwanken in der bernsteinfarbenen Flüssigkeit. Xarron leert sein Glas in einem Zug. »Deine Freundin ist in keinem so guten Zustand.«

Rick erstarrt. Er hat nur an sich gedacht, hat Sérafina fast vergessen. »Was haben Sie mit ihr gemacht?«

»Nichts Drastisches. Das war nicht nötig. Sie hat gesungen wie eine Nachtigall.«

»Lebt sie noch?«

»Sie lebt. Ich fürchte, an der Fiesta wird sie allerdings nicht teilnehmen können.« Xarron winkt mit dem leeren Glas. Der Asiate schenkt ihm nach. Die weichen Bewegungen des Doktors, seine Art, zu reden – Rick fragt sich, ob der Mann betrunken ist.

»Es gibt also wieder eine Party?«

Xarron lächelt amüsiert. »Du glaubst, du hast etwas aufgeschnappt? Du glaubst immer noch zu entkommen?« Er schüttelt den Kopf. »Das ist die Jugend. Die Jugend meint bis zuletzt, am Ende wird sie siegen.« Er beugt sich vor. »Lass dir sagen, am Ende wirst du immer noch jung sein, aber tot.«

»Lebend nütze ich Ihnen mehr«, erwidert Rick.

»Das entscheide nicht ich.«

»Beluscón?«

»Trink aus«, antwortet der Doktor. »Wir müssen anfangen. Er will es so.«

»Werden Sie mich wieder …?«

Das winzige Nicken des anderen ist so furchteinflößend, dass Rick kurz die Fassung verliert. Er blickt sich hektisch um, wohin er entkommen könnte.

»Vergiss es.« Beinahe väterlich sieht ihn der Doktor an.

Rick reißt sich zusammen. »Lassen Sie Sérafina in Ruhe. Sie weiß nicht das Geringste.«

»Ein junger Held«, schmunzelt Xarron. »Ein Kavalier. Selbst im Angesicht des Todes will er sein Mädchen schützen.«

»Sérafina ist nicht mein Mädchen.«

»Stimmt. Deine Liebste heißt ja Storm.« Der Doktor trinkt das zweite Glas aus. »Wir müssen los, sonst sind meine Hände nicht mehr ruhig genug.« Er will gerade aufstehen, als ein Summen ertönt. Der Doktor nimmt ein Telefon aus der Tasche.

»Ja? – In der Bar«, sagt er. »Noch nicht.« Er sieht Rick an. »Wird erledigt. – Ja, Manuel.«

Er legt das Handy vor sich auf den Tisch und betrachtet Ricks volles Glas. »Der Schnaps hätte dir gutgetan.«

Rick starrt das Telefon an. Kein Plan, keine Überlegung, nur ein Impuls. »Den trinke ich noch aus«, sagt er.

»Mach schnell.« Der Doktor lehnt sich zurück.

Rick greift zum Drink, doch im Augenblick, bevor seine Hand sich darum schließt, fasst er nicht das Glas, sondern das Telefon. Er springt auf, bevor Xarron die Hand danach ausstrecken kann. Rick wird schwindelig, er atmet durch. Er rennt. Er glaubt zu rennen, aber seine Beine machen das nicht mit. Er torkelt über die Bambusbohlen, das Telefon in seiner Hand. Er drückt eine beliebige Taste, das Display leuchtet. Während er die Wächter aufspringen sieht, während Xarron etwas schreit, zwingt sich Rick zu äußerster Konzentration. Er hat die Nummer der Zentrale im Kopf, die Nummer des Departments. Aber Rick ist geschwächt, verwirrt, verängstigt. Die Rufnummer fällt ihm ein, doch nicht die Vorwahl. Was wählt man, wenn man von Kolumbien aus in die Vereinigten Staaten telefoniert? Die beiden Männer stürzen auf ihn zu. Der Asiate steht mit der Flasche hinterm Tresen. Xarron flucht.

Rick weiß es wieder: zweimal die Null, dann die 1.

Sie sind ganz nah. Er stolpert weiter, nur ein paar Sekunden muss er ihnen noch entkommen. Fahrig tippt sein Finger, gleich hat er es. Ist es die richtige Nummer, hat er sich vertippt?

Sie schlagen ohne Vorwarnung auf ihn ein. Sie stürzen sich auf ihn. Der Junge ist ihnen im Moment egal, sie wollen das Telefon. Rick weiß, dass er mit niemandem sprechen kann, dazu reicht die Zeit nicht. Er kann nicht sagen, wo er ist. Alles, was Rick noch tun kann, ist, die Leitung aufrechtzuerhalten.

»Hilfe«, sagt er. »Hier ist Rick!« Er duckt sich, lässt ihre Schläge auf seinen Rücken prasseln. Sie packen ihn, reißen ihn herum. Rick sieht das Dickicht, dort ist es abschüssig. Er lässt sich in die Arme der Angreifer fallen. Im nächsten Moment katapultiert er sich nach vorn und holt weit aus. Sein gesunder Arm schleudert das Handy, so weit er kann. Das Ding aus Plastik und Leichtmetall segelt über die Büsche in die Wildnis. Einen Augenblick hebt es sich noch vor dem Himmel ab, dann fällt es ins Grün und verschwindet.

»Holt es!«, schreit Xarron.

Die Wächter zaudern. Sollen sie den Gefangenen fertigmachen oder nach dem Telefon suchen?

»Macht schon! Wir müssen die Leitung unterbrechen!«

Sie lassen Rick los, einer verpasst ihm einen Tritt in die Rippen. Er geht zu Boden. Er hört die Männer über die Veranda poltern und ins Gestrüpp eintauchen.

»Ihr müsst es finden, bevor das Display erlischt!«, ruft der Doktor.

Rick dreht den Kopf. Es ist fast dunkel. Trotz all der Angst ist er zufrieden. Wenn das Handy nicht mehr leuchtet, findet es in der Finsternis niemand so schnell.

»Taschenlampe!«, schreit Xarron dem Asiaten zu.

»Ich habe hier keine Taschenlampe, Verzeihung.«

Xarron beugt sich zu Rick und zerrt ihn hoch. »Das war sehr dumm von dir!«

»Im Gegenteil. Das war sehr schlau.«

»Du hast vor nichts Angst.« Aug in Aug ist Xarron mit dem Jungen. »Das habe ich noch nie erlebt.«

»Sie hätten mir nicht sagen sollen, dass Sie mich umbringen.« Rick schluckt. »Das macht die Angst bedeutungslos.«

Der Doktor lässt ihn zu Boden sinken. »Habt ihr's?«, ruft er den Männern nach.

»Noch nicht!«, kommt es aus dem Gestrüpp zurück.

Rick schließt die Augen. »Gut«, flüstert er. »Sehr gut.«

18

Ricks Anruf geht bei der Zentrale ein. Zu unserem Glück sitzt keine Aushilfskraft am anderen Ende der Leitung, irgendein schwerfälliger Assi, der Ricks mutige Tat sinnlos machen würde. Einer meiner Agenten hebt in der Zentrale ab.

»Hilfe«, hört er. »Hier ist Rick!«

»Wo bist du?«, fragt der Agent. Er hört Keuchen, Schläge, Poltern. Er fragt nicht, hört nur zu. Es rauscht, ein Schwirren, jetzt ein dumpfer Aufprall. »Holt es!«, hört er jemanden, diesmal weiter entfernt. »Macht schon, verdammt!«, schreit dieselbe Stimme. »Wir müssen die Leitung unterbrechen!«

Ohne es zu wollen, hat der Doktor meinem Mann damit den entscheidenden Hinweis gegeben. Die Leitung unterbrechen! Diese Leitung ist eine Verbindung zwischen Rick und dem Department. Solange sie steht. Der Agent agiert in Windeseile. Er startet die Ortung, gibt das Nötige in den Computer ein, der Computer aktiviert den Satelliten, das Handysignal wird zurückverfolgt. Von der Zentrale in New York durch den Äther zum Satelliten, vom Satelliten quer über den Erdball nach Kolumbien, bis an einen versteckten Küstenabschnitt im Norden. Die Ortung läuft, während Beluscóns Männer das Handy suchen. Sie stolpern, fluchen, laufen hierhin und dahin, sie bücken sich nach Dingen, die so ähnlich aussehen. Die Ortung läuft, sie ist erfolgreich. Der Punkt, von dem das Signal ausgeht, ist ein kleiner Hafen namens Puerto Escondido.

Nur ein paar Minuten, nachdem Rick das Handy in den Busch geworfen hat, klingelt mein Telefon. Auf dem Flugzeugträger USS Oklahoma erfahre ich, wo sich Rick befindet. Ich erfahre, dass er in Gefahr ist, dass der Junge wieder einmal das Äußerste gewagt hat. Bedeutet seine Nachricht, dass er etwas über den Drogentransport weiß? Egal. Rick hat einen Hilferuf abgesetzt, ich muss alles in die Wege leiten, um so schnell wie möglich zu ihm zu gelangen. Gemeinsam mit Detective Hilliard mache ich mich zum Kommandanten des Flugzeugträgers auf.

»Ich muss den Vice Admiral sprechen«, sage ich. »Sofort. Es geht um Minuten.«

»Ich weiß nicht, ob ich ihn jetzt erreiche«, erwidert der Commander.

»Ein Menschenleben hängt davon ab.«

Der Commander greift zum Telefon. Gleich darauf ist Vice Admiral McConnell am Apparat.

»Ich muss nach Puerto Escondido«, sage ich. »Heute noch.«

Stille am anderen Ende. »Was wollen Sie ausgerechnet dort?«

»Ich habe das Signal meines Agenten bekommen. Er ist in Lebensgefahr. Ich muss ihn rausholen.«

Wieder Stille. »Es ist bereits dunkel«, antwortet McConnell.

»Verstehen Sie nicht? Mein Mann könnte diese Nacht getötet werden.«

»Ja, ich verstehe.« McConnell hält den Hörer zu, er spricht mit jemandem. Die Leitung ist wieder offen. »Sie haben Glück. Die *Albatros* kreuzt nur 200 Seemeilen von Puerto Escondido entfernt.«

»Und wo sind Sie?«, frage ich erfreut.

»Ich befinde mich persönlich auf der *Albatros*.«

»Das ist ...« Ich bin einen Moment sprachlos. »Sehr gut. Wie kommen wir zu Ihnen?«

»Ich lasse einen Kampfhubschrauber für Sie startklar machen. Geben Sie mir den Commander.«

Das Gespräch der beiden Kommandanten ist kurz. Als Ergebnis wird der Hubschrauber bereitgestellt. Schneller als erwartet, muss ich mich wieder in das Flieger-Outfit quetschen, die Schwimmweste anlegen, den Helm überstülpen. Gemeinsam mit Detective Hilliard breche ich zum Flieger auf. An Deck des Flugzeugträgers ist es still, heute werden keine Jets mehr aufsteigen. Wo zuletzt Lärm und Gestank herrschten, können wir jetzt ruhigen Fußes über die

Plattform gehen. Vor uns öffnet sich eine Bodenklappe. Rotorenschläge, aus dem Hangar erhebt sich ein Helikopter und landet butterweich an Deck. Hilliard springt auf, ich folge ihm ins Innere. Der Helikopter steigt über der USS Oklahoma auf, das gigantische Schiff wird kleiner und kleiner. Wir sind unterwegs zum Aufklärer *Albatros*. Seitdem Rick das Handy von Xarron in seine Gewalt brachte, sind nicht einmal fünfzehn Minuten vergangen.

*

Sie haben Rick nicht umgebracht. Sie hatten zu viel damit zu tun, das Telefon zu finden. Einer der Wächter bringt es dem Doktor. Der checkt das Display und schaltet ab. Er weiß, dass die Leitung zurückverfolgt wurde. Er wird dem Patrón erzählen müssen, dass er versagt hat. Hätte er Rick gleich auf die Krankenstation mitgenommen, wäre das nicht geschehen. Aber der Doktor hat einen über den Durst getrunken, hat Rick einen Drink spendiert und ihm damit Gelegenheit gegeben, aktiv zu werden. Xarron, vor dem jedermann Angst hat, verspürt nun selbst Angst; Manuel Beluscón duldet keine Fehler. Xarron lässt Rick auf die Krankenstation schaffen. Er selbst macht sich auf den Weg zur Jacht.

Nachdem er Beluscón den Vorfall erzählt hat, zeigt sich der Patrón überraschenderweise nicht wütend, nicht einmal ungehalten.

»Mein Mittelsmann sagt, die Sache mit dem Spitzel könnte uns zugutekommen.« Beluscón sitzt in einem Korbsessel an Deck, er hat die Beine hochgelegt und trinkt Mojito. »Willst du auch einen?« Er deutet auf den Krug mit dem schimmernden Getränk.

»Danke.« Der Doktor winkt ab.

»Mein Problem ist das Wetter. Wenn der angekündigte Sturm kommt, wird der Transport schwierig. Dann müssten wir die Party ins Haus verlegen. Du weißt, was das bedeutet.«

Xarron begreift den plötzlichen Sinneswandel seines Freundes nicht. »Heute Nachmittag hast du den Jungen noch für eine Bedrohung gehalten. Jetzt setzt er seine Leute auf unsere Spur und du unternimmst nichts?«

»Natürlich unternehme ich was.« Beluscón lacht. »Aber das Gegenteil von dem, was die erwarten. Wie hast du vorhin so schön gesagt: Meine Methode ist genial.« Beluscón nimmt eine Zigarre aus der Schatulle und steckt sie sich an. »Dass der Junge die Schnüffler nach Puerto Escondido gelotst hat, kommt mir gelegen. Es wird den Verdacht ein für alle Mal von diesem Ort ablenken.« Eine Rauchwolke steigt auf. »Ich lasse übrigens Vicki herkommen.«

»Vicki?« Der Doktor sinkt in den Sessel gegenüber. »Ausgerechnet wenn der Deal über die Bühne geht?«

»Das gehört zu meinem Coup.« Das Unverständnis Xarrons amüsiert Beluscón. »Sie und Maximiliano treffen noch diese Nacht ein. Leistest du uns morgen beim Frühstück Gesellschaft?«

»Wenn du willst. Was soll ich mit dem Jungen machen?«

»Vor allem keine von deinen *Methoden* mehr. Er soll morgen präsentabel aussehen. Er soll ins Bild passen.« Paffend tritt Beluscón an die Reling. »Lass ihn was Anständiges anziehen. Morgen bringst du ihn mit.«

Der Doktor schenkt sich nun doch einen Mojito ein. Das hat er stets an seinem Freund bewundert: Wenn es Schwierigkeiten gibt, vermag Manuel sie jedes Mal zu seinen Gunsten umzudrehen.

»Der Sturm macht mir Sorgen. Hoffentlich zieht er nördlich vorbei.« Mit lässiger Geste wirft Beluscón die Zigarre über Bord. »Egal. Lösen wir das Problem, wenn es da ist.«

Ein Geräusch vom Ufer her. Der Patrón winkt zur Villa hinüber. »Die Mädchen sind eingetroffen.«

»So früh schon?«

»Ich brauche das Flugzeug gleich wieder, um Vicki zu holen. Was ist übrigens mit der Kleinen, die dem Spitzel die Flucht ermöglicht hat?«

Der Doktor tritt neben Manuel an die Reling. »Willst du sie etwa an der Party teilnehmen lassen?«

Im Haus sind Lichter angegangen. Man sieht Bewegung, Musik dringt übers Wasser.

»Nein. Sérafina bleibt unter Verschluss. Sie würde den anderen Chicas die Laune verderben.« Beluscón streicht sein Haar aus der Stirn. »Fahren wir hinüber. Ich verbringe den Abend mit den Mädchen.«

»Mich entschuldigst du sicher.« Xarron stellt das Glas auf den Tisch.

»Willst du kein bisschen Spaß?«

Der Doktor schüttelt den Kopf.

»Du fühlst dich unter Frauen nur wohl, wenn sie tot sind und du sie ausstopfen kannst, stimmt's?« Als der andere schweigt, fährt Beluscón fort: »Ich mache es mir mit den Chicas gemütlich, bevor meine Tochter auftaucht. Vicki braucht das nicht mitzukriegen.«

»Ist Lourdés auch dabei?« Zu zweit steigen sie ein Deck tiefer, wo das Motorboot liegt.

»Selbstverständlich. Die Glucke lässt ihre Küken niemals allein.«

Der Doktor und der Patrón schwingen sich ins Boot. Beluscón startet, mit schäumender Kielwelle rast das Motorboot aufs Land zu. Drüben am Strand wird ein Feuer angezündet.

19

Die ganze Nacht über wartet Rick, dass etwas mit ihm geschehen wird. Vergebens. Man serviert ihm ein Abendessen und lässt ihn ansonsten in Ruhe. Später hört er aus dem Haus Tanzmusik. Fröhlicher Lärm dringt zur Krankenstation herüber. Er lauscht, ruft sogar einmal, erhält keine Antwort. Nachts schreckt er aus unruhigem Schlaf hoch. Hat er ein Flugzeug gehört oder war das in seinem Traum? Rick wünscht sich, von Storm zu träumen, aber diesmal besucht sie ihn nicht. Er denkt an Sérafina und was der Teufel von Arzt mit ihr angestellt haben mag. Rick kriecht zu dem Loch in der Mauer. Flüsternd ruft er den Insassen auf der anderen Seite und erhält keine Antwort. Schläft El Jabón?

Bis tief in die Nacht hinein spielen sie im Haupthaus Musik. Als es still wird, lauscht Rick auf die Laute der Natur. Er meint, das Meer rauschen zu hören. Er würde gern absehen können, was der nächste Tag bringt. Selten war so viel Ungewissheit in ihm.

Am nächsten Morgen holen ihn die Wächter aus der Zelle und bringen ihn in einen weiß gekachelten Raum. Rick fürchtet, dass ihm eine neuerliche Tortur bevorsteht, doch er bekommt Seife und ein Handtuch. Er soll duschen. Er genießt das heiße Wasser. Als er in seine alten Sachen schlüpfen will, hat man ihm frische Unterwäsche, ein rotes Hemd und einen hellen Anzug hingelegt. Rick legt die Armschlinge beiseite, der Schulter geht es besser. Die schmutzigen Kleider lässt er zurück, tastet nur nach seinem Hemd. Den Filzstift haben sie ihm nicht weggenommen, er ist zu harmlos, zu unauffällig. Rick steckt ihn in die Brusttasche der Jacke. Kaum ist er in die Schuhe geschlüpft, wird er zum Doktor gebracht.

Mit keinem Wort geht Xarron auf den gestrigen Vorfall ein, er untersucht Rick stattdessen, als wäre er ein gewöhnlicher Arzt. Er reinigt Wunden, entfernt den Blutschorf, gibt sich sichtlich Mühe, das, was er Rick selbst angetan hat, zu heilen.

»Werde ich für meine Hinrichtung hübsch gemacht?«

Der Doktor hält ihm einen Kamm hin. »Fahr dir noch mal durchs Haar.«

Rick tritt vor den Spiegel. Kaum zu glauben: Ein schmucker Bursche steht vor ihm. Keine Spur von Folter und Prügelei. Wie ein normaler Gast Beluscóns sieht er aus. Das rote Hemd gibt ihm etwas Verwegenes. Schweigend schließt Rick sich dem Doktor an, der ihn zur Villa führt. Die Wachen sind verschwunden.

Vieles an dem Haus ist aus Bambus. Das Dach schwebt über einer offenen Wandkonstruktion, die Fenster und Türen kann man zur Seite schieben, sodass draußen und drinnen verschmelzen. In dem runden Raum, der das Herz des Hauses darstellt, entdeckt Rick keine Spuren der gestrigen Party. Zwei Treppen führen seitlich nach oben, wo hinter Vorhängen weitere Zimmer verborgen sind. Rick glaubt, verhaltenes Frauenlachen zu hören. Niemand zeigt sich.

Sie bleiben nicht in der Villa, treten wieder ins Freie. Von der Morgensonne geblendet, schließt Rick die Augen. Der Doktor läuft über die Terrasse auf den Anlegesteg. Rechts und links erstrecken sich Strände, wie man sie sich schöner nicht ausmalen kann. Rick folgt Xarron zu einem Motorboot. Gemächlich fahren sie hinaus. Rick genießt die Brise, die Hitze des erwachenden Tages kündigt sich an. Er sitzt da, sein Sakko flattert im Wind, nichts deutet darauf hin, dass er ein Gefangener ist, dessen Leben an einem Faden hängt. Sein Blick wandert übers Meer – die *Victoria* ist wirklich eine wunderschöne Jacht. Trotz ihrer Größe wirkt sie schlank. Die Anzahl der Decks vermittelt Rick einen Eindruck davon, wie viel Platz auf diesem Schiff ist. Er würde dem Doktor gern Fragen stellen, doch der Fahrtlärm verhindert es. Die große Frage, welchem Umstand Rick seine bevorzugte Behandlung verdankt, bleibt unbeantwortet. Ein Stewart hilft Rick, über das Fallreep aufs Schiff zu kommen, wo ihn jemand in Empfang nimmt, mit dem Rick zuletzt gerechnet hätte.

»Gut geschlafen?«

»Vicki!«

»Nun sehen wir uns also doch auf dem Schiff wieder, das meinen Namen trägt.« Sie lächelt. »Alles fügt sich zum Besten.« Ohne weitere Umstände hakt sie ihn unter und führt ihn die Reling entlang.

Rick mustert sie von der Seite. »Warst du das, die heute Nacht mit dem Flugzeug angekommen ist?«

»Es war komfortabler als dein abenteuerlicher Trip, das versichere ich dir.« Ein koketter Augenaufschlag. »Aber natürlich hattest du reizende Reisebegleitung.«

»Wie geht es Sérafina? Was weißt du von ihr?«

»Ich bin gerade aufgestanden. Was ist das außerdem für eine Begrüßung?« Sie fällt ihm um den Hals und küsst ihn auf beide Wangen.

»Hör auf! Was soll das? Was mache ich hier?«

»Frühstücken«, sagt jemand aus dem Hintergrund. Ein Planschen vom Pool her, Manuel Beluscón steigt aus dem Becken. Der Stewart reicht ihm ein Handtuch. Der Patrón hat einen gebräunten, durchtrainierten Körper. Wasserperlen glitzern in seinem Brusthaar. Narben am Bauch und den Armen bezeugen, dass Beluscón so manchen Kampf bestehen musste. »Guten Morgen, Rico.« Kameradschaftlich legt er den Arm um Ricks Schulter. »Frühstück an Bord, dachte ich, das könnte dir gefallen.«

Rick will den Arm abschütteln, da hängt Victoria sich an seine andere Seite. »Rot steht dir.« Sie berührt sein Hemd. »Überhaupt siehst du toll aus. Die Meeresluft scheint dir zu bekommen.«

Ihr Vater schlüpft in den Bademantel und bietet Rick einen Platz am reich gedeckten Tisch an. Alles ist vom Feinsten. Rick wundert sich nur, dass das Frühstück nicht im Schatten serviert wird. In der Sonne drohen die Köstlichkeiten zu zerfließen.

»Setz dich. Greif zu.« Beluscón drückt ihn auf einen Stuhl.

Von der anderen Seite taucht Maximiliano auf, auch er winkt Rick freundlich zu. Als Letzter stößt der Doktor zur Gesellschaft. Der Stewart öffnet eine Flasche Champagner und füllt die Gläser.

»Einen Toast auf unseren Überraschungsgast!« Beluscón will mit Rick anstoßen.

Der haut unvermittelt auf den Tisch. »Schluss damit! Was ist hier los?«

Niemand reagiert darauf, stattdessen brechen alle in herzliches Gelächter aus. Die Gläser klingen, es wird getrunken. Man bedient sich bei den leckeren Sachen.

Rick könnte es ahnen, er könnte eigentlich dahinterkommen, was an Bord der *Victoria* gespielt wird. Eine raffinierte Charade, eine Komödie, die zu nichts anderem dient, als die Schnüffler zu täuschen. Das bedeutet: mich. Mit Unterstützung der US-Navy bediene ich mich der modernsten Überwachungstechnologie. Trotzdem, oder gerade deshalb, ist es möglich, mich zu täuschen.

Detective Hilliard und ich sind noch in der Nacht

an Bord der *Albatros* eingetroffen. Da der Helikopter auf dem kleinen Schiff nicht landen konnte, wurden wir per Seilwinde an Deck des Aufklärers hinuntergelassen. In den bangen Sekunden, eingehängt in die Rettungsschlaufe, habe ich ein klägliches Bild abgegeben. Nachdem wir glücklich abgesetzt worden waren, begrüßte uns der Vice Admiral persönlich. McConnell trug schlichtes Navy-Blau. Er freute sich, helfen zu können, wies uns getrennte Kabinen zu und stellte uns die Explorer-Ausrüstung seines Schiffes zur Verfügung. Dazu gehört auch eine hochauflösende Satellitenüberwachung.

»Uns sind zwei Satelliten zugeteilt«, erklärte er. »Sie bieten abwechselnd jeweils eine halbe Stunde visuellen Zugriff auf Puerto Escondido.«

»Wie gut werden wir das Objekt ausmachen können?«

Der Vice Admiral lachte. »Die Satellitenbilder sind so scharf, dass Sie erkennen werden, ob die Leute dort unten Zucker oder Süßstoff zum Kaffee nehmen.«

Ich verbrachte die Nacht mit ähnlich bangen Gedanken wie Rick. Beim ersten Morgengrauen war ich im Kommunikationsraum und beobachte seitdem, was in Puerto Escondido passiert. Hilliard und ich sitzen vor einem großen Bildschirm und steuern die Satelliten per Computer. Sie liefern gestochen scharfe Bilder. Zuerst sehen wir den Küstenabschnitt, dann die Bucht, dann das Haus und die Jacht. Wir zoomen uns noch näher heran und beobachten, wie das Leben dort erwacht. Wir sehen Beluscón aus der Kabine treten und ein Bad im Pool nehmen. Gleich darauf nähert sich der *Victoria* ein Motorboot. Niemand anderer als Rick steigt auf die Jacht um. Rick Cullen, dessen letzter Funkspruch so dringlich klang, der uns scheinbar unter höchster Lebensgefahr seinen Standort zugespielt hat. Rick, wie wir ihn jetzt sehen, wirkt, als sei er außer Gefahr, mehr noch, als sei er ein gern gesehener Gast des Drogenbosses. Rick ist gut gekleidet, die Schulterverletzung scheint überwunden. Sein rotes Hemd macht es uns noch leichter, an ihm dranzubleiben.

»Scheint so, als ob Rick die Lage prima im Griff hätte.« Detective Hilliard nimmt ein Stück Schiffszwieback vom Teller. Für ein richtiges Frühstück hatten wir keine Zeit. »Der Junge befindet sich im engsten Kreis Beluscóns. Sein Auftrag könnte nicht besser laufen.«

»Du hast recht.« Auch ich knabbere. »Sieht so aus, als ob wir nur die Fische verscheuchen, wenn wir dort eingreifen.«

Wir fallen hundertprozentig auf Beluscóns Täuschung herein. Der Fuchs präsentiert uns ein Idyll, und wir mutmaßen nicht, in welch auswegloser Situation sich unser Agent befindet.

Zwischendurch wirft der Vice Admiral einen Blick in den Kommunikationsraum. »Habe ich zu viel versprochen?«

»Nein. Ihre Software ist wirklich erstklassig.«

»Nur das Beste für die Kollegen vom Geheimdienst.« Er lächelt und verschwindet wieder.

Im gleichen Augenblick ist Rick nicht zum Lachen zumute. Er isst, weil er bei Kräften bleiben will. Er hofft, aus den Tischgesprächen etwas Interessantes herauszuhören, er sucht nach einer Erklärung für die Kehrtwende im Verhalten seiner Feinde. Doch Beluscón und seine Gäste machen nur Smalltalk.

»Wann bringen Sie mich um?«, fragt Rick, um ihn zu provozieren.

»Zu einem Zeitpunkt, wenn du es nicht erwartest«, antwortet der Patrón so harmlos, als ob er Rick Auskunft über die Wassertemperatur gibt.

Eine Stunde dauert das heitere Beisammensein, danach zieht Beluscón sich zurück. Rick wird nicht wieder dem Doktor überantwortet, sondern schlendert mit Victoria ins Innere der Jacht. Dass Maximiliano ständig auf ihn aufpasst, zeigt uns der Satellit natürlich nicht. Auf dem Bildschirm liegt die *Victoria* friedlich vor Anker. Leichter Wellengang kündigt an, dass das Wetter umschlagen könnte. Sturm ist vorhergesagt.

Vom großen Salon unter Deck brechen Rick und Vicki auf und bewegen sich durch die Korridore des Schiffes.

»Warum musstest du dich ausgerechnet mit Papá anlegen?«, fragt sie plötzlich. »Das hat noch keiner überlebt.«

»Auch Nazario Moreno nicht?« Rick lässt einen

Versuchsballon steigen. Weiß Vicki, dass der frühere Boss des Kartells in Puerto Escondido in Gefangenschaft sitzt?

Maximiliano schneidet ihr die Antwort ab. Abrupt bleibt er vor einem Schott stehen. »Da geht's lang.«

»Wolltest du mir nicht die Kommandobrücke zeigen?« Rick sieht sich um. »Die liegt weiter oben.«

»Für dich ist der Rundgang vorbei.« Maximiliano öffnet das Schott. Rick schaut Vicki an.

»War nett, mit dir zu frühstücken«, sagt sie eiskalt und nimmt die Treppe. Ihr Röckchen wippt beim Hochsteigen.

»Was … wieso?« Rick will ihr nach. Der Muskelmann packt ihn und befördert ihn in den Korridor. Die Metalltür schließt sich. Sie stehen im Halbdunkel.

»Weitergehen.« Maximiliano stößt ihn voran.

Sie laufen durch einen Gang, von dem aus es noch zwei Treppen nach unten geht. Sie müssen nahe des Maschinenraumes sein.

Rick dreht sich um. Endlich hat er es begriffen. »Ihr habt mich vorgeführt! Meine Leute sind in der Nähe, und ihr habt es so aussehen lassen, als ob es mir hier bestens ginge.«

Maximiliano gibt ihm noch einen Stoß. Rick stolpert weiter.

»Ist doch so! Die sitzen euch im Nacken!« Er ist froh über diese Erkenntnis, zugleich misstrauisch: Müsste Beluscón ihn als Mitwisser nicht zum Schweigen bringen? Rick durchquert das nächste Schott.

Was weiß er denn schon? Ein Sturm, eine Party, ein bevorstehender Drogentransport. Er hat nichts weiter als den Schauplatz am Meer ausspioniert, hat erreicht, dass Beluscón um die Sicherheit seines Transports fürchtet. Deshalb ließ er Rick foltern.

Nach einem weiteren Schott öffnet Maximiliano einen unbeleuchteten Raum. Das Hallen ihrer Schritte zeigt an, dass er groß sein muss. Man hört Wasserplätschern.

»Wo sind wir?«

Maximiliano packt ihn am Ellbogen, um zu verhindern, dass Rick stehen bleibt. Trotz fehlender Beleuchtung kann dieser ein dunkles Geviert ausmachen, in dem Wasser schimmert. Ein zweiter Pool, tief unter Deck? Hier sieht es nicht nach einem Vergnügungsraum aus, hier herrschen Technik und Funktionalität. Aber wozu ein Wassertank, was wird darin aufbewahrt? Fische? Beim Weitergehen erkennt Rick Aufhängungen an der Decke, einen Lastkran, schwere Ketten. Hier wird etwas abgelassen und hochgehievt.

»Ist dein Boss Meeresforscher?« Rick will dem Glatzkopf die kleinste Bemerkung entlocken. Doch Maximiliano führt Befehle aus und schweigt. Sie verlassen den Raum mit dem Wassertank. Im nächsten Korridor stößt der Bodyguard Rick in eine Kammer – größer als ein Besenschrank, kleiner als eine Kajüte. Hier werden Seile und Taue gelagert.

»Ihr habt an Bord wohl keine Gefängniszellen?«

»Gegessen hat du gerade, du dürftest also nicht so

bald Hunger kriegen.« Maximiliano schließt hinter Rick die Tür und sperrt ab.

»Hey, hier ist nicht mal ein Luftschacht!«, schreit er. »Soll ich ersticken?«

Die Schritte des Muskelmanns entfernen sich. Rick atmet tief durch. Die Kammer misst vielleicht sieben mal sieben Fuß im Quadrat. Er lässt sich auf ein Bündel zusammengerollter Taue sinken. Was werden sie mit ihm anstellen? So wie Nazario Moreno ist Rick eine Geisel und könnte dem Patrón vielleicht noch nützlich sein – zumindest solange seine Leute ihn beobachten und der Drogentransport noch nicht vorbei ist. Wie lange? Er lehnt den Kopf an die Wand. Heute oder morgen steigt der Deal, danach kann Rick in Ruhe ausgeschaltet werden. Wenn das Kokain erst einmal abgesetzt wurde, kehrt Beluscón bestimmt auf die Plantage zurück. Ist der Stoff bereits an Bord? Wird er überhaupt von der Jacht aus weitertransportiert?

Es fällt Rick wie Schuppen von den Augen: Das eben war kein Wassertank, sondern eine Druckkammer! Er hat davon gehört: Wenn ein Schiff eine Verbindung zur Unterwasserwelt besitzt, muss eine Klappe an der Bordwand geöffnet werden, und zwar unterhalb der Wasserlinie. Dazu ist es nötig, innerhalb des Schiffes den Druck zu erhöhen, damit kein Meerwasser eindringt. Der Raum mit dem Wassertank und dem Ladekran könnte der Eingang zu so einer Druckkammer sein! Auf diese Weise hätte Beluscón die Möglichkeit, Gegenstände ungesehen von Bord zu schaffen oder Ladungen aufzunehmen. Sollte das der Beginn der Drogen-Pipeline sein? Rick richtet sich auf. Etwas stimmt an seiner Überlegung nicht. Eine Unterwasserklappe reicht nicht aus. Man kann eine kostbare Ladung wie diese nicht einfach abwerfen. Bei den Mengen, die geschmuggelt werden, wäre es außerdem unmöglich, dass Taucher die Ladung bergen und weitertransportieren würden. Es muss ein besonderes Fahrzeug geben. Ein Unterwasserfahrzeug.

»Ein U-Boot«, flüstert Rick.

Sollte Beluscón ein U-Boot für den Schmuggel einsetzen? Das Viereck in dem dunklen Raum schien nicht groß genug, als dass darin ein bemanntes U-Boot auftauchen könnte. Ein kleinerer Transporter vielleicht, von Tauchern manövriert? Oder ein ferngesteuertes U-Boot? Würde Beluscón eine Ladung im Wert von zig Millionen einem Roboter anvertrauen? Kaum. Wenn er jedoch Taucher einsetzt, kann der Patrón die Jacht bis vor die Küste der USA manövrieren, und von dort aus würden die Froschmänner die Drogen an Land befördern.

Welche Strecke ist so ein Mini-U-Boot imstande, zurückzulegen?, fragt sich Rick. Höchstens ein paar Meilen. Kann Beluscón riskieren, mit der *Victoria* die Karibik zu durchqueren und sich nahe an amerikanische Hoheitsgewässer heranzuwagen, damit der Aktionsradius des U-Bootes ausreicht? Eine auffällige Jacht wie seine müsste den US-Behörden auffallen. Das Signifikante am Drogenschmuggel der letzten

Monate ist jedoch, dass weder die Küstenwache noch der Grenzschutz auch nur das Geringste bemerkt haben. Dennoch sind ungewöhnlich große Mengen in die USA gelangt. Beluscón ist zu schlau, um zu riskieren, dass eine Ladung Rohkokain im Wert von vielen Millionen abgefangen wird. Er muss sich einer sicheren Methode bedienen. Mit einer Landung von Tauchern an der Küste wäre das nicht gewährleistet. Aber wie macht er es dann?

Rick zieht das Sakko aus. Trotz seiner üblen Lage hat er den Eindruck, dass er ein Stück weitergekommen ist. Das entscheidende Rätsel muss er aber noch lösen.

20

Ein Schlag gegen die Tür. Wie viel Zeit ist vergangen? Rick blinzelt. »Wer ist da?«

»Kannst du ihm das Handwerk legen?«, fragt eine Frauenstimme. Das Metall der Tür ist dick, Rick hört sie wie von weit weg.

»Was meinst du?«

»Du und deine Leute, könnt ihr ihn hinter Gitter bringen?«

»Beluscón?«

»Wen sonst?«

»Wenn ich hier rauskomme …« Er springt auf. »Ja! Ja, bestimmt! – Sérafina, bist du das? Mach auf!«

»Das kann ich nicht.«

»Wieso?« Rick springt zur Tür.

»Wer hat den Schlüssel?«, fragt die Frau.

»Maximiliano hat mich hier eingesperrt.« Er stockt. »Du bist nicht Sérafina.«

»Ich melde mich wieder.« Die Person geht so leise

weg, dass Rick ihre Schritte nicht hört. Er klopft ein paarmal, nutzlos. Er kehrt auf sein Lager aus Tauen zurück, er schöpft Hoffnung.

Rick hat keine Ahnung, dass die Mädchen aus Lourdés' Freudenhaus gestern mit dem Patrón gefeiert haben. Er weiß nicht, dass Beluscón viel getrunken hat. Rick kann nicht wissen, dass El Patrón schließlich in den Armen seiner langjährigen Geliebten landete.

»Man ist ein Gewohnheitstier«, lallte er ihr ins Ohr. »Mit dir ist es eben am schönsten.«

Lourdés gab dem Vater ihres Jungen das Gefühl, als sei zwischen ihnen alles beim Alten, als hätten sie ein ewiges heimliches Verhältnis, bei dem Beluscón nur die Annehmlichkeiten, Lourdés nur die Pflichten hat. Sie verbirgt vor ihm, wie sehr sie ihn verabscheut. Vor und nach dem Sex plauderten sie. Lourdés stellte harmlose Fragen; sie weiß, Manuel wäre zu gewitzt, um nicht zu bemerken, dass sie ihn aushorcht. Sie erkundigte sich nach Sérafina, bat ihn, dem Mädchen zu verzeihen. Sérafina habe aus Übermut gehandelt und sei dafür ausreichend bestraft worden. Rico, der junge Spitzel, habe ihr eben den Kopf verdreht. Auf diese Weise erfuhr Lourdés mehr über die gemeinsame Flucht der beiden, auch dass Rick es bis nach Puerto Escondido geschafft hat. Hier endete seine Glückssträhne, Beluscón hat ihn gefangen, gefoltert und festgesetzt. Er wird ihn umbringen, sobald der Deal über die Bühne gegangen ist. Lourdés weiß, dass ein Deal unmittelbar bevorsteht, weil sie und die Mädchen für ein Fest ins Strandhaus geholt wurden. Die Mädchen sind angewiesen, sich zu pflegen und hübsch zu machen. Alle Mädchen mussten mitkommen, es wird eine große Party. Bis sie steigt, hat Lourdés noch Zeit, dem tollkühnen Jungen zu helfen. In Lourdés' Armen schlief Beluscón betrunken ein. Kaum hörte sie ihn schnarchen, löste sie sich von ihm, ging ins Bad und duschte lange.

Heute Morgen, zur gleichen Zeit, als Rick an Bord der *Victoria* gebracht wurde, suchte Lourdés Sérafinas Zelle auf. Sie hatte von Manuel die Genehmigung erhalten, brachte dem Mädchen ein Frühstück und neue Kleider. Es gelang Lourdés nur schwer, ihre Bestürzung über Sérafinas Zustand zu verbergen. Der Doktor hatte bei seinen Praktiken ihr schönes Gesicht verschont, doch die seelische Verletzung des Mädchens ließ in Lourdés einen solchen Hass auf Beluscón und sein Schreckensregiment entstehen, dass ihr Entschluss, seinen Gegnern zu helfen, feststand. Auch wenn sich Lourdés um das Wohl ihres Sohnes sorgt, weiß sie, nur wenn Beluscóns Macht endet, gibt es für sie und Diego eine Zukunft. Lourdés sprach Sérafina Trost zu und sagte, dass Beluscón ihr vergeben würde. Darauf ließ Lourdés sich an Bord der *Victoria* bringen, angeblich um Einzelheiten für das Fest zu besprechen, in Wirklichkeit, um Rick zu finden. Der Doktor machte eine Andeutung, wo der Junge steckt. Lourdés kennt das Schiff gut. So groß es ist, gibt es darauf nicht allzu viele Orte, wo man einen Menschen unbemerkt gefangen halten kann. Beluscón muss Rick verstecken, denn heute Abend wird die Jacht von Gästen und Personal wimmeln. So stieg Lourdés in den Schiffsbauch hinunter und wagte einen kurzen Besuch bei dem Gefangenen. Befreien kann sie Rick nicht, doch sie weiß jetzt, wer den Schlüssel zur Gerätekammer hat.

Victoria ist nach dem Frühstück zum Pool ans Oberdeck gegangen, Maximiliano wie stets an ihrer Seite. Obwohl sich das karibische Meer vor ihnen ausbreitet, zieht Vicki es vor, im Swimming Pool zu trainieren. Maximiliano sitzt im Schatten, Lourdés setzt sich zu ihm.

»Ich soll den Weinkeller checken.« Sie legt ihre nackten Beine hoch.

»Hmmh?« Maximiliano ist schläfrig zumute. Er sieht im Moment keinerlei Gefahr für seinen Schützling und gönnt sich eine Pause.

Lourdés räkelt sich. »Manuel will sichergehen, dass von dem spanischen Jahrgangswein genug auf Vorrat liegt.«

»Und?« Die Augen des Bodyguards gleiten über ihren hübschen Körper.

»Du hast den Schlüssel.«

»Der Koch hat auch einen Schlüssel.« Lourdés ist unglaublich schön, aber Maximiliano würde sich niemals trauen, sein Glück bei ihr zu versuchen. Für ihn gehört Lourdés zum Eigentum des Patrón.

»Wieso soll ich den Koch fragen, wenn ich dich fragen kann, mein Starker?« Sie lächelt auf eine Art, dass es Maximiliano selbst im Schatten heiß wird.

»Ich habe nur den großen Schlüsselbund.« Er klopft an seine Tasche. »Ich mag den Kellerschlüssel nicht abmachen.«

»Musst du ja nicht.« Sie setzt sich auf. »In drei Minuten kriegst du ihn wieder.«

Kurz erwacht das Misstrauen in Maximiliano. Misstrauen gehört zu seinem Beruf, aber die Schönheit, die Erotik, der Duft dieser Frau setzen seinen Argwohn außer Kraft. Er zieht den Schlüsselbund heraus. »Bring ihn gleich wieder.«

»Was sonst?« Sie lässt die Schlüssel vor seiner Nase klirren. »Trinken wir danach was zusammen?« Lourdés lächelt vielsagend und verschwindet ins Innere des Hauses. Mit fahrigen Fingern beginnt sie zu suchen. Es sind etwa zwei Dutzend Schlüssel, große und kleine, wichtige und solche, die weniger wichtig aussehen. Zum Beispiel der, dessen Bart ein schlichtes Viereck ist. Hinter der Tür, die dieser Schlüssel aufschließt, kann sich nichts Wichtiges befinden: Taue und Seile zum Beispiel. Lourdés vertraut ihrem Instinkt und hakt diesen Schlüssel vom Metallring. Sicherheitshalber steigt sie in den Weinkeller, vergewissert sich, dass der besondere Rotwein da ist, und kehrt zu Maximiliano zurück.

»Da.« Burschikos wirft sie ihm das Ding hin. Klirrend landet der Schlüsselbund in seinem Schoß. »Wie wär's mit einem eiskalten Bier? Oder lieber was Stärkeres?«

»Ein Bierchen ist genau das Richtige.« Er grinst.

Lourdés beobachtet, wie der Muskelmann die Schlüssel in seine Hosentasche schiebt. Sie wendet sich zum Kühlschrank und lässt zwei Biere aufzischen.

*

Rick ist mit seiner Mission weit gekommen, bis an Bord der *Victoria*. Und doch kann er nichts unternehmen! Während seiner erzwungenen Tatenlosigkeit kommen ihm verquere Gedanken. Wie er aus der Kammer ausbrechen, sich in den Funkraum des Schiffes schleichen und von dort eine Nachricht absetzen könnte. Er muss Pläne schmieden, sonst würde er irre im Kopf. Um Energie abzulassen, räumt er die Taue auf dem Boden beiseite und sucht nach einer Luke, einem zweiten Ausgang, umsonst. Er sucht die Wände ab, seine Hände tasten die Lichtleiste entlang. An der Decke befindet sich eine Lampe, doch der Schalter muss außerhalb der Kammer sein. Der fehlende Sauerstoff macht sich bemerkbar. Rick ist schweißüberströmt, atmet angestrengt. Haben die da oben ihn vergessen, nehmen sie in Kauf, dass er erstickt?

Wieso kommt die Frau nicht wieder? Rick hat kombiniert, dass es Lourdés gewesen sein muss. Sérafina scheidet aus – wie soll sie an Bord gelangt sein? Rick hofft auf Lourdés' Hilfe, doch seit ihrem Auftauchen müssen Stunden vergangen sein.

Da, ein Geräusch! Es kommt nicht von der anderen Seite der Tür, sondern von draußen. Rick legt das Ohr an die Metallwand. Die Kammer befindet sich unterhalb der Wasserlinie, auf der anderen Seite ist das Meer. Dort sind Aktivitäten in Gang. Rick glaubt, das Brummen eines Motors zu hören, sehr schwach, Wasser leitet Geräusche schlecht. Mit einem Mal wird es lauter. Das Anschlagen von Metall, ein Zischen, als ob Wasser durch eine Leitung gepresst wird. Metallische Laute wie Kettenklirren. Was geschieht unterhalb der Jacht, was geschieht im Bauch des Schiffes? Was immer es ist, über dem Meeresspiegel wäre es unsichtbar. Nun ist Rick so gut wie sicher: Beluscón wickelt den Drogentransport unter Wasser ab. Die Aktion, um die sich alles dreht, der Schmuggel des Rauschgifts ins Ausland, geschieht auf dem Wasserweg. Nicht per Schiff: Der Patrón verwendet ein Unterwasserfahrzeug! Wie groß es ist, welche Reichweite es hat, ob es bemannt oder ferngesteuert ist, kann Rick nicht sagen. Klar scheint nur, während er in einem Lagerraum eingesperrt ist und immer weniger Luft bekommt, während seine Chancen, etwas zu unternehmen, gleich null sind, bereitet Beluscón den Transport vor. In Ricks unmittelbarer Nähe legt das U-Boot an. Wahrscheinlich wird es in das geheime Wasserbecken gehievt und dort beladen. Bedeutet das nicht, dass die Drogen bereits an Bord der *Victoria* sind? Woher kommen sie, wie befördert er sie hierher? Per Flugzeug? Waren sie in der Maschine, die Vicki gebracht hat? Die

Ladung ist Millionen wert: Müssten die Sicherheitsmaßnahmen nicht besonders hoch sein, während Beluscóns Schatz an Bord gebracht wird? Alles, was Rick bis jetzt vom Strandparadies Puerto Escondido sah, kam ihm eher verschlafen vor. Wenige Männer, keine sichtbaren Securityanlagen, zum Meer hin scheint es gar keine Bewachung zu geben. Im Gegenteil, Beluscón öffnet sein Haus, lädt Gäste ein, er schmeißt eine Party. Wieso erschwert er sich den Transport, indem er riskiert, dass Unbefugte dabei zusehen?

Als ob Ricks Gedanken das Stichwort gegeben hätten, beginnt an Bord Musik zu spielen. Er kann sie kaum hören, dazu liegt sein Verlies zu tief unten. Er vernimmt nur die Bassfrequenzen und manche spitzen Laute, das könnte Frauenlachen sein. Überhaupt nehmen die Aktivitäten zu. Ein helles Motorengeräusch nähert sich der Jacht, es hört sich nach einem Außenborder an. Das Motorboot bringt Gäste. Die Stimmen werden zahlreicher. Gleich darauf entfernt sich der Motor wieder, das Boot fährt an Land, um mit den nächsten Ankömmlingen wiederzukehren. Weitere Boote legen an und ab, die Party kommt in Schwung.

So macht er es!, begreift Rick in der dunklen Kammer. Er inszeniert ein Fest, ein fröhliches Treiben über Wasser, während nur wenige Meter darunter die eigentliche Aktion stattfindet! Möglicherweise kommen die Drogenpakete sogar mit den kleinen Motorbooten an Bord. Keine große, auffällige Ladung, sondern viele kleine. Sollten Feinde Beluscóns, sollte die Drogenfahndung ihn und sein Schiff beobachten, was würden sie mitbekommen? Ein reicher Mann feiert auf seiner Jacht eine karibische Party. Man amüsiert sich, Musik dringt übers Wasser, die all die anderen Geräusche unhörbar macht. Während das Fest seinen Lauf nimmt, die Stimmung sich steigert, legt heimlich ein U-Boot von der *Victoria* ab und befördert die Ware unter Wasser davon. Eine Ware, die Beluscón millionenfachen Profit einträgt, nicht nur ihm, auch den Zwischenhändlern, die sie verteilen. Eine Ware, die Verderben über diejenigen bringt, die sie kaufen.

Ein Ruck, ein Knarren, im Dunkeln geht die Tür auf.

»Komm!«

»Lourdés?«

»Keine Fragen. Du hast nur ein paar Minuten!«

Rick fühlt den Luftstrom, der sich in die Kammer ergießt. Er springt zur Tür, spürt einen nackten Frauenarm. Schwaches Licht brennt im Korridor. Lourdés trägt ein eng anliegendes Kleid, ihr dichtes Haar fällt über die Schultern, sie ist geschminkt.

»Hier entlang!« Sie will zum nächsten Schott.

»Ich muss in die andere Richtung.« Rick hält sie fest. »Zu dem Raum mit dem Wassertank!«

»Du musst fort von hier!« Die Angst steht Lourdés ins Gesicht geschrieben. »Hau ab, hol deine Leute und lass Beluscón hochgehen.«

»Abhauen, wie?«

»Es sind genügend Boote rund um die Jacht.

Schnapp dir eins.« Sie macht sich los. »Ich muss nach oben.« Als Rick nicht sofort reagiert, zischt sie: »Ich muss Maximiliano den Schlüssel wieder unterjubeln.«

»Wenn ich geflohen bin, werden sie trotzdem vermuten, dass du es warst.«

»Das lass meine Sorge sein.« Ihre Stimme ist rau.

»Das will ich nicht.« Er sieht sich um. Was er im Innern der Kammer umsonst suchte, einen harten Gegenstand, hinter dem Schott findet er ihn. Ein Stück Rohr, wahrscheinlich nach einer Reparatur vergessen. »Sperr mich ein«, sagt er zu Lourdés.

»Was?«

»Mach schon.« Rick springt zurück in die Kammer, zieht die Tür zu und hört draußen das Einrasten. Er setzt das Rohr an und schlägt zu. Ein simples Schloss, von innen an die Türfüllung geschraubt. Nach drei Schlägen hat er das Gehäuse zertrümmert, der Riegel liegt frei. Noch ein paarmal mit Wucht und das Schloss gibt nach. Die Tür schwingt auf.

»Jetzt haben sie keinen Beweis gegen dich.« Rick wirft das Rohr in die Kammer.

»Kommst du mit?«, fragt sie.

»Geh allein. Danke, dass du das getan hast!« Rick schiebt sie zum Schott. »Ich muss zu dem Wassertank. Ich glaube, ich kenne Beluscóns Methode …«

»Sag nichts.« Sie drückt seine Hand. »Besser, wenn ich es nicht weiß.«

»Grüß Sérafina von mir.«

Sie trennen sich. Rick hört Lourdés' Schritte auf

dem Metallboden verklingen, da fällt ihm noch etwas ein.

»Lourdés!«

»Ja?«

»Ich soll dir etwas ausrichten!«

Sie taucht noch einmal in der Tür auf.

»Als ich gefoltert wurde, hatte ich einen Zellennachbarn. Ich habe ihn nicht zu sehen bekommen. Seine Nachricht an dich lautet: *Sag Lourdés, El Jabón ist nicht tot. Er lebt. Beluscón hat mich gekriegt, er hält mich fest.«*

Rick beobachtet Lourdés genau. Sie lehnt sich gegen die Wand, um nicht zusammenzusinken.

»Oh Gott«, flüstert sie.

»War das Nazario Moreno?«

»Natürlich! Das erklärt so vieles … es erklärt alles!«

»Kannst du etwas für ihn tun?«

»Ich weiß nicht. Wenn Beluscón ihn wirklich seit einem halben Jahr festhält …«

»Was?«

»Er macht sich Langzeitgefangene gefügig, indem er ihnen Heroin verabreicht.«

»Er macht sie süchtig?«

Sie nickt. »So geraten sie völlig in seine Hand. Sie brauchen Beluscón, weil sie nur durch ihn an den Stoff kommen. Das ist seine Rache an El Jabón.« Lourdés dreht sich um. »Mach's gut!«

»Du auch.«

Sie läuft davon. Rick nimmt die andere Richtung.

21

Das leise Rasseln von Ketten, sie klirren durch die schwankende Jacht. Das Schiff gerät in Bewegung, die See wird unruhig. Rick erreicht den Eingang des großen Raumes, geduckt hockt er sich hinter einen Kompressor. Deckenfluter beleuchten das Geschehen, Rick wird Zeuge.

Das Gefährt ist kleiner als erwartet und hat eine dunkelblaue Farbe. Unter Wasser ist es damit praktisch unsichtbar. Drei Männer sind mit dem Beladen beschäftigt, die Handgriffe geschehen ruhig und routiniert. Kein Wort wird gesprochen. Die Pakete sind nicht groß. Man könnte sie für Schuhkartons halten oder für kleine Bücherkisten. Sie sind von unscheinbarer brauner Farbe und in Plastik verschweißt. Einer der Männer steht in der Top-Luke des U-Boots und reicht die Fracht nach unten. Er bekommt sie von einem Zweiten ausgehändigt. So harmlos es aussieht, mit jedem Päckchen verschwinden Millionen im Bauch des Unterwassertransporters. Der Preis für die Sucht ist hoch. Am liebsten würde Rick hinspringen, sich die Pakete schnappen, aufschneiden und den Inhalt ins Meer kippen. Er muss sich auf das Machbare konzentrieren. Zum Beispiel darauf, nicht gleich entdeckt zu werden und das Geschehen so lange wie möglich zu beobachten. Kann man den Transport aufhalten oder seinen Weg unter Wasser verfolgen? Jetzt könnte Rick sagen, wie die Prozedur funktioniert, und kann es doch nicht. Soll er in Beluscóns Kommunikationszentrale eindringen und eine Nachricht durchgeben? Aussichtslos. Das würde den Gangster nur aufscheuchen, Beluscón würde das U-Boot mit unbekanntem Ziel verschwinden lassen. Nein, es soll sogar auslaufen und sein Ziel ansteuern; so kann man herauskriegen, wohin es fährt.

Rick ahnt, von den drei Handlangern kennt keiner das Ziel. Wahrscheinlich ist es nur dem Patrón und demjenigen bekannt, der die Ware auf der anderen Seite der Pipeline in Empfang nimmt.

Gegenüber öffnet sich ein Schott. Beluscón betritt den unterseeischen Hafen.

»Wie weit seid ihr? In ein paar Minuten wird die See zu rau zum Auslaufen.« Er geht auf das U-Boot zu.

Rick zieht den Kopf ein und betet, dass Beluscón nicht in seine Richtung kommt.

Der dritte Mann taucht aus der Luke auf. »Gleich fertig.«

Beluscón betrachtet die Pakete, die noch nicht verladen wurden. »Ich kann die Jacht nicht mehr lange stillhalten.«

Rick war so auf die Aktion konzentriert, dass ihm erst jetzt auffällt, wie stark das Schiff schlingert. Und das, obwohl es in der geschützten Bucht vor Anker liegt. Draußen muss ein Unwetter losgebrochen sein. Beluscón packt mit an, mit vereinten Kräften schaffen sie die restlichen Pakete an Bord.

Ein Ruck. Ein tiefes, anhaltendes Knarren. Die Jacht legt sich schräg. Obwohl der Ladekran das U-Boot festhält, wird es gegen die Beckenwand geworfen. Metallenes Schaben, Quietschen, das Sirren der Ketten.

»Nachlassen, sonst reißt die Verankerung!«, ruft Beluscón.

Einer der Männer rennt zur Kransteuerung und gibt den Ketten mehr Spiel. Er kommt Rick dabei gefährlich nah.

Eine Explosion. Rick erschrickt so sehr, dass er fast aufschreit. Neben seinem Ohr ist der Kompressor angesprungen. Der Kran wird mit Druckluft gesteuert. Rick sieht die Nadel der Messanzeige zittern. Die Männer agieren hektischer, jede Minute zählt. Beluscón hilft mit, das U-Boot zu stabilisieren. Es wird in die Mitte des Beckens gezogen. Eine Gegenbewegung der Jacht, es taumelt zur anderen Seite. Hilflos sind die Männer der Gewalt des Meeres ausgeliefert. Das Gefährt kracht gegen die Bordwand. Das nutzt derjenige, der darauf sitzt, um abzuspringen.

»Ich starte!«, schreit der Mann in der Luke gegen den Lärm des Kompressors an.

»Bei dem Sturm musst du zuerst auf 30 Meter abtauchen!«, ruft Beluscón. Der andere zieht die Top-Luke über sich zu.

Das U-Boot ist bemannt. Von Hand gesteuert, manövriert es durch die karibische See. Wohin? Das Ding ist so klein, dass es nur wenig Treibstoff aufnehmen kann. Das gilt auch für die Atemluft im Innern. Wird es durch eine Energiezelle angetrieben? Auch dann hätte es keinen weiten Aktionsradius. Es müsste Zwischenstationen machen, um die Küste der USA zu erreichen. Kann Beluscón riskieren, dass sein Boot in fremden Gewässern auftaucht? Rick kommt der Verdacht, dass das Unterwassergefährt die Drogen nicht bis an ihr Endziel bringt.

Der Mann am Kran löst die Verankerungen, rasch sinkt das U-Boot unter. Da verhakt sich plötzlich ein Schlauch, es hängt fest.

So hat Rick den Patrón noch nie gesehen: Beluscón schnellt nach vorn, hechtet ins Wasser, zwei Stöße, und er erreicht das Gefährt. Er sucht Halt, zugleich bemüht er sich, den Schlauch freizukriegen. »Druckluke auf!«, schreit er.

Der Mann an der Schalttafel bedient einen Hebel. Rick prägt sich den Handgriff ein. Vielleicht ist die Unterwasserluke ein möglicher Fluchtweg. Nicht bei dem Seegang! In diesem Sturm sollte man vermeiden, ins Wasser zu geraten.

Beluscón kriegt den Schlauch frei, das U-Boot versinkt unter ihm. Lichter gehen an. Der Patrón beeilt sich, den Rand des Tanks zu erreichen. Die Jacht schwankt, er wird zurückgeworfen. Der zweite Mann kommt ihm zu Hilfe, zieht seinen Boss aus dem Wasser.

Um alles zu beobachten, hat Rick sich aufgerichtet. Auf einen Schlag stoppt der Kompressor. Er duckt sich. Jetzt, wo es still wird, vernimmt man das Röhren der See, die *Victoria* ächzt und knarrt.

Beluscón zieht sein Hemd aus. »Jetzt muss ich mich auch noch umziehen.« Er geht. »Wenn die *Nautilo* draußen ist, schließt du die Luke.«

Nautilo, denkt Rick. Der Patrón hat dem Drogentransporter einen poetischen Namen gegeben.

*

Im weißen Anzug tritt Manuel Beluscón gleich darauf in den Salon seiner Jacht. Den Gästen ist anzumerken, dass ihnen die Laune vergangen ist. Die meisten hängen auf den Sofas rum, nur wenige haben ein Getränk in der Hand. Ihnen ist nicht nach Trinken oder Feiern, schon gar nicht nach Tanzen zumute. Die Musik ist durch den Sturm kaum zu hören. Das fegt und bläst und jault, das schwere Schiff wird herumgeworfen, als wäre es ein Stück Holz.

»Ich fürchte, wir haben zu lange gewartet.« Beluscón bemüht sich um einen heiteren Ton. »Mit den kleinen Booten kommen wir jetzt nicht mehr an Land.« Er muss sich am Klavier festhalten, die Jacht hebt sich.

»Ich will seit einer halben Stunde rüberfahren!« Victoria steht auf. »Wo hast du gesteckt?«

»Tut mir leid. Wie es aussieht, müssen wir es uns hier so gemütlich machen, wie es eben geht.«

Einige der Gäste haben grüne Gesichter. Sie denken nicht an Gemütlichkeit, eher daran, wie sie sich erleichtern können.

Beluscón geht zur Bar. »Ich kannte mal einen Arzt aus Peru.« Er gibt dem Angestellten hinterm Tresen ein Zeichen. »Der erklärte, Seekrankheit hat etwas mit dem Innenohr zu tun.« Der Barkeeper gibt dem Patrón eine Schachtel. »Er hat mir diese Pillen verschrieben.« Er öffnet die Dose und verteilt sie an die Anwesenden. »Sie helfen schnell und zuverlässig.«

Die meisten greifen nach der Tablette und spülen sie runter. Die Jacht sackt ab. Ein kollektiver Schrei.

»Keine Angst! Die *Victoria* ist hochseetauglich!« Beluscón lacht.

Währenddessen beobachtet Lourdés Maximiliano. Wann wird er seinen Gefangenen aufsuchen? Lässt er Rick einfach dort unten, ohne Licht, ohne Luft? Wann bemerkt Maximiliano das Fehlen des Schlüssels? Es war Lourdés unmöglich, ein zweites Mal an den Schlüsselbund zu kommen.

»Musik!«, befiehlt Beluscón. Der Barkeeper dreht den Sound lauter. Auf ein Zeichen des Patrón beginnen sich mehrere Mädchen in der Mitte rhythmisch zu bewegen. Sie sind aufreizend angezogen, mit knapp sitzenden, glitzernden Kleidern. Sérafina ist nicht unter ihnen.

*

Das Licht geht aus. Rick sitzt im Dunkeln. Beluscóns Mann hat ihn nicht entdeckt. Gerade schließt der Typ das Schott hinter sich. Trotz der Dunkelheit rennt Rick dorthin, stolpert, rappelt sich auf und erreicht die Metalltür. Umsonst sucht er den Mechanismus, die Klappe ist nur von der anderen Seite zu bedienen. Rick sitzt fest. Das Schlingern des Schiffes wird stärker.

Wie hat Lourdés das Unterdeck verlassen, überlegt er. Sie lief eine Treppe hoch. Rick tastet sich in den Korridor zurück, wo er eingesperrt war, an der Kammer vorbei, in den nächsten Gang. Da ist die Treppe. Vorsichtig setzt er Fuß vor Fuß. Er muss das Schiff verlassen. Er muss eine Nachricht losschicken, das Department informieren, dass ein Mini-U-Boot mit einer großen Menge Drogen unterwegs ist. Es darf die Vereinigten Staaten nicht erreichen.

22

Hier drin wimmelt es von Leuten. Alle tragen weiße Kluft, Rick ist in die Küche geraten. Sie kochen nicht, sie haben alle Hände voll zu tun, Geschirr und Geräte in Sicherheit zu bringen. Der Seegang richtet ein ziemliches Chaos an. Scherben, Besteck, Essen auf dem Boden.

»Macht den Schrank zu!«, schreit einer. Zu spät. Eine weitere Ladung Teller ergießt sich auf den Boden. Inmitten der allgemeinen Verwirrung huscht Rick durch die Küche.

»Hey, Sie da.«

Er dreht sich um. Ein Angestellter steht hinter ihm.

»Sie sollten nicht hier sein, Señor. Es ist gefährlich, bei all dem Zeug, das durch die Gegend fliegt.«

»Schon klar. Entschuldigung.« Rick begreift, er wird für einen Gast gehalten.

»Sie suchen bestimmt den Salon«, sagt der Angestellte. »In diese Richtung, Señor.«

»Danke, jetzt weiß ich's wieder.«

Er schlägt den angegebenen Weg ein. Dabei will er am allerwenigsten in den Salon. Der Angestellte sieht ihm nach. Rick nimmt die Treppe nach oben. Er hört Musik und Stimmengewirr. Unverständlich, dass bei dem Sturm weitergefeiert wird. Er dreht sich um, der Mann aus der Küche schaut ihm nach. Ist er misstrauisch geworden?

Rick betritt den Vorraum des Salons, in die Tür ist ein Bullauge eingelassen. Er beobachtet eine merkwürdige Szene. Die meisten Gäste versuchen, irgendwo Halt zu finden, sie sehen alles andere als amüsiert aus. Ein paar Mädchen tanzen in der Nähe des Klaviers und tun so, als ob der Sturm nicht existierte. Dabei müssen sie sich ständig festhalten und taumeln gegen den Flügel. Ihr Lächeln wirkt unecht. Es sind Lourdés' Schützlinge. Rick entdeckt Lourdés im Hintergrund, in der Nähe von Maximiliano. Sein Anblick bringt Rick fast zum Lachen: Den Muskelprotz hat es schlimm erwischt. Er lümmelt auf dem Barhocker, sein Kopf ist auf die Brust gesunken. Maximiliano würgt und kämpft damit, sich zu übergeben. Aber er kann seinen Posten nicht verlassen; auf dem Sofa sitzt seine Schutzbefohlene und unterhält sich mit ihrem Vater. Vicki ist hart im Nehmen, ihr scheint die Berg- und Talfahrt des Schiffes nichts auszumachen. Beluscón hat sich umgezogen. Wozu hält er die Party im Gang? Sein U-Boot hat abgelegt, die Tarnung ist überflüssig geworden.

Rick sieht sich um, der Vorraum ist ein totes Ende. Er kann weder durch diese Tür gehen noch zurück in die Küche. Es ist reiner Zufall, dass noch niemand den Salon verlassen hat, der ihn entdecken könnte. Irgendwie muss Rick ins Freie! Er schaut an sich hinunter. Das rote Hemd ist das Problem. Rasch schlüpft er aus dem Sakko, zieht das Hemd aus und stopft es in einen Schrank. Servierplatten werden darin aufbewahrt, er schnappt sich eine. Rick zieht die helle Anzugjacke über die nackte Haut, knöpft sie bis oben zu und stellt den Kragen hoch. Mit etwas Fantasie kann man ihn für einen Kellner halten.

Das Schiff sackt ab, allgemeines Stöhnen aus dem Salon. Das ist Ricks Moment. Vorsichtig zieht er die Tür auf und schlüpft hinter einen weiblichen Gast. Sie dreht sich um. Rick hält die Servierplatte so, als komme er, um abzuräumen. Dabei verdeckt er sein Gesicht. Die Frau lässt ihn vorbei. Zum Glück stehen die Gäste dicht gedrängt. Er schleicht an der Wand lang, wirft manchem einen entschuldigenden Blick zu. Man lässt den Kellner passieren. Doch jetzt muss er an Vicki vorbei. Beluscón dreht Rick den Rücken zu. Die nächste Tür ist neben der Bar. Rick hat zwei Möglichkeiten: Entweder er läuft Vicki über den Weg oder Maximiliano. Der sitzt da wie ein schlapper Sack. Rick riskiert es. Mit erhobener Platte schiebt er sich an den Leuten vorbei, ihre elegante Kleidung steht in krassem Gegensatz zu ihrer Laune. Das Wogen der See ist lauter als die Musik, die bedauernswerten Mädchen drehen sich im Tanz. Jemand wendet sich um, Lourdés. Ihr Ausdruck zeigt Überraschung, mehr noch, Bewunderung. Rick ist an Maximiliano fast herangekommen. Lourdés riskiert viel und hilft. Sie stellt sich vor den Muskelmann, nimmt seine Hände.

»Kann ich was für dich tun?«

Schwer hebt er den Kopf. Einen Kotzeimer, würde er am liebsten sagen, aber Lourdés gegenüber bleibt er höflich. »Geht schon.«

»Ein Magenbitter?«

»Mir ist wirklich nicht nach …« Maximiliano würgt.

Hinter Lourdés geht jemand in einer weißen Jacke vorbei. Er trägt eine Servierplatte. Hier gibt es nichts zu servieren. Die Getränke werden vom Barkeeper gemixt, die leeren Gläser von ihm abgeräumt. Was will ein Kellner im Salon? Maximiliano legt die Hand auf Lourdés' Schulter und schiebt sie beiseite. Gerade erreicht der Kellner das Ende des Raumes. Schwarzes Haar, heller Anzug mit hochgestelltem Kragen. Woher stammen die Ölflecken auf seiner Jacke, der Riss am Ärmel?

Maximiliano hievt sich vom Hocker. Ein Blick zu Lourdés, ein Blick des Argwohns. Unschuldig lächelt sie ihn an. Unsicher steht er auf den Beinen. Das Schiff schlingert, breitbeinig steuert der Glatzkopf auf den Jungen mit dem dunklen Haar zu. Der öffnet gerade die Tür. Allgemeiner Unmut, es weht herein, Wasser sprüht.

»Tür zu!«, rufen sie. Der vermeintliche Kellner ist schon draußen.

Maximiliano fasst die Klinke, zögert. Soll er den Patrón verständigen? Er hat Rick persönlich eingesperrt. Trotzdem ist der Junge entkommen und treibt sich unkontrolliert an Bord herum. Der Muskelmann will die Sache selbst in Ordnung bringen. Rasch tritt er ins Freie und zieht die Tür hinter sich zu.

Gischt, Regen, kühle Luft schlagen ihm entgegen. Maximilianos Kopf ist wieder klar. Er wischt sich über die Augen. Auf dem Promenadendeck ist kein Mensch, dort aber läuft eine helle Gestalt. Maximiliano will hinterher, leichter gesagt als getan. Wie ein tapsiger Bär versucht er breitbeinig, Gleichgewicht zu halten. Das Meer hebt das Schiff wie einen Korken, lässt es fallen, wirft es auf die Seite, sodass Maximiliano an die Reling geschleudert wird. Im nächsten Augenblick zieht es ihn wieder hoch, er kracht gegen die Kajütenwand.

Dem Jungen geht es nicht besser, nur dass er schneller reagiert. Doch die nächste Welle ist so heftig, dass Rick ungebremst gegen die Stahlwand geschleudert wird. Benommen sackt er zusammen, verliert für ein paar Sekunden die Kontrolle. Die Zeit reicht für Maximiliano, in seine Nähe zu kommen. Rick wird ihm praktisch in die Arme geschleudert.

Maximiliano schlägt zu. Rick will abtauchen, aber der Seegang hievt ihn regelrecht in den Schlag hinein. Die gefürchtete Rechte Maximilianos trifft ihn zwischen Wange und Nase. So einen Schlag steckt ein Sechzehnjähriger nicht einfach weg. Ricks Beine werden weich. Er hofft, der Seegang befördert ihn aus Maximilianos Reichweite, aber der Seegang treibt ihn diesem direkt zu. Schläge prallen in Ricks Gesicht, auf seine Rippen, auf die verletzte Schulter. Ein Kampf ist das nicht, nur noch ein Taumeln im Inferno. Das Meer und Maximiliano sind gegen Rick. Im Gewitter der Schläge weiß er, diesmal werden sie ihn nicht einsperren, sondern kaltmachen. Der Drogentransport hat abgelegt. Jetzt kann er unliebsame Zeugen kaltmachen.

Rick ist nur noch ein Sack in Maximilianos Händen, zu fertig, um sich zu wehren. Sein Körper versagt ihm den Gehorsam. Sein Körper kämpft nicht mehr gegen den Schmerz. Rick gibt auf.

Die Welle ist größer als jede andere zuvor. In Maximilianos Rücken rollt sie heran. Der Sieger sieht die Welle nicht kommen, er will den wehrlosen Rick am Kragen packen und mit sich zerren. Die Welle lässt es dazu nicht kommen. Sie ist höher als das Deck, sie schlägt nicht nur dagegen, überspült es einfach. Es ist mehr Wasser, als man fassen kann, es schließt die beiden ein. Das Wasser kippt die Jacht zur Seite. Die *Victoria* ist ein gutes Schiff, schon richtet sie sich wieder auf. Die Welle, so groß sie ist, zieht sich zurück. In ihrem Sog nimmt sie die Kämpfer mit. Maximiliano prallt gegen die Reling, aber das Geländer hält ihn nicht. Mühelos schwemmt das Wasser den schweren

Mann und den leichten Jungen darüber weg. Sie gehen über Bord.

Sie fallen nicht tief, weil das Meer so hoch steigt. Jetzt muss Maximiliano Rick loslassen, jetzt geht es ums eigene Leben. Er stammt aus dem Landesinneren. Bevor er für Beluscón arbeitete, war er nicht ein einziges Mal am Meer. Maximiliano hat es nicht so mit dem Wasser. Wenn andere vom Strand aus in die Brandung laufen, bleibt er lieber im heißen Sand. Manchmal geht er bis zu den Knien hinein, bei der ersten Welle kehrt er wieder um. Maximiliano kann nicht schwimmen. Er hat es nie gelernt, es hat sich nicht ergeben. Er schlägt um sich, rudert wild, wo er doch besser Ruhe bewahren würde. Die See trägt ihn, das weiß er, aber glauben kann er es nicht. Er vertraut dem heimtückischen Element kein bisschen; er ist ein schwerer Klotz, wie soll Wasser ihn tragen? Maximiliano gerät in Panik, sinkt unter, schluckt Wasser. Taucht hilflos auf, schon drückt es ihn wieder nach unten.

Da ist ein Arm, eine Hand packt seine. Jemand will helfen. Maximiliano denkt nicht darüber nach, dass es der Gegner ist, der hilft, er fasst einfach zu. Dem schrecklichen Wasser will er entkommen. Rick tut, was in seinen Kräften steht. Strampelt mit den Beinen, hält den Kopf des anderen oben, zieht ihn vor seine Brust, hält ihn über Wasser. Rick ist kein Heiliger, der einen Mann retten möchte, der ihn gerade halb totgeschlagen hat. Er tut es reflexhaft, es kommt ihm nichts anderes in den Sinn. Aber Ricks Benommenheit, die

Gewalt des Meeres, der unkontrolliert um sich schlagende Schläger sind zu viel. Er kann Maximiliano nicht halten, wenn er selbst nicht sterben will. Beim nächsten Auf des Wellenberges werden sie auseinandergerissen. Beim nächsten Ab hat Rick den anderen aus den Augen verloren. Maximiliano geht in die Tiefe, sie lässt ihn nicht mehr los. Die Tiefe ist Maximilianos Schicksal, seine letzte Minute ist angebrochen. Victorias Beschützer verschwindet im karibischen Meer, seine Augen schließen sich für immer.

Rick geht es kaum besser. Wenn ein Sturm mit der *Victoria* so etwas anstellen kann, ist ein kleiner Mensch dann nicht verloren? Vielleicht nicht – weil er leichter ist, wendiger. Weil er schneller auf Sturm und Wellen reagiert. In dem Irrsinn sieht Rick sich um. Dort das unausweichliche Schwarz, das alles verschlingende Meer. Dort ist die Jacht, gefährlich nah, man könnte fürchten, dass sie auf Rick herabstürzt. Dort aber, Rick begreift es, bevor ihn der nächste Berg überschwemmt – dort sind Lichter. Da ist Land. Keine weite Strecke zu schwimmen, bei glatter See. Im Sturm ist wenig Hoffnung, bis dorthin zu gelangen. Wenig Hoffnung hat Rick noch nie abgeschreckt. Strampelnd streift er die Schuhe von den Füßen, so geht es besser. Rick schwimmt um sein nacktes Leben. Seine Kräfte sind verbraucht. Maximiliano hat sie aus ihm herausgeprügelt. Die Schulter ist immer noch lädiert. Das Meer geht hoch. Aber Rick schwimmt. Die Beine schlagen, die Arme halten ihn an der Oberfläche. Die Lichter drüben sind sein Leitstern. Wenn er es bis dahin schafft, schlägt er dem Tod ein Schnippchen.

Freu dich nicht zu früh, sagt der Tod.

»Lass mich in Ruhe.« Rick schwimmt. »Noch sterbe ich nicht. Deine Zeit ist noch nicht gekommen.« Rick schwimmt auf den Leitstern zu.

23

Was ist jetzt mit uns beiden?, fragt der Tod.

»Ich kann nicht mehr.«

Dann komm mit mir.

»Ich will nicht.«

Du warst schon immer ein Querkopf.

»Ist man ein Querkopf, wenn man am Leben bleiben will?«

Da liegt Rick, vom Sturm gepeitscht und von den Kräften der Natur, das Gesicht im Sand. Er atmet kaum.

Dein Wille ist stärker als dein Körper, sagt der Tod.

Rick will seine nutzlosen Glieder in Gang setzen. Er kann nicht einmal den Kopf heben. Die Brandung überspült ihn. Rick schluckt Wasser, er hat Meerwasser in großen Mengen geschluckt, es läuft ihm aus dem Mund. »Ich rede nicht mit dir«, sagt Rick zum Tod. »Ich will schlafen.«

Wenn du einschläfst, werden wir erst recht ein Paar. Der

Tod beugt sich zu ihm. Ein kleiner Tod*, du weißt schon, so nennen die Leute den Schlaf.*

Rick will die Konversation mit dem Tod beenden. Er will seine Flucht fortsetzen, auch wenn seine Kräfte vollends aufgebraucht sind. Ein Mensch ist gestorben. Rick hatte nichts gegen Maximiliano, den glatzköpfigen Muskelmann, der seine Pflichten ernst nahm. Jetzt liegt er auf dem Grund des Meeres. Sie haben sein Fehlen bestimmt schon bemerkt. Sie suchen das Gefängnis auf, wo Maximiliano Rick einsperrte. Danach werden sie alles wissen. Sie könnten bald hier sein.

Rührt euch, steht auf!, befiehlt Rick seinen Gliedern. Jeder Muskel, jeder Nerv in ihm will schlafen. Die nächste Welle wirft Ricks Körper willenlos im Sand herum.

Ich brauche einen Antrieb, um weiterzumachen, denkt er. Sérafina! Ich muss mich um Sérafina kümmern. Sie büßt bitter dafür, dass sie meinen Weg begleitet hat. Ich muss herausfinden, wie es ihr geht. Hoch mit euch!, befiehlt er seinen Gliedern zum zweiten Mal. Rick zieht erst das eine Knie unter seinen Körper, dann das andere. Er stützt die linke Hand auf, jetzt die rechte. Spannt die Arme, sie heben den Oberkörper ein bisschen. Die Beine helfen mit. Ricks Gliedmaßen können es selbst kaum glauben, aber sie knien im karibischen Sand. Das war der Anfang, der Rest folgt von selbst.

Eine schmale Gestalt erhebt sich am nächtlichen Strand. Vor und hinter ihm tobt der Sturm, peitscht das Meer, schüttelt die Bäume. Rick setzt Fuß vor Fuß, er taumelt, aber seine Beine haben ein Ziel. Hinter dem Haupthaus, neben der Krankenstation, liegt die Baracke mit den Gefangenen. Rick hofft, dass Sérafina dort ist. Er hofft, dass bei diesem Wetter kein Hund vor die Tür gejagt wird, dass die Wächter Fenster und Türen verrammelt haben und schlafen.

Kein Licht, nirgends. Rick lässt sich auf den Strunk einer gefällten Palme sinken. Nur verschnaufen. Wann hat er das letzte Mal gegessen? An Bord, zum Frühstück, als alle noch nett zu ihm waren. Von nun an wird Beluscón nicht mehr freundlich sein. Er wird seinen Zorn auf Rick entladen, wenn er ihn kriegt. Rick steht auf, läuft weiter. Der Weg ist gekiest, die Steine stechen in seine Fußsohlen. Vor der Baracke hat der Sturm einen Ast abgerissen und gegen den Eingang geworfen. Seit der Sturm losbrach, ist hier also niemand aus und ein gegangen. Rick schiebt den Ast beiseite und drückt gegen die Tür. Sie öffnet sich ins Innere. Er orientiert sich im Dunkel. Dort ist der Verschlag, in dem er selbst gefangen saß. Wo könnte Sérafina sein?

»Hombre! Hey! Bei mir ist das Licht ausgefallen!«

Moreno!, durchfährt es Rick. Der gefangene Drogenboss sitzt in der Zelle.

»Kannst du mal die Sicherung reindrehen?«

»Hola, Señor.« Rick spricht leise. Er weiß nicht, ob die Wächter schlafen.

»Wer bist du?«

»Ich bin's, Señor.«

»Rico?«

»Rico, Señor.«

»Wieso bist du draußen?«

Rick überlegt, welche Lüge, welche Wahrheit seinem Ziel am besten nutzt. »Ich bin ausgebrochen, Señor.«

»Wo sind die Wachen?«

»Die schlafen.«

Ein Moment Stille.

»Hol mich raus!«, fordert El Jabón mit Bestimmtheit.

»Würde ich gern, aber ich habe den Schlüssel nicht.«

»Red keinen Stuss. Vor den Türen sind bloß Vorhängschlösser. Die knackst du mit jeder Stange.« Der Drogenboss schlägt gegen die Tür. »Lass mich raus, verdammt!«

»Sie kommen von hier nicht weg. Nicht bei dem Wetter.«

»Das lass meine Sorge sein.« Ein Fußtritt. »Mach auf, Chico!«

»Wie würden Sie denn fliehen?«

»Mit dem Boot natürlich.«

»Die Boote liegen draußen bei der Jacht.«

»Meins nicht.«

Rick horcht auf. »Sie haben Ihr eigenes Boot?«

»Dieses Haus war früher mein Haus, du Idiot! Beluscón hat es mir gestohlen.«

Rick denkt fieberhaft nach, erwägt blitzschnell die Möglichkeiten. »Sie wollten mich doch reich machen, Señor.«

»Das gilt noch immer, Junge«, antwortet der Gefangene um einiges freundlicher.

»Ich möchte etwas anderes. Wenn ich Sie rauslasse, nehmen Sie mich dann mit?«

»Einverstanden! Ich bin sogar froh, wenn ich jemanden dabeihabe, der mir das Boot steuern hilft.«

In seiner Lage würde ihm Moreno alles versprechen, nur um in die Freiheit zu kommen. Rick weiß das.

»Wir fliehen gemeinsam, Rico! Ehrenwort!«, ruft El Jabón auf Ricks Schweigen.

»Ich mache auf«, sagt Rick. »Aber nicht gleich. Erst muss ich jemanden holen.«

»Keine Spielchen mit mir, Junge!«

»Nur ein paar Minuten.«

»Hey, hau nicht ab!«, schreit Moreno, als er die Schritte verklingen hört.

Rick ist überzeugt, wäre Sérafina in der Baracke, hätte sie sich gemeldet. Sie könnte in der Krankenstation sein. Er verlässt das Gefängnis. Der Sturm hat etwas nachgelassen. Das ist gut, zugleich bedeutet es, die Leute auf der Jacht haben die Möglichkeit, ans Festland zurückzukehren. Rick hastet zu dem Gebäude hinter den Büschen. Als er es erreicht, fällt ihm ein, er hat den Doktor nicht unter den Gästen an Bord gesehen. Schläft Xarron auf der Krankenstation? Rick hat diesen Ort in schlimmer Erinnerung. Dort ist das

Behandlungszimmer, wo Xarron seine Patienten quält. Dahinter mehrere Türen, ein Korridor. Rick öffnet die erste. Der Sturm verschluckt das Geräusch. Eine andere. Er findet einen Lagerraum, die Toilette. Er stößt auf eine Tür mit zwei Riegeln davor. Der obere lässt sich leicht zurückschieben, der untere klemmt. Als der Bolzen zurückspringt, gibt es ein hartes Geräusch. Die Tür geht auf.

Der Anblick rührt ihn. Da liegt sie und schläft einen tiefen Schlaf. Ihr wildes Haar umrahmt ihr Gesicht. Die Lippen sind lächelnd geöffnet. Fast tut es Rick leid, diesen unschuldigen Schlaf stören zu müssen.

»Sérafina.« Er schüttelt sie sanft. »Sérafina, wach auf…«

Sie fährt hoch. Ihr Lächeln verwandelt sich in eine Miene des Grauens. »Bitte nicht«, stammelt sie. »Nicht mehr…«

Rick kennt diese Worte. Er hat sie selbst gesagt. Der Doktor hat die Angst zu Sérafinas ständigem Begleiter gemacht.

»Sei ruhig. Ich bin's – Rick.«

»Rico?«

»Ja – ja.«

Mit einem Schluchzen fällt sie ihm um den Hals. »Oh Gott, Rico. Du bist gekommen!«

»Es ist alles okay, komm, steh auf. Wir müssen hier raus.« Er zieht sie hoch.

Obwohl sie schlaftrunken ist, reagiert Sérafina augenblicklich. »Wo ist er?«

»Der Doktor? Schläft er hier?« Rick lauscht.

»Ich weiß nicht. Manchmal taucht er auch nachts auf.«

Rick würde gern wissen, ob Sérafina verletzt ist, ob die Folgen der Folter ihre Flucht beeinträchtigen könnten, doch fragt er nicht danach. Es kommt jetzt nur darauf an, dass sie so schnell wie möglich verschwinden. Mit wenigen Griffen zieht sich Sérafina an. Rick entdeckt ihre blutigen Handgelenke, Einstiche am Unterarm.

»Hat er dir etwas gespritzt?«

Sie schlüpft in ihren Schuh. Sie nickt. Sie ist bereit zum Aufbruch.

»Geht es trotzdem?«

»Darauf kannst du dich verlassen.« Sie ist schon an ihm vorbei und läuft durch den Korridor. Mit wenigen Schritten ist Rick hinter ihr. Nebeneinander huschen sie am Behandlungszimmer vorbei. Sie werden unmerklich langsamer. Die Erinnerung an diesen Ort ist zu stark.

In ihrem Rücken öffnet sich eine Tür, nur einen Spalt breit. Die Mündung einer Waffe, das Knacken einer Diele. Der Sturm ist laut, Rick ist geschwächt, aber seine Ohren funktionieren einwandfrei. Im Bruchteil des Moments reißt er Sérafina an sich und drückt sie zu Boden. Der Schuss schafft einen lärmenden Knall in all dem Stürmen. Rick und das Mädchen sind auf dem Boden, die Kugel bohrt sich in die gegenüberliegende Wand. Die Mündung der

Waffe senkt sich, der nächste Schuss soll treffen. Rick rollt herum. Mit dem Fuß versetzt er der Tür einen Tritt. Der Schütze prallt zurück. Rick dringt ins Zimmer ein. Neben dem OP-Tisch schimmern metallische Gegenstände im Licht der Notbeleuchtung. Es sind die Werkzeuge der Qual, ordentlich aufgereiht. Feine Messer, grobe Spritzen, auch Gegenstände, deren Form man nicht versteht, wenn man die Schmerzen nicht erlebt hat, die sie verursachen. Rick weiß, der Schütze ist im Raum. Geduckt huscht Rick zum Instrumententisch und greift sich, was er raffen kann. Ein Schuss, der neben ihm einschlägt. Rick wirft ein Messer. Er trifft. Ein Stöhnen. Der nächste Schuss geht unkontrolliert ins Nichts.

Rick stürzt sich auf den Gegner. Für einen Augenblick sieht er langes weißes Haar. Er hätte Grund, den Mann zu hassen, aber Rick handelt ohne Hass. Das hat er von Semyoto gelernt. Er schaltet den Gegner einfach aus. Ein Skalpell bohrt sich in die Hand, die die Pistole hält, eine Kanüle in die Brust des anderen, ein Messer in sein Bein. Xarron kann nicht mehr schießen, nicht mehr laufen. Er röchelt. Er könnte immer noch nach seinem Telefon greifen. Rick schlägt zweimal zu. Hart und gezielt. Der Doktor verliert das Bewusstsein. Rick tötet ihn nicht. Er nimmt die Waffe mit. Ein paar Sekunden nach dem ersten Schuss ist Rick wieder bei Sérafina.

»Hast du die Bestie umgebracht?«

»Komm. Wir müssen aufs Boot.« Er fasst ihre Hand.

»Hast du ihn kaltgemacht?«

Rick versteht den Hass in ihren Augen. Der Hass hat nichts mit dem zu tun, was vor ihnen liegt. »Ja«, antwortet Rick. Er will, dass Sérafina nach vorn schaut.

»Gut!« Mit einem Lachen schließt sie sich ihm an.

Sie rennen aus der Krankenstation.

24

»Ich glaub, ich schaff's nicht bis zum … Ich schaff's nicht, Rico!«

Was ist mit Moreno? Was hat ihn so verändert? Als Rick die Tür aufbricht und ihn zum ersten Mal sieht, ist der Drogenboss in einem erbärmlichen Zustand. Er kauert in der Zelle, die Beine angezogen, er umfasst sie mit den Armen, zittert am ganzen Leib. Man sieht, Moreno war früher ein beleibter Mann, in Gefangenschaft muss er abgemagert sein. Die Kleider sind zu weit, die feisten Wangen wirken eingefallen. Von seiner früheren Macht zeugt ein Ring an seinem Finger.

»Was ist mit Ihnen?« Rick hat Sérafina angewiesen, sich im Hintergrund zu halten, bevor er die Tür zu dem Verschlag aufbrach.

»Ich brauch was, Rico«, flüstert der entthronte Drogenkönig. Sein Gesicht ist voller Schweiß. Seine Züge zerfließen, er weint.

»Rauschgift? Sie meinen Rauschgift?«

»Was sonst! Beluscón, der Hund, hat mich abhängig gemacht! Der Sohn einer räudigen Hündin!« Morenos Lippen zittern. Sein Zustand ist erbärmlich.

»Weshalb?«

»Aus Rache – und um mich in der Hand zu haben, du Schwachkopf!«, presst der andere hervor. »Er braucht mich nicht zu foltern, nicht zu bewachen. Er braucht mir bloß das Zeug vorzuenthalten. Das ist seine stärkste Waffe.« Er schaut zu Rick auf. »Ich brauch was, Rico, sonst komm ich hier nicht raus!«

»Woher soll ich so schnell …?« Ungläubig schüttelt Rick den Kopf: Im Haus eines Drogenbosses fragt er sich, wie er an Drogen kommen soll. »Was brauchen Sie?«

»Stoff.«

»Was?«

»Heroin, Schwachkopf!«

»Ich habe kein …« Ein plötzlicher Gedanke. Rick tastet an seine Brust. Er hat gekämpft, er ist ins wilde Meer gestürzt, ist geschwommen, hat sich an Land gerettet. Alles hat er verloren, nicht den Filzstift in der Sakkotasche. Das unscheinbare Ding begleitet ihn seit dem Aufbruch aus Bogotà. Rick zieht es hervor.

»Was willst du damit?« Moreno atmet keuchend.

»Machen Sie den Arm frei.«

»Was … was!« Moreno sieht Rick in die Hocke gehen. Er öffnet das Gehäuse des Filzstiftes, zieht die Ampulle hervor.

»Du hast Stoff dabei?«, fragt El Jabón ungläubig.

»Ich helfe Ihnen.« Rick diskutiert nicht mit dem Bündel Elend, das aus Moreno wurde, er handelt. Er zieht den Gürtel aus seiner Hose, reißt Morenos Hemd auf, bindet ihm den Arm ab, sucht die Vene, setzt die Ampulle ein, lässt die Nadel hervorschnellen und sticht in die Vene. El Jabón sieht ungläubig zu. Die Hoffnung, den befreienden Schuss zu kriegen, besiegt die Skrupel, was für ein Zeug ihm da gespritzt wird.

»Du bist keiner von Beluscóns Leuten«, murmelt er, während Rick den Gürtel löst. »Wer bist du?«

»Sie spüren die Wirkung gleich.« Rick ist sich nicht sicher. Das Antiserum, das für ihn entwickelt wurde, könnte bei Moreno etwas anderes auslösen als erwartet. Vielleicht wirkt es überhaupt nicht. Doch es ist kaum eine Minute verstrichen, als der Mann am Boden ruhiger wird. Seine Gliedmaßen straffen sich, er setzt sich auf.

»Das ist … nicht schlecht«, sagt er mit fester Stimme. »Bloß Heroin ist es keins.«

»Kommst du endlich?« In der Tür taucht Sérafina auf.

»Wer ist sie?«, fragt Moreno misstrauisch.

»Wir nehmen sie mit. Hoch mit Ihnen!« Rick packt den Drogenboss unter den Achseln und hilft ihm aufzustehen.

Nazario Moreno weiß, wann es Zeit ist, zu diskutieren und wann man handeln muss. Er fragt nicht lange, wieso sie ein Mädchen mitnehmen, er tut es.

»Führen Sie uns zu Ihrem Schiff«, sagt Rick.

El Jabón schaut in die Mündung einer Waffe, Xarrons Waffe.

»Du bist wirklich keiner von Beluscóns Männern.«

»Erraten. Führen Sie uns. Los! Die andern werden bald hier sein.« Rick dirigiert den Drogenboss aus der Zelle.

*

Rick hat recht. Der Sturm ist schwächer geworden, Beluscón gibt den Befehl zum Aufbruch. Er ist nervös, weil er nicht weiß, wo Maximiliano bleibt. Der Riese ist unauffindbar. Rick ist unauffindbar. Die Kammer, wo man ihn eingesperrt hat, ist leer. Beluscón ahnt, die beiden Dinge hängen zusammen. Er weiß nicht, dass Rick auch den Doktor ausgeschaltet hat. Rick ist ein stärkerer Feind, als Beluscón je vermutet hätte.

Schwerfällig löst sich die Party auf. Die Gäste, auch die Mädchen, haben einiges getrunken. Seit der Sturm nachließ, begann man, sich zu amüsieren; es wird geplaudert, geflirtet, getanzt. Beluscón kündigt an, sie könnten drüben im Haus weiterfeiern, aber seine Gäste sind zu einem überstürzten Aufbruch nicht zu bewegen.

Beluscón hält nichts von Erklärungen und von Höflichkeit. Die Leute saufen seinen Champagner, sie haben nach seiner Pfeife zu tanzen. Er zieht die Pistole, die er Tag und Nacht bei sich trägt, und feuert einen

Schuss in die Luft ab. Die Kugel bohrt sich in die Decke des schwimmenden Salons. Holzsplitter segeln zu Boden. Schlagartig ist es still. Alle starren ihn an.

»Runter von meinem Schiff«, sagt Beluscón. Die Kälte seiner Stimme, die Entschlossenheit in seinen Augen machen den anderen Angst. Schleunigst drängen sie zu den Ausgängen und versuchen, sich in der Dunkelheit zu orientieren. Der Sturm mag schwächer sein, doch es schüttet in Strömen. Die Frauen in ihren Abendkleidern, die Männer in den Smokings stehen im Regen. Sie drängen an die Reling. Wo sind die Boote? Viel zu wenige liegen im Wasser. Die meisten sind mehrmals gefahren, um die Partygäste an Bord zu bringen. Die Leute streiten sich um die Plätze auf den Motorbooten. Jeder will als Erster das Fallreep betreten oder an der Strickleiter nach unten klettern. Schreie, Fluche, böse Worte.

Nicht zum ersten Mal ist Beluscón amüsiert, wie leicht es ist, Menschen einzuschüchtern. Doch *einen* Menschen scheinbar nicht. Der Patrón betrachtet seine Geliebte, die Mutter seines Sohnes. Lourdés zeigt weder Eile noch Furcht. Unbeteiligt wartet sie an der Reling, bis die Reihe an sie kommt. Warum zeigt sie keine Hast, an Land zu kommen? Beluscón weiß, dass Lourdés es verabscheut, wenn ihre Mädchen als Animierdamen für reiche Ausländer herhalten müssen. Lourdés bemerkt seinen Blick und erwidert ihn. Nein, denkt er, diese Frau kennt keine Angst. Zugleich spürt er, da ist noch etwas anderes. Lourdés wirkt erleichtert, amüsiert, als wäre etwas vorgefallen, das ihr eine diebische Freude bereitet. Beluscón ist neugierig, wieso.

Mittschiffs legt sein Boot an. Keiner der Gäste drängt dorthin, dieses Boot ist dem Patrón und seiner Tochter vorbehalten. Hastig, um dem Regen zu entkommen, läuft Victoria zum Fallreep.

»Kommst du mit, meine Liebe?« Beluscón tritt zu Lourdés.

Sie wendet den Kopf. »Lass nur, ich kann warten.«

»Im Gegenteil.« Unmissverständlich legt er seine Hand auf ihre Schulter. »Dir gebührt der Vortritt.«

Er führt seine Geliebte vor sich her. Gäste weichen ihnen aus. Beluscón schiebt Lourdés auf den Steg. Sie läuft nach unten, wo Victoria ungeduldig wartet.

*

»Und Lourdés?« Rick hält Moreno mit der Pistole in Schach. Hinter dem Drogenkönig springt er in das unscheinbare Boot, zu dem El Jabón sie gebracht hat. Es liegt in einem abgelegenen Bootshaus, das Beluscón offenbar nicht benutzt. Sérafina folgt als Letzte an Bord.

»Was soll mit Lourdés sein?«, fragt El Jabón, der dank Ricks Serum erstaunlich rasch zu Kräften kam.

»Wir müssen sie mitnehmen.«

»Warum?«

»Weil Beluscón dahinterkommen wird, dass sie mir geholfen hat – und Ihnen auch!«

Moreno beugt sich über den Außenbordmotor. »Lourdés ist auf der Jacht. Wie sollen wir an sie rankommen, ohne selbst gefasst zu werden?«

»Das ist egal. Wir müssen es versuchen.«

»Lourdés würde niemals ohne ihren Sohn aufbrechen. Sollen wir den etwa auch noch holen?«

»Wenn es sein muss.«

»Du spinnst!« Moreno fasst den Startgriff. »Ich habe Monate darauf gewartet, freizukommen. Glaubst du, das setze ich aufs Spiel wegen einer Nutte und ihrem Bastard?«

Rick würde dem Mann am liebsten ins Gesicht schlagen. El Jabón ist um nichts besser als Beluscón. Er ist rücksichtslos, kalt und gefühllos, andere Menschen sind für ihn nur Mittel zum Zweck. Lourdés hat ihre Schuldigkeit getan, Lourdés kann draufgehen, Hauptsache, El Jabón kommt durch.

Rick sieht zu, wie der Drogenkönig den Starter zieht. Der Motor tuckert und stirbt ab. Moreno zieht hektisch, bis der Außenborder endlich anspringt. »Mach die Leine los«, sagt er zu Rick und umfasst den Gashebel.

Rick ist nicht von gestern. Er ahnt, während er sich über das Tau beugt, würde Moreno Gas geben und Rick über Bord katapultieren. Er lässt El Jabón keinen Moment aus den Augen.

»Mach du es«, sagt er zu Sérafina. Sie löst den Knoten.

Vorsichtig manövriert Moreno das Boot aus dem

Schuppen. Sie setzen keine Positionslichter. Der Sturm ist immer noch stark genug, das kleine Wasserfahrzeug hin und her zu schleudern. Doch Wind, Regen und Seegang machen das Geräusch des Außenborders unhörbar. El Jabón steuert nach Norden.

»Nicht dorthin.« Rick richtet die Waffe auf seinen Kopf. »Zur *Victoria*.«

»Ich habe dir gesagt, ich denke nicht daran …!« Als die Mündung seine Schläfe berührt, verstummt der Drogenkönig. Er wechselt den Kurs. Vor ihnen liegt die beleuchtete Jacht.

25

Rick ist nüchtern und ruhig. Er hat in diesen Tagen so viel durchgemacht, dass ihm für Zweifel oder Angst keine Energie mehr bleibt. Er hat die Folter des Doktors überlebt, die Gefangenschaft bei Beluscón, den Kampf mit Maximiliano und die brüllende See. Er wäre nicht mehr am Leben, hätte ihm nicht ein Mensch geholfen: Lourdés. Es ist nur selbstverständlich, dass er das Gleiche für sie tun will. Alles Nötige muss dafür geschehen. Rick denkt nicht darüber nach, dass er gerade einen heimtückischen Verbrecher in Schach hält. Einen Gangster, der über Leichen ging, um mächtig zu werden, und der sich seine wiedergewonnene Freiheit wohl kaum von einem Grünschnabel vermasseln lässt.

»Lourdés hat Diego bestimmt nicht mit an Bord genommen«, sagt Sérafina.

»Wo könnte der Junge sein?« Rick behält Moreno im Auge.

»In der Obhut eines der Mädchen. So macht sie es immer.« Sérafina sitzt gekrümmt im Boot. Sie hat Schmerzen.

Bevor Rick antworten kann, sieht er, wie Boote von der Jacht ablegen. Eines davon ist schneller, es fährt vorneweg. Beluscóns Motorboot hat ein ziemliches Tempo drauf, nur noch Sekunden, dann müsste er Morenos Boot gesichtet haben.

»Wir müssen ausweichen!« El Jabón will das Ruder herumwerfen. Die Pistole an seinem Kopf hindert ihn daran.

»Bist du verrückt?«, schreit der Drogenboss. »Alle verlassen die Jacht! Wir finden Lourdés dort nicht mehr!«

Beluscóns Schiff ist schon verdammt nah. Rick wischt sich Wasser aus dem Gesicht. Er erkennt den Patrón im weißen Anzug, erkennt Victorias Kleid, er erkennt noch eine Frau an Bord – Lourdés! Rick kommt zu spät. Er kann ihr nicht mehr helfen. Ein Blick zu Sérafina, auch sie hat Lourdés erkannt.

»Also gut.« Rick senkt die Waffe.

Moreno drückt den Steuerhebel quer. Das kleine Boot legt sich zur Seite und nimmt neue Fahrt auf, Richtung Nordost. Gespannt schauen die drei dorthin, wo Beluscóns Boot allmählich kleiner wird. Doch plötzlich ändert es den Kurs, schert ebenfalls nach Nordosten aus.

Moreno hebt den Kopf. »Scheiße! Sie haben uns entdeckt.«

»Und jetzt?« Sérafina ist bei Rick.

El Jabón dreht den Gashebel auf Anschlag. Der hölzerne Bug knallt gegen die Wellen. Die See reißt sie nach unten, zieht sie wieder hoch. Der Motor röhrt gegen die Gewalten.

»Jetzt sind wir am Arsch!«, schreit Moreno. »Beluscóns Boot hat viel mehr PS als wir!«

Rick bemerkt, dass noch ein zweites Boot die Verfolgung aufnimmt. Das ist die Wachmannschaft, die ihrem Boss folgt.

»Nein, oh nein!«, flüstert Sérafina. Sie ahnt, was ihr bevorsteht, wenn Beluscón sie kriegt.

Rick weiß, es ist seine Schuld. Es war Wahnsinn, Kurs auf die Jacht zu nehmen. Es war sinnlos. Hektisch sieht er sich um. »Was ist das da drüben, dieser Dunst?«

Tatsächlich wirkt das Meer dort ruhiger. Die abgekühlte Luft lässt Nebel aus dem wärmeren Wasser aufsteigen.

Rick streckt den Arm. »Fahr dorthin!«

»Bist du verrückt?« Verbissen hält El Jabón den Kurs. »Dort sind die drei Schwestern!«

»Was?«

»Scharfe Felsen, knapp unter der Oberfläche! Man kann sie nicht sehen!«

Rick dreht sich um. Der Abstand zu den Verfolgern wird kleiner. »Das ist unsere einzige Chance!« Er zielt auf Moreno.

»Wenn das Boot zu Bruch geht, kommen wir nie mehr von hier weg!«

Rick dreht die Waffe um. Er hasst es, andere zu schlagen, doch diesen Kerl schlägt er gern. »Halt die Klappe.« Die Pistole trifft Moreno an der Schläfe. Neben dem Steuer sackt der Mann zusammen. Der Motor heult, das Boot schlingert, Rick packt den Hebel. Er kriegt das Steuer in seine Gewalt und wechselt den Kurs. Zu seinen Füßen stöhnt Moreno.

»Wie willst du durch die Felsen kommen?« Sérafina klammert sich fest, wo sie kann.

»Ich komme durch.« Rick ist nicht so selbstsicher, wie er sich gibt. Er drosselt das Tempo. Die Verfolger haben verstanden, was er vorhat, sie kommen näher. Morenos Boot gleitet in die Nebelsuppe hinein. Auf einen Schlag ist nichts mehr zu sehen.

»Oh Gott«, flüstert Sérafina.

Rick legt das Steuer hart nach Norden, das Boot dreht. Er stellt den Motor ab. Sie gleiten. Sie sind unhörbar. Die Motoren der anderen Schiffe hört man deutlich, ebenso die Rufe und Befehle. Der Patrón ruft seinen Leuten übers Wasser etwas zu. Rick beugt sich über Bord. Da taucht etwas auf, schwärzer noch als die schwarze See.

»Ruder her!«, zischt er Sérafina zu.

Sie gibt es ihm. Rick taucht es ins Wasser, gerade rechtzeitig. Unter ihnen sind die Felskanten, rasiermesserscharf. Rick hebelt und stemmt, um das Boot davon fernzuhalten, es hat noch Fahrt drauf, es schwankt. Hässlich knirscht es unter dem Holz, ein metallener Schlag, der Propeller schlägt gegen den Felsen.

»Was war das?«, sagt einer auf Beluscóns Boot.

Rick gleitet weiter. Wenn bloß die Ruderwelle nicht gebrochen ist!, hofft er.

»Verdammte Milchsuppe«, flucht einer in der Nähe.

Rick zieht das Ruder aus dem Wasser. Der Nebel ist seine einzige Chance. Er lässt das Boot treiben, angespannt, aufmerksam, mit erhobenem Ruder. Neue Felsen, er stößt das Boot davon ab. Nur weil sie kaum noch Fahrt draufhaben, nehmen die Planken keinen Schaden. Mittlerweile sind die Verfolger so dicht hinter ihnen, dass Rick meint, jeden Moment könnte er Vicki sehen. Aber der Nebel ist ein gutes Versteck, der Dunst ist eine Wolke, die sich schützend um sie legt.

Im Irrsinn der blinden Verfolgung haben sie Glück. Rick hört einen scharfen Schlag, ein Krachen, das Geräusch, wenn sich Metall auf Stein festfrisst. »Verdammt«, hört er. Es ist die Stimme seines Gegners. Beluscóns Boot muss auf Grund gelaufen sein. *Die drei Schwestern* haben ihm aufgelauert.

»Da läuft Wasser rein!«, schreit Vicki.

»Stellt den Motor ab, zum Teufel!«, ruft Beluscón seinen Männern zu. »Sonst lauft ihr auch noch auf! Dann saufen wir hier ab!«

Darauf folgt schlagartig Stille.

»Wo bist du, Patrón?«, ruft einer.

»Links von euch!« Plätschern, Rudern, gezischte Befehle. Beluscón und seine Leute sind mit sich selbst beschäftigt.

Rick beugt sich zu Sérafina. Es scheint zu klappen, sagen seine Augen. Neben ihnen stöhnt Moreno. Rick wirft sich auf ihn und hält ihm den Mund zu. Sie sitzen, warten und lauschen. Sie begreifen, dass sie sich mehr und mehr von ihren Verfolgern entfernen. Durch den Nebel, durch die Strömung treiben Rick, Sérafina und der Drogenboss davon. Dass sie aufs offene Meer treiben, wissen sie nicht.

*

Sie müssen geschlafen haben, die Nachtstunden sind verflogen. Es ist schon ziemlich heiß, ein strahlender karibischer Morgen. El Jabón kommt zur Besinnung. Das Blut an seiner Schläfe ist verkrustet.

»Verdammter Bastard«, keucht er.

»Sie sollten mir dankbar sein«, antwortet Rick. »Wir haben Beluscón abgehängt.«

Unter Schmerzen setzt sich Moreno auf.

Rick schaut nach dem Sonnenstand. »Wenn ich mich nicht täusche, liegt Panama westlich von hier.«

»Nach Panama sind es mindestens 200 Meilen«, knurrt Moreno. »Das schaffen wir nicht.«

»Wo wollten Sie denn hin?«

»Ich habe Freunde in der Gegend.« Ein gefährliches Lächeln umspielt seine Züge. »Die haben bis heute geglaubt, dass ich tot bin.«

»Und jetzt wollen Sie von den Toten wiederauferstehen?«

»Du hast es erraten.«

Rick merkt, dass Moreno heimlich die Pistole ins Auge fasst. Sie steckt in Ricks Hosenbund. »Ich fürchte, aus Ihrer Auferstehung wird noch nichts«, antwortet er. »Ich muss eine Nachricht durchgeben. Sie haben nicht zufällig Funk an Bord?«

»Wenn ich Funk hätte, könnte ich mich von hier abholen lassen.«

Rick schaut um sich, Wasser, so weit das Auge reicht. »Ich muss telefonieren.«

»Siehst du irgendwo eine Telefonzelle?« Moreno betastet seine Wunde.

»Ich habe auch gar kein Kleingeld dabei.«

So harmlos sie plaudern, Rick weiß, er sitzt einem heimtückischen Mann gegenüber, der die erste Chance, seine unliebsamen Reisebegleiter abzuschütteln, nutzen wird.

»Beluscón sucht dich bestimmt«, sagt Sérafina.

»Er hat von mir nicht viel zu befürchten.« Rick zieht seine Jacke aus. »Ich habe zwar gesehen, wie der Transport abging, aber ich kann es nicht beweisen.« Er legt die Pistole scheinbar arglos zur Seite. »Und ich habe keine Ahnung, wohin der Transport geht.«

Moreno wirft sich nach vorn. Seine Hand langt nach der Waffe. Blitzschnell stellt Rick den Fuß darauf.

»Hab ich's mir doch gedacht.« Er versetzt dem andern einen Tritt, El Jabón fällt gegen die Planken. Rick zerreißt seine Jacke. »Ich fürchte, jetzt wird es ungemütlich für Sie.« Er dreht Moreno die Arme auf den Rücken.

Auf seinen Knien keucht der Drogenboss: »Wer bist du?«

»Ich bin jemand, der eine Telefonzelle sucht.« Rick fesselt den Drogenboss mit den Stoffstreifen. Er steckt die Pistole wieder ein. »Haben Sie Trinkwasser an Bord?«

»Nein. Selbst wenn, wäre es längst verfault.«

Rick leckt sich über die Lippen. »Kein Wasser, kein Funkgerät ...« Er öffnet den Tankdeckel des Außenborders. »Das Benzin reicht auch nicht mehr weit.« Ein Blick zu Sérafina.

»Und jetzt?« Sie bedeckt sich, so gut es geht, vor der Sonne.

»Hast du vielleicht Kleingeld dabei?«, fragt Rick lächelnd und dreht das Boot in die Richtung, in der er das Ufer vermutet.

26

Eine junge Frau kommt über die Mole. Sie trägt einen hellen Rock und eine Bluse. Unauffällig nähert sie sich dem Fischerdorf. Hinter der Mole, von einem Felsen verborgen, schwankt ein Motorboot im Wasser. Ein Junge mit nacktem Oberkörper sitzt darin. Zu seinen Füßen liegt ein gefesselter Mann. Die abgelegene Bucht befindet sich etwa 20 Meilen östlich von Puerto Escondido.

Die Leute im Fischerdorf sind neugierig, wer die junge Frau ist. Es kommt selten vor, dass sich Fremde ins Dorf verirren. Eine schwarz gekleidete Frau spricht Sérafina an. »Von wo kommst du?«

»Wir haben eine Spritztour gemacht«, antwortet sie. »Dann hat uns der Sturm erwischt.«

»Du bist verletzt.« Die alte Frau hat Sérafinas wunde Handgelenke entdeckt.

»Nicht so schlimm.«

»Wie viele seid ihr?«

»Nur ich und mein Freund.«

»Ich kann euer Boot nicht sehen.«

»Es liegt da draußen.«

»Braucht ihr einen Arzt? Wir haben keinen Arzt im Ort.«

»Nicht nötig«, erwidert Sérafina. »Wenn ich nur telefonieren könnte.«

»Telefonieren?«, fragt die alte Frau, als wäre es ein Fremdwort.

»Eine Telefonzelle, ein Handy, eine Hostería …«

»In unserer Ecke gibt es keinen Handyempfang. Aber im *Lunar* haben sie einen Apparat.«

»*Lunar?* Leberfleck?« Sérafina lächelt. »So heißt eure Bar?«

»Gleich dort hinten.« Die alte Frau wendet sich zur Mole. »Kommt dein Freund nicht an Land?«

»Nein. Wir wollen weiter.«

»Wie wär's mit was zu essen? Du siehst aus, als ob du etwas vertragen könntest.«

Das letzte Mal hat Sérafina während Doktor Xarrons Folterhaft gegessen. Vor Durst klebt ihr die Zunge am Gaumen. Seit die Flucht begann, ging es ständig darum, das nackte Leben zu retten. An diesem freundlichen, harmlosen Ort machen sich nun all die Bedürfnisse bemerkbar, die Sérafina unterdrückt hat.

»Ja, eine Kleinigkeit wäre nicht schlecht. Bloß habe ich kein Geld dabei.«

»Na hör mal.« Die Alte gibt ihr einen Klaps auf die Schulter. »Wo bleibt denn da die Gastfreundschaft?«

»Ich will nur telefonieren.«

»Das Gespräch läuft dir nicht davon. Erst mache ich dir einen starken Kaffee. Wie wär's mit ein paar Eiern?« Sie zeigt auf ein Haus, nur wenige Schritte entfernt. »Da wohne ich.«

Sérafina weiß, wie wichtig es ist, dass sie Ricks Nachricht sofort weitergibt. Sie weiß, dass sie in dem Dorf nicht sicher sind. Andere Dorfbewohner schauen schon neugierig herüber. Aber der Wunsch, einen Happen zu essen, einen schönen heißen Kaffee zu trinken, ist plötzlich überwältigend.

»Na gut. Einen Kaffee kann ich mir gönnen.«

»Warum leistet uns dein Freund nicht Gesellschaft?«

Sérafina schaut dorthin, wo sich Rick verborgen hält. Er hat Unglaubliches vollbracht. Ganz allein hat er sie aus den Fängen des Drogenbarons befreit, hat Nazario Moreno in seine Gewalt gebracht, ihm ist die Flucht aus Puerto Escondido geglückt.

»Nein, tut mir leid. Ich muss zuerst telefonieren.« Sérafina hat sich wieder im Griff, sie darf Rick nicht im Stich lassen. »Danach komme ich gern zu Ihnen.«

»Ich kann mir nicht vorstellen, was an einem Telefonat so dringend sein soll.« Die alte Frau zuckt die Schultern.

Wenn du wüsstest, denkt Sérafina. Alles hängt davon ab. Unsere Rettung, vielleicht die Rettung vieler Menschenleben. Sie eilt davon. Dort ist das *Lunar*. Der Wirt wischt die Tische im Freien sauber.

»Guten Morgen. Kann ich bei Ihnen telefonieren?«

»Ferngespräch?« Er ist nicht annähernd so freundlich wie die alte Frau.

»Es ist eine Mobilnummer.« Sérafina weiß es nicht genau. Rick hat ihr eine Nummer auf den Unterarm geschrieben und ihr einen genauen Wortlaut eingeschärft. Er selbst ist im Boot geblieben, um Moreno zu bewachen.

»Also nicht billig«, sagt der Wirt. »Wie willst du das bezahlen?« Er mustert sie ohne Sympathie.

»Geld habe ich keins. Aber ich gebe Ihnen das hier.« Schweren Herzens nimmt sie ihren Anhänger ab, eine dünne Kette mit Kruzifix. Es ist eine Erinnerung an ihren Vater. »Das ist aus Gold.«

Der Wirt weiß, als Bezahlung für ein Telefonat ist das viel zu viel. »Mach's nicht zu lang«, sagt er trotzdem, geht ins Lokal und schiebt ihr den Telefonapparat über den Tresen hin.

Sérafina hebt ab, verstohlen guckt sie auf ihren Unterarm und tippt die Nummer.

Mein Handy klingelt. Dieses Handy ist ein besonderes Handy. Es ist der Notfallanschluss, den nur Agenten im Einsatz kennen. Wenn dieses Handy klingelt, ist es wichtig. Ich bin noch immer an Bord der *Albatros,* schließe die Tür und nehme ab.

»Hier Snyder.«

»Hola? Dígame?«, sagt eine junge Frauenstimme.

Ich habe keine Ahnung, wer dran ist. Ich kenne Sérafina nicht. Ich spreche kein Spanisch. Ich will gerade Detective Hilliard dazuholen, dessen Spanischkenntnisse besser sind. Da sagt die junge Frauenstimme plötzlich etwas auf Englisch. Rick hat ihr einige wenige englische Sätze eingeschärft. Sie gibt sie wieder. Langsam, aber vollkommen klar.

Danach bin ich im Besitz der entscheidenden Informationen: Der Drogentransport ist unterwegs, er findet mit einem U-Boot statt. Rick konnte fliehen, er braucht Hilfe, sie sind zu dritt. Er erwartet mich in …

»Wie heißt das Dorf hier?«, fragt Sérafina den Wirt.

Er nennt ihr den Namen, sie gibt ihn an mich weiter.

Ich weiß, wo mein Agent ist. Das Warten hat ein Ende, ich kann etwas zu Ricks Rettung unternehmen. Ich werde alles Erdenkliche tun, ihn aus Kolumbien rauszuholen.

Nachdem Sérafina aufgelegt hat, informiere ich Hilliard. Zusammen laufen wir auf die Kommandobrücke. Vice Admiral McConnell ist anwesend. Ich informiere ihn darüber, was ich erfahren habe und als Maßnahme für nötig halte. Ich bin darauf gefasst, dass er die Sache nicht so ernst nimmt wie ich. Aber der Admiral hört mir aufmerksam zu und beugt sich über die Karte.

»Das gesuchte Dorf liegt hier.« Er zeigt es mir.

»Nicht weit von Puerto Escondido. Wie lange brauchen wir dorthin?«

»Wenn wir volle Fahrt aufnehmen …« Er sieht seinen Ersten Offizier an. »Zwei Stunden?«

Der Offizier nickt.

»Und wenn Sie mir einen Hubschrauber zur Verfügung stellen? Geht es dann nicht schneller?«

»Den Hubschrauber kriegen Sie, wenn wir den Rand der Dreimeilenzone erreicht haben. Die *Albatros* darf außer im Interventionsfall internationales Gewässer nicht verlassen.« Er wendet sich an den Offizier. »Kursänderung«, befiehlt der Vice Admiral. »Wir steuern die Küste Kolumbiens an.«

In dem kleinen Fischerort mustert der Wirt Sérafina. »Mit wem hast du dich auf Englisch unterhalten?«

»Ein Freund von mir«, antwortet sie. »Ein Tourist.«

»Dann war es also doch ein Ferngespräch.« Er hält ihr Goldkettchen in der Hand. »Ich werde das behalten.«

»Natürlich«, sagt sie mit traurigem Lächeln.

Sérafina tritt ins Sonnenlicht. Sie muss Rick informieren. Danach hofft sie, dass das Angebot der alten Frau noch steht – Kaffee und ein kräftiges Frühstück.

27

Plötzlich sind Wagen da. Jeeps, Transporter, das Fischerdorf wimmelt von fremden Fahrzeugen.

Rick wollte nicht ins Haus der alten Frau. Gleich nachdem Sérafina ihn informiert hatte, dass die Nachricht angekommen ist, wollte er aufs Meer hinaus, an den Rand der Dreimeilenzone. Er wollte Nazario Moreno nicht aus den Augen lassen. Aber Sérafina erinnerte ihn daran, dass er seit vierundzwanzig Stunden nichts gegessen und eine kräfteraubende Flucht hinter sich hat. Sie hat ihn davon überzeugt, dass es Unsinn ist, mit leerem Magen auf die Rettung zu warten. Es war nicht besonders schwer, den todmüden, ausgehungerten Rick zu einem kräftigen Frühstück und einem starken Kaffee zu überreden.

»Und El Jabón?«, fragte er zögernd.

»Der braucht keine Bewachung.« Sérafina zeigte auf den Mann im Boot.

Es stimmt. Moreno ist in einem schlechten Zustand. Die Entzugserscheinungen setzen wieder ein. Das Antimittel, das Rick ihm gab, ist aufgebraucht.

»Besorg mir was, Junge!«, flüstert Moreno ein ums andere Mal.

»Ich hole Ihnen Wasser.«

»Scheiß drauf! Ich brauch Stoff. Bring mir was! Oder lass mich frei! Was willst du noch von mir? Ich hab euch rausgebracht. Lass mich gehen!«

Rick hat Mitleid mit Moreno. Aber die Chance, den entthronten Drogenboss dem Department zu übergeben, darf er nicht verspielen. Rick hat die Fesseln geprüft, Moreno zugedeckt und ist Sérafina gefolgt. Nur ein paar Minuten, nimmt er sich vor, nur etwas essen und Wasser besorgen.

Vielleicht hat das Essen doch eine halbe Stunde gedauert. Rick verdrückte die Eier mit Heißhunger, mampfte das warme Maisbrot, ließ sich den Kaffee schmecken. Erst der Lärm macht ihm klar, das war ein Fehler. Woher die Autos kommen, wieso sie so schnell da sind, weiß er nicht, doch Rick hat nicht den geringsten Zweifel, dass sie seinetwegen auftauchen. Sind sie schon auf der Mole? Haben sie Morenos Boot erkannt? Gleich werden sie das Dorf durchsuchen. Rick will die gastfreundliche Frau nicht in Gefahr bringen. Er schaut aus dem Fenster.

»Wer hat uns verraten?«, fragt er.

»Der Wirt wahrscheinlich«, antwortet Sérafina erschrocken.

»Über die Mole kommen wir nicht mehr zum Boot. Die haben sie schon besetzt.«

Die alte Frau schaut zwischen den beiden hin und her. Sie haben sich ihr Frühstück schmecken lassen, aber sie sind wohl nicht so harmlos, wie sie aussehen.

»Gehört ihr zu den Leuten von El Patrón?«, fragt sie.

Rick schaut ihr fest in die Augen. »Wie kommen wir aus eurem Dorf raus?«

»Du meinst, zu Fuß? Und euer Boot?«

»Hilf uns!«

»Das kann ich nicht.« Sie steht auf und geht zur Tür.

»Warum nicht?«

»Mein Enkel arbeitet für Beluscón. Wenn ich euch helfe, kriegt er Schwierigkeiten.« Sie will ins Freie.

»Gib uns eine Minute, mehr nicht! Dann ruf sie!«

Ohne zu wissen, ob die Frau ihm den Wunsch erfüllen wird, packt Rick Sérafinas Hand, zerrt sie ins hintere Zimmer, steigt aufs Bett und springt von dort aus dem Fenster. Sie landen in einer schmalen Gasse. Zwischen den Häusern schimmert das Meer.

»Am Strand werden sie zuerst suchen!« Sérafina hält Rick zurück.

»Sie sind mit Autos gekommen«, entgegnet er. »Aufs Meer können sie uns nicht folgen.«

Neben dem gemauerten Anlegesteg ist eine Bucht, da sind Felsen. Vielleicht geben sie genügend Deckung, um ungesehen zum Boot zu gelangen. Die Dorfbewohner sind zusammengelaufen, auch der Wirt ist dabei. Die aus den Jeeps reden mit den Einheimischen. Sie zeigen zum *Lunar*, einer zeigt auf das Haus der alten Frau. Gerade tritt sie aus der Tür.

In der kleinen Gasse schleichen Rick und Sérafina los und erreichen das letzte Haus des Ortes. Von jetzt an sind sie ungedeckt. Die Mole gibt ihnen Schatten, sie rennen zu den Felsen.

Der erste Schuss fällt. Gleich danach eine Salve. Mit der Maschinenpistole schießt einer hinter ihnen her. Rick und Sérafina werfen sich hinter den nächsten Steinblock.

»Wir hätten ins Landesinnere fliehen sollen!«, zischt sie.

Die Stelle, an der das Boot liegt, ist nur fünfzig Meter entfernt. Aber die Kugeln schlagen überall ein, sie kommen nicht weiter. Rick hebt den Kopf. Die aus den Jeeps kommen über die Mole gerannt, auch einige Dorfbewohner, andere laufen aus den Häusern, über die Felsen. Von allen Seiten nähern sie sich. Haben sie das Boot gefunden, haben sie Moreno entdeckt? Überall schlagen Kugeln ein. Loszurennen bedeutet den sicheren Tod. Zu warten bedeutet, gefangen zu werden. Wenn man sie zu Beluscón zurückbringt, bedeutet das auch den Tod.

»Gute Idee mit dem Frühstück«, raunt Rick Sérafina zu. Er fühlt sich stark. Die Eier haben ihm Kraft gegeben, der Kaffee hat ihn wach gemacht.

»Spinnst du?« Sie sieht, wie er die Muskeln anspannt, wie er sich duckt. Im nächsten Moment wird er lospreschen. »Bist du verrückt? Du wirst durchsiebt von Kugeln!« Sie will ihn festhalten.

»Es geht nicht anders.« Er fixiert die Felskette. Rick sieht nichts als das Ziel. Er wird Haken schlagen, sich zu Boden werfen, er wird so schnell sein, wie er nur kann. Er schätzt seine Chancen realistisch ein, eins zu hundert, dass er das Boot erreicht. Unverletzt erreicht er es bestimmt nicht.

»Wenn ich im Boot bin, fahre ich so nah wie möglich ans Ufer heran.« Rick zeigt zum Wasser, es ist nur wenige Schritte entfernt. »Dann rennst du!«

»Nein, Rick!«

Er lässt sich nicht aufhalten.

Da erschüttert eine Detonation die Mole. Es sieht so aus, als ob der Jeep explodiert wäre. Noch ein Flammenball geht hoch. Und dort, nahe dem Wasser, noch einer. Wie die Ameisen rennen die Leute durcheinander, manche ins Dorf, manche zu den Autos. Einer zeigt nach oben.

Rick ist nicht losgerannt. Seine Augen folgen dem Fingerzeig. Hoch in der Luft ist etwas, von dort wird geschossen. Nicht mit Gewehren, das sind stärkere Geschütze.

Ich bin es, der den Schießbefehl erteilt. »Jetzt noch eine auf den Transporter«, befehle ich dem Bordschützen. »Versuchen Sie, keins der Häuser zu treffen.«

Der Mann ist kein Anfänger. Er lenkt das Geschoss sicher ins Ziel. Den Transporter zerreißt es in tausend Stücke.

»Da!« Detective Hilliard zeigt nach unten.

Am Strand, zwischen den Felsen, rennt eine Gestalt. Ein Junge, er hat jemanden an der Hand.

»Natürlich«, ich schmunzle, »hat er wieder ein Mädchen dabei.«

Die zwei Gestalten flüchten Richtung Mole, erreichen das flache Wasser.

»Feuern Sie«, ermuntere ich den Bordschützen. »Lenken Sie die Leute auf der Mole ab. Mein Mann braucht Feuerschutz.«

Es kracht und knallt und detoniert. Diejenigen, die eben noch die Angreifer waren, werden attackiert. Sie rennen um ihr Leben. Währenddessen erreichen Rick und die junge Frau halb laufend, halb schwimmend, einen Fels im Wasser. Dahinter liegt ihr Boot.

»Sobald sie auf dem offenen Meer sind, holen wir sie an Bord«, sage ich zum Piloten. Er dreht den Helikopter, der Bordschütze feuert weiter. Das Dorf ist in Aufruhr. Dort liegen leblose Körper. Hoffentlich sind es Beluscóns Leute. Unter uns sehe ich Rick ins Boot springen, er zieht das Mädchen nach.

»Da ist noch einer!«, schreie ich und schnappe mir Hilliards Feldstecher. »Ein älterer Mann. Offenbar gefesselt. Wir werden drei Leute aufnehmen müssen«, rufe ich dem Piloten zu.

Der Bordschütze macht die Winde klar. »Mit dem Gurt? Oder brauchen wir den Bergungskorb?«

»Wird sich gleich zeigen.«

Unbehelligt verlässt das Boot das Dorf und die

Bucht; es erreicht freies, offenes Wasser. Keiner schießt mehr auf sie. Die im Dorf haben genug mit sich selbst zu tun. Rick winkt.

»Lassen Sie den Gurt runter.«

Im Boot richtet Rick den Gefesselten auf. Am Drahtseil schwebt der Rettungsgurt herab. Rick fasst zu, greift daneben, beim zweiten Mal packt er ihn. Er legt dem Mädchen den Gurt über den Kopf, sie verankert ihn unter den Achseln. Rick deutet, dass wir sie hochziehen können.

»Auch noch galant, der Junge.« Ich lache.

Sérafina wird aus dem Boot gehoben und schwebt zu uns empor. Kurz darauf zieht sie der Bordschütze an Bord.

»Willkommen«, sage ich. Das Mädchen antwortet auf Spanisch.

»Ist der Mann da unten verletzt?«, fragt Hilliard auf Spanisch.

Sie schüttelt den Kopf.

Die Schlinge wird zum zweiten Mal abgelassen. Rick hat dem Mann die Fesseln gelöst. Er legt sich dessen Arme über die Schultern, greift nach dem Gurt und befestigt ihn so, dass sie zu zweit hochgezogen werden können. Rick umklammert den Mann, sie erheben sich in die Luft und gelangen in den Hubschrauber. Der Bordschütze und Hilliard haben alle Hände voll zu tun, die beiden an Bord zu hieven.

»Tag, Detective, wie geht's?«, sagt Rick.

Er ist zerschunden, er blutet, er hat kein Hemd an. Aber er hat schon wieder eine große Klappe.

»Darf ich vorstellen?« Er zeigt auf den älteren Mann, der kraftlos auf den Boden des Helikopters sinkt. »Das ist Nazario Moreno, genannt El Jabón.« Rick genießt meine Sprachlosigkeit. Er hat uns den ehemaligen Drogenkönig Kolumbiens geliefert. Einfach so. Erschöpft lässt sich Rick neben Sérafina sinken.

28

Rick beurteilt seine Leistung nicht als so außergewöhnlich, wie ich es tue. Seine Aufgabe war es, die Drogenpipeline zu entdecken, das ist ihm gelungen. Er hat die Quelle der Rauschgiftlieferungen aufgespürt und deren Urheber, Manuel Beluscón. Dass die Drogen in einem U-Boot außer Landes geschmuggelt werden, ist eine wichtige Information für die Drogenfahndung. Aber Rick genügt dieser Erfolg nicht. Er hält dagegen, dass er nicht das Geringste gegen Beluscón ausrichten konnte. El Patrón wird seine Geschäfte ungehindert fortsetzen. Rick ist unzufrieden, weil ein Transport von gewaltigem Ausmaß die Küste Kolumbiens verlassen hat und in Kürze in den Vereinigten Staaten eintreffen wird. Rauschgift, das Tausenden Menschen Schaden zufügt. Rick schlägt vor, Ortungsgeräte einzusetzen und Patrouillenschiffe nach der *Nautilo* suchen zu lassen.

»Das U-Boot hat keine große Reichweite«, argumentiert er. »Es muss Zwischenstopps machen, Treibstoff und Atemluft tanken. Wozu haben wir all diese Hightech-Schiffe, wenn wir sie im entscheidenden Moment nicht einsetzen?«

Er beugt sich über die Karte im Kommunikationsraum. »Das Fahrzeug ist gestern Nacht von Puerto Escondido ausgelaufen. Wir sollten feststellen, wie weit es in den paar Stunden gekommen sein kann.«

Ich muss mir ein Schmunzeln verkneifen. In dem weißen Bademantel sieht Rick aus wie ein Mönch. Nachdem der Schiffsarzt sich ihn angesehen hat, nachdem er lange unter der Dusche stand, nimmt er nun, umringt von Hilliard, mir und einigen Offizieren, an der Lagebesprechung teil. Alle staunen über Ricks Bericht, vor allem darüber, dass ein Sechzehnjähriger das allein vollbracht haben will.

»Sobald wir die Order kriegen, werden wir das U-Boot orten«, sagt ein knorriger Lieutenant mit igelkurzem Haar.

»Warum nicht sofort?«, fragt Rick. »Jede Minute zählt!«

»Immer mit der Ruhe. Wenn unser Leitstrahl das U-Boot erst mal lokalisiert hat, kann es nicht entkommen«, antwortet der Lieutenant mit entnervender Gelassenheit.

Ich versuche, den überdrehten Rick runterzubringen. »Du solltest jetzt essen und ein wenig schlafen.«

»Schlafen, während die Drogen unterwegs in mein Land sind?«

»Mit Ungeduld und Hektik erreichen wir gar nichts«, springt mir Hilliard bei. »Du hast einen fantastischen Job gemacht. Jetzt ruh dich aus.«

»Warum verhört ihr Moreno nicht?« Rick will von Beschwichtigungen nichts wissen. »El Jabón könnte Beluscóns Transportmethode kennen! Vielleicht hat Beluscón Moreno sogar das U-Boot geklaut!«

Rick hat natürlich recht. El Jabón wird auch bereits verhört. Der rauschgiftsüchtige Drogenboss hat sein altes Gefängnis gegen ein neues vertauscht. Wie lange und unter welchen Anklagepunkten wir ihn festsetzen können, muss der Staatsanwalt entscheiden, den ich bereits in Kenntnis gesetzt habe. Bis jetzt schweigt El Jabón.

Rick hat uns einen Etappensieg beschert. Kein erwachsener Agent hätte mehr aus dem Einsatz rausholen können. Ich habe vor, den Jungen auf schnellstem Weg nach New York zurückzuschicken, zurück in ein normales Leben. Rick wehrt sich dagegen. Er hat sich so intensiv in seinen Auftrag hineingelebt, dass er um jeden Preis weitermachen will. Ich sitze mit ihm in der Einzelkabine, die dem erschöpften Agenten zugewiesen wurde.

»Du bist sechzehn, Rick. Du hast dein Leben vor dir. Du wirst bald studieren, wirst einen Beruf erlernen.«

»Dass ich sechzehn bin, hat Sie nicht gestört, als Sie mich für die Mission angeheuert haben.« Kerzengerade sitzt er auf dem Bett. »Und was meinen kommenden Beruf angeht: Durch die Arbeit im Department weiß ich über eine Sache besonders gut Bescheid, das ist Verbrechensbekämpfung. Ich *habe* schon eine Menge gelernt, warum soll ich das nicht zu meinem Beruf machen? Warum soll ich den Job des Geheimagenten nicht fortsetzen?«

»Weil das nicht so einfach ist.« Ich denke an all die Gesetze, die ich bereits gebrochen habe, als ich Rick anheuerte. »Natürlich könntest du später, nach deinem Schulabschluss, eine FBI-Ausbildung machen oder zum Militär gehen oder …«

»Ich bin eine Rakete!« Er ist jetzt richtig sauer auf mich. »Sie haben mich gestartet und jetzt wollen Sie mich während des Flugs vom Himmel holen?«

Der Knabe ist völlig überdreht, denke ich, und ein bisschen größenwahnsinnig. Die Schuld an Ricks Zustand kann ich leider nur mir selbst geben.

»Dein Job ist beendet«, entgegne ich. »Jetzt müssen wir Fachleute ran. Wir müssen das Material, das du uns geliefert hast, auswerten.«

»Prima! Und in der Zwischenzeit legt Beluscóns U-Boot seelenruhig in einem sicheren Hafen an und der Drogenwahnsinn geht weiter.«

Es hat keinen Sinn, die Sache wieder und wieder durchzukauen. »Willst du nicht mal nach deiner kleinen Freundin sehen?«, schlage ich vor. »Sie hat die Strapazen nicht so gut verkraftet wie du.« Ich lächle. »Geh sie besuchen. Sie liegt auf der Krankenstation.«

»Mach ich, klar. Aber lassen Sie mich zuerst …«

»Tu es gleich.«

»Na gut.« Rick zieht den Bademantel aus. Sein kräftiger Körper trägt mehr Wunden als in seinem Alter üblich. Ich sehe Narben, die ihm sein Lehrer Semyoto beibrachte, auch frische Narben, die von der Folter herrühren. Rick zieht sich an.

»Da weißt nicht, wo die Krankenstation ist. Ich bring dich hin.«

Wir verlassen die Kabine.

*

Rick mag Sérafina, sie haben zusammen eine harte Zeit durchgestanden. Aber Sérafina ist nicht Storm. Der jungen Kolumbianerin gehört nicht Ricks Liebe, die hat er für ein Mädchen in New York reserviert, für Storm. Auf der Krankenstation plaudert Rick eine Weile mit Sérafina, doch bald geht ihm der Gesprächsstoff aus. Jetzt da es keine Gefahr mehr zu bestehen gibt und sie nicht ihr nacktes Leben retten müssen, merken sie, wie fremd sie einander im Grunde sind. Sie reden darüber, was mit Sérafina geschehen wird, ob sie in ihre Heimat zurückkehrt oder um Asyl in den USA nachsuchen soll. Sie reden auch über Lourdés, ihr Kind, und ob ihnen etwas zugestoßen sein könnte. Nach nur zwanzig Minuten wünscht Rick Sérafina gute Besserung und verlässt ihr Krankenzimmer.

Er begleitet mich in die Offiziersmesse, wo Rick ausgezeichnet werden soll. Der Einfall stammt nicht von mir, er kam von Vice Admiral McConnell. Er möchte den außergewöhnlichen Jungen kennenlernen, ihm gratulieren und ihn zum Abendessen im Kreis seiner Offiziere einladen. Ich finde die Idee nicht ideal, weil sie Rick in der Überzeugung bestärken wird, dass er bereits ein ausgewachsener Agent ist und kein Junge mitten in der Entwicklung. Aber geehrt werden soll Rick auf jeden Fall, daran gibt es nichts zu zweifeln.

Wir betreten den holzgetäfelten Speisesaal, der den Offizieren der *Albatros* vorbehalten ist. McConnell trägt Felduniform, sein Haar ist an den Schläfen weiß, das Haupthaar dunkel. Das gibt ihm ein distinguiertes Aussehen. Durch den Aufenthalt in südlichen Gefilden ist er braun gebrannt. Er dreht sich um, bemerkt Rick und kommt mit gönnerhaftem Lächeln auf ihn zu.

»Darf ich vorstellen …«, beginne ich. »Das ist der Vice Admiral, dessen Befehl du deine Rettung verdankst. Und das ist Rick Cullen, unser Spezialagent.«

Freundlich gibt McConnell dem Jungen die Hand. Rick steht da, als ob er einen Besen verschluckt hätte.

»Gut gemacht, mein Sohn«, sagt McConnell.

Ich erwarte, dass Rick eine seiner coolen Antworten gibt. Aber er sagt nichts. Wenn ich mich nicht täusche, wird er blass.

»Was ist los?« Ich lege ihm die Hand auf die Schulter.

»Entschuldigen Sie, nichts.« Er schüttelt die Hand

des Vice Admirals. »Mir war nur einen Moment … irgendwie komisch.«

»Hast du was Falsches gegessen? Das wäre kein Kompliment für unseren Kombüsenchef.« McConnell lacht. Zugleich mustert er Rick mit ernsten, nein, suchenden Augen. »Alles in Ordnung, Junge, behandelt man dich hier anständig?«

»Oh ja, alles prima, Sir.« Rick lässt die Hand los.

»Ich bin gespannt, was du uns beim Essen erzählen wirst. Ist ja unglaublich, was du durchgemacht hast.«

»Halb so wild, Sir.«

So bescheiden, so einsilbig kenne ich Rick nicht. Irgendetwas scheint nicht zu stimmen.

»Setzen wir uns. Was trinkst du – Cola?«

»Danke, ja, Sir.«

McConnell gibt dem Stewart Bescheid.

»Ich muss nur noch mal … einen Moment.« Rick zeigt nach draußen.

»Tu, was die Natur befiehlt«, antwortet McConnell jovial.

Rick geht zur Tür. Bevor er die Messe verlässt, macht er mir ein Zeichen, eine unauffällige Geste, dass ich nach draußen kommen soll. Rick verschwindet.

»Haben wir noch fünf Minuten bis zum Essen?«, frage ich den Stewart, der die Cola serviert.

»In jedem Fall, Sir.«

Ich wende mich zum Vice Admiral. »Mein Magen verträgt die Schaukelei auch nicht besonders gut. Ich hol mal schnell meine Pillen.«

Er stutzt und betrachtet mich. »Landratten«, sagt er nach einer Pause. »Man sollte Landratten nicht an Bord lassen.«

Ich lache über den schalen Witz und verlasse die Messe.

Nicht im Waschraum, im angrenzenden Korridor erwartet mich Rick. Er ist aufgeregt.

»Sie halten mich jetzt bestimmt für übergeschnappt!«

»Wieso flüsterst du?«

»Ich habe diesen Admiral schon einmal gesehen.«

»Das ist nicht ungewöhnlich. Du wirst in der Zeitung etwas über ihn gelesen haben oder im Internet.«

»Ich habe ihn an einem Ort gesehen, wo sein Gesicht nicht hingehört.«

»Nämlich?«

»Im Haus von Manuel Beluscón.«

»Du hast …! McConnell war bei Beluscón?«

»Nicht ganz.« Rick beißt sich auf die Lippe. »Ich habe ihn dort nicht persönlich gesehen, aber … Im Billardzimmer hat Beluscón eine Bildergalerie. Fotos von berühmten Leuten, mit denen er sich fotografieren ließ. Darunter ist ein Bild im Opernhaus von Bogotà. Ein Premierenempfang. Neben Beluscón stand ein Mann, der offenbar nicht fotografiert werden wollte. Er hielt die Hand vor die Kamera. Dieser Mann war McConnell.«

Ich versuche, ruhig zu bleiben. »Wenn er die Hand davorgehalten hat, wie konntest du ihn wiedererkennen?«

»Diese besondere Frisur! Schwarzes Haar mit weißen Schläfen!«

»McConnell ist nicht der Einzige, bei dem das Haar auf diese Weise ergraut.«

»Auf dem Foto konnte man das Profil des Mannes erkennen.« Ricks Gesicht ist dem meinen ganz nah. »Er ist es, er ist es bestimmt!«

»Ein Profil, weiße Schläfen, das reicht nicht, um eine derartige Beschuldigung zu untermauern. Wirfst du McConnell etwa vor, mit Beluscón unter einer Decke zu stecken?«

»Würde das nicht Sinn machen?«, flüstert Rick aufgebracht. »Er ist der Oberbefehlshaber der Navy-Streitkräfte in der Karibik. Die seinem Befehl unterstellten Schiffe kreuzen in diesen Gewässern. Irgendwo hier ist ein U-Boot unterwegs. Es hat keine große Reichweite, es muss an einem Ort auftauchen, wo es gefahrlos tanken und seine Ladung absetzen kann. Das passt doch alles zusammen!«

»Du beschuldigst die US-Marine, gemeinsame Sache mit Verbrechern zu machen?«, frage ich entrüstet. Ich bin keineswegs überzeugt.

»Natürlich nicht die ganze Marine – nur ein paar schwarze Schafe unter der Leitung des Vice Admirals.«

Ich schüttle den Kopf. »Du sagst selbst: McConnell ist Oberbefehlshaber, einer der ranghöchsten Navy-Kommandanten. Warum sollte er so etwas Unmoralisches tun?«

»Aus dem gleichen Grund, warum alle es tun: Geld, Geld und noch mehr Geld. Irre viel Geld!«

»Diese Anschuldigung ist so … so …« Mir fehlen die Worte.

»War das nicht in anderen Fällen genauso?«, hakt Rick nach. »Während des Vietnamkrieges soll Rauschgift in den Särgen gefallener US-Soldaten in die Vereinigten Staaten geschmuggelt worden sein. Die Verantwortung trugen hohe Offiziere.«

»Das ist Jahrzehnte her! Die Schuldigen wurden streng bestraft.«

»Das bedeutet nicht, dass es nicht wieder geschehen kann – oder die ganze Zeit über geschah!«

Ich will auf einen Vorwurf dieses Ausmaßes nicht zwischen Tür und Angel eingehen. »Wir sind auf McConnells Schiff. Ich müsste erst meine Vorgesetzten informieren …«

»Und McConnell dadurch warnen? Nein!«

»Wir müssen in den Speisesaal zurück. Er wird sonst misstrauisch.«

»Moment. Mir ist noch etwas eingefallen: Nachdem Sérafina Sie telefonisch informiert hat, wo wir uns aufhalten – hat das auch McConnell erfahren?«

»Natürlich, er hat mir sogar das Dorf auf der Landkarte gezeigt.«

»Dann muss er Beluscón verraten haben, wo wir sind! Und El Patrón hat sofort sein Killerkommando losgeschickt.«

»Wieso glaubst du das?«

»Weil Beluscóns Leute so schnell da waren! Sie mussten 20 Meilen fahren und haben uns trotzdem überrascht. Dass der Wirt des Ortes Beluscón den Tipp gegeben hat, glaube ich einfach nicht.«

»Los jetzt, wir müssen zurück.«

Rick hält mich am Ärmel fest. »Es gibt eine einfache Möglichkeit, die Wahrheit rauszufinden.«

»Wie?«

»Dass der Admiral ein riesiges Schiff wie die *Albatros* zur Verfügung gestellt hat, um eine Einzelperson zu retten, kommt mir seltsam vor.«

»Er hatte den Auftrag …« Insgeheim muss ich Rick Recht geben. Ich war selbst überrascht, dass McConnell, entgegen seiner vorherigen Befehle, das Aufklärungsschiff so nahe an die kolumbianische Küste heranbrachte. Zur Rettung Ricks hätte es gereicht, mit einem Langstreckenhelikopter aufzusteigen. »Worauf willst du hinaus?«

»Wäre es nicht möglich, dass das Drogen-U-Boot gar keine Küste ansteuert, sondern ein anderes Schiff – zum Beispiel die *Albatros*?«

»Unmöglich.« Ich fasse mir an die Stirn. »An Bord sind fast hundert Besatzungsmitglieder. Glaubst du, die sind alle in das Verbrechen eingeweiht?«

Der Punkt sitzt. Darauf hat Rick nicht gleich eine Antwort. »Trotzdem.« Er überlegt. »Wissen Sie, ob die *Albatros* eine Unterwasserluke hat?«

»Keine Ahnung.«

»Wir können es rauskriegen. Und wir sollten es unauffällig rauskriegen, damit McConnell den Braten nicht riecht. Denn so schnell das U-Boot auftaucht, so schnell kann es auch wieder verschwinden.«

Er läuft durch den Korridor zurück. »Kommen Sie, er darf keinen Verdacht schöpfen.«

Schon ist er um die Ecke, in Richtung Speisesaal. Ich stehe da, beladen mit diesem unmöglichen Verdacht, und kann nicht verhindern, dass ich darüber nachdenke.

29

Detective Hilliard legt zwei Gegenstände auf den Tisch. Harmlose Dinge, wenn man nicht ahnt, wofür sie gebraucht werden sollen: ein Paar Schwimmflossen und eine Taucherbrille mit Schnorchel.

»Ich sehe keine andere Möglichkeit, der Sache auf den Grund zu gehen«, sagt er ruhig.

Wir kennen uns seit vielen Jahren. Dass Hilliard Ricks Verdacht nicht in Bausch und Bogen verwirft, nährt meine Überzeugung, es könnte was dran sein. Es wäre reine Spekulation zu behaupten, dass McConnell sich verdächtig verhalten hat, aber das Dinner, von dem wir gerade zurückkommen, gibt mir doch zu denken. Mir fielen die Fragen auf, die der Vice Admiral stellte – und die Gegenfragen, mit denen Rick versuchte, etwas aus ihm rauszulocken.

»Hatte Beluscón denn bis zu deiner Flucht aus der Villa nicht den geringsten Verdacht, dass du undercover arbeitest?« McConnell saß am Kopf der Tafel.

Rick stocherte in seinem Essen. »Ich habe mich ja bloß eine Nacht und einen Tag lang in Beluscóns Villa aufgehalten, dann bin ich aufgeflogen. Ruben Gavirian hat den Braten gerochen.«

Es folgte Ricks Erzählung, wie er den Wachen entwischen und das Areal der Finca verlassen konnte. Dabei erwähnte er Sérafinas Hilfe ausführlich. Sollte sie eine Aufenthaltsgenehmigung in den USA beantragen, wird ihr Ricks Aussage helfen.

Als der Nachtisch serviert wurde, hatte Rick so gut wie alles berichtet. »War von Ihnen schon mal jemand in Kolumbien?«, fragte er die anwesenden Offiziere. Einer sagte, er sei von Venezuela aus einmal über die Grenze gefahren.

»Und Sie, Sir?« Das Glas in der Hand, wandte sich Rick an den Vice Admiral.

»Ich war ein paar Tage in Bogotà«, antwortete McConnell. »Ein Treffen mit kolumbianischen Militärführern, es ging um die gemeinsame Drogenbekämpfung.« Er aß die Cocktailkirsche von seinem Törtchen.

»Ich habe von der Stadt so gut wie nichts gesehen«, sagte Rick. »Es hat in Strömen geregnet.«

Einige lachten. McConnell schob eine Gabel Schokofüllung in den Mund. »Keine schöne Stadt. Das Besondere an ihr ist nur, dass sie auf über 2000 Metern liegt.«

»Und das Kulturleben? Hat das nicht einiges zu bieten?« Rick hatte einen Sahneklecks an der Oberlippe.

McConnell musterte ihn forschend. »Keine Ahnung. Für kulturelle Veranstaltungen hatte ich keine Zeit.«

Rick schaute zu mir, ich senkte den Blick. Wie leicht konnte der Junge sich getäuscht haben und McConnell war überhaupt nicht in der Oper von Bogotà gewesen.

»Wann waren Sie dort?«, fragte Rick.

Ich fand, er sollte es nicht zu weit treiben, aber der Vice Admiral antwortete arglos.

»Es wird etwa zwei Jahre her sein.«

Danach wurde über die Angelegenheit nicht mehr gesprochen.

Mittlerweile sitzen Rick, Hilliard und ich in der Doppelkabine, die ich mit dem Detective teile.

»Wir müssen recherchieren, was vor zwei Jahren in der Oper gespielt wurde«, sagt Rick.

»Das hat Zeit«, erwidert Hilliard. »Wenn deine Vermutung stimmt – und ich hoffe immer noch, dass es nicht so ist –, kriegen wir die Wahrheit nur raus, solange wir hier an Bord sind.«

»Ein Tauchgang heute Nacht?« Rick hat hektische Flecken auf den Wangen. »Wann gehen wir runter?«

»Du bleibst schön im Trockenen«, mische ich mich ein. »Du hast genug geleistet.«

»Und wenn unter Wasser etwas passiert? Wenn Hilliard Hilfe braucht? Es ist dunkel. Man kann nicht gleichzeitig eine Lampe halten und an der Bordwand hantieren.«

»Ich habe ein mulmiges Gefühl dabei, gegen unsere eigenen Leute so etwas zu unternehmen«, sage ich zu Hilliard.

»Mit dem Tauchgang haben wir genauso die Möglichkeit, McConnells Unschuld zu untermauern«, antwortet der. »Wahrscheinlich finden wir da unten gar nichts und die Drogen sind auf ganz andere Weise unterwegs.« Als ich immer noch zögere, setzt er hinzu: »Jedenfalls ist es sinnvoller, zu zweit runterzugehen, als allein.«

Gedankenverloren greife ich nach einer der Taucherbrillen.

»Wollen Sie etwa mit Hilliard tauchen?« Rick lächelt.

Wir drei haben das Bild vor Augen, wie ein übergewichtiger Detective sich in die Badehose zwängt und ohne jegliche Übung in die Tiefe paddelt.

Ich lege die Taucherbrille zurück. »Wie wollt ihr unbemerkt ins Wasser kommen?« Mir ist klar, dass ich damit meine Zustimmung so gut wie gegeben habe.

»Vom untersten Deck«, sagt Hilliard. »Es wird kaum bewacht. Die *Albatros* macht im Moment keine Fahrt und das Meer ist ruhig.«

Ich nicke. Ein Sprung längsseits des Rumpfes dürfte für zwei trainierte Agenten zu wagen sein. »Aber wie wollt ihr wieder an Bord kommen?«

Hilliard und Rick sehen sich an. »Da wird uns der Chef des Departments wohl eine Strickleiter runterlassen müssen«, antwortet Rick für beide.

Ich bin überrascht, wie Hilliard und der Junge sich ohne viele Worte verstehen.

»Heute Nacht?«, seufze ich.

»Wenn, dann heute Nacht«, antwortet Hilliard.

Rick probiert schon mal die Schwimmmaske auf.

*

Es ist drei Uhr früh, das bedeutet in der Navy-Sprache, es herrscht an Bord die dritte Wache. Meine beiden Mitarbeiter tragen nichts als Badehosen. Sie verbergen Flossen und Brillen in einem Seesack. Während wir uns über das schlafende Schiff bewegen und hoffen, niemandem zu begegnen, kommen mir unsere Geräusche verflucht laut vor. Alles ist aus Metall, jeder Laut vervielfältigt sich. Wir gelangen ins Freie. Es gibt noch tiefer liegende Decks, doch die befinden sich bereits unter der Wasserlinie.

Meer und Himmel ergeben einen karibischen Traum. Andere Leute machen in so einer Umgebung Urlaub, nicht wir vom Department. Wir müssen die Wahrheit herausfinden. Aus welchem Grund könnte ein Mann, der die Militärakademie absolvierte und zu einem der ranghöchsten Offiziere aufstieg, vom rechten Kurs abgekommen sein? Wäre es möglich, dass ein Kommandant, der unser Land jahrzehntelang verteidigte, es plötzlich seinen Feinden ausliefert, den Drogenbaronen? Kann Geld allein wirklich der Grund für so eine Kehrtwende zum Bösen sein?

Bevor wir uns auf den Weg machten, habe ich über McConnell nachgelesen. Mein Department führt über diesen untadeligen Mann keine Akte, daher öffnete ich eine Navy-Datei. Marc McConnells Aufstieg bis zum Kommandanten der 4. US-Flotte liest sich wie eine Paradekarriere. Seine erste Frau starb vor vielen Jahren, er heiratete ein zweites Mal. Vor drei Jahren wurde die Ehe geschieden, die zweite Frau erhielt das Sorgerecht für die Kinder. Könnte dieses Ereignis dazu beigetragen haben, dass McConnell die innere Führung verlor? Dass er anfällig wurde für Verlockungen, denen er sonst widerstanden hätte? Hat er Beluscón zufällig kennengelernt, oder haben ihn möglicherweise die Militärs, die das Unwesen der Drogenbarone bekämpfen sollen, mit dem Drogenboss bekannt gemacht? War das Opernhaus der Hauptstadt der Schauplatz ihrer ersten Begegnung? All das konnte ich vom Bildschirm des Computers nicht ablesen, aber man wird es herauskriegen, wenn es zu einem Verfahren kommen sollte. Der Prozess gegen einen Vice Admiral würde ungeheures Aufsehen erregen. Ich muss absolut sichergehen, bevor ich das Geringste unternehme.

»Hier.« Hilliard bleibt an der Reling stehen.

Als ich mich hinunterbeuge, wird mir ganz anders. Die *Albatros* ist über dreißig Meter hoch. Selbst vom Unterdeck aus bedeutet das einen Sprung von zehn Metern. Seelenruhig legen Hilliard und Rick die Schwimmflossen an, die Brille behalten sie in der

Hand. Die Sache mit der Strickleiter haben wir vorher geklärt. Es gibt nichts mehr zu besprechen.

»Viel Glück.«

Die beiden klettern aufs Geländer und springen synchron in die Tiefe. Es dauert lange, bis sie auf dem bewegten Wasser auftreffen. Im nächsten Moment sind sie verschwunden. Ich sehe mich um, niemand darf mich entdecken. Ich ziehe mich in eine dunkle Nische zurück und schaue auf die Uhr.

*

Alles quirlt, alles dreht sich, oben ist unten, es ist stockfinster. Die zwei Taucher brauchen ein paar Sekunden, um sich zu orientieren. Sie holen Luft und gehen in die Tiefe. Nach einigen Metern schaltet Hilliard die Unterwasserlampe ein. Die beiden erreichen den stählernen Rumpf und schwimmen daran entlang. Es ist Neumond, trotz des klaren Wassers sieht man wenig in dieser Nacht. Sie tauchen Richtung Bug, der Lichtstrahl beleuchtet die glatte Fläche der Schiffswand. Zwischendurch leuchtet Hilliard nach unten, der Kiel liegt noch ein ganzes Stück tiefer. Beim Auftauchen füllen sie ihre Lungen und gehen wieder runter. Dreimal wiederholen sie das, bevor sie den Bug erreichen, die scharfe Kante, wo Backbord und Steuerbord sich treffen. An der Stelle, wo die *Albatros* sonst die Wellen durchpflügt, kommen sie hoch. Wie ein riesiger Turm erhebt sich das Schiff über ihnen.

»Bis jetzt alles unauffällig.« Hilliard atmet schnell.

Rick nimmt die Brille ab, spuckt hinein und schwemmt sie aus. »Abwarten.« Vor dem Detective geht er in die Tiefe.

Es ist schwierig, unter Wasser hart zu stoppen. Rick strampelt rückwärts, und zwar so hektisch, als ob er einem Hai begegnet wäre. Dort ist Licht unter Wasser, mehr Licht, als ihre eigene kleine Lampe wirft. Hilliard reagiert augenblicklich und schaltet sie aus. Um nicht aufzusteigen, halten sie sich an der Stahlwand fest. Ein Stück unter ihnen hat etwas neben der *Albatros* angelegt. Rick erkennt die *Nautilo* im selben Augenblick. Er braucht dem Detective kein Zeichen zu machen, Hilliard begreift, was sie entdeckt haben. Das U-Boot liegt dicht an dem großen Bruder dran, als wollte es von ihm beschützt werden. Eine Unterwasserluke ist an der *Albatros* nicht zu entdecken. Wie findet der Austausch statt? Die *Nautilo* muss entladen und betankt werden. Rick hat nicht genügend Luft, um die Beobachtung fortzusetzen, stößt sich ab und schwimmt nach oben. Hilliard taucht daneben auf.

»Verdammt noch mal, du hattest recht!« Der Detective spuckt Wasser.

»Wir müssen rauskriegen, wie das Zeug umgeladen wird!« Rick will wieder nach unten.

»Nicht nötig.« Hilliard hält ihn fest. »Wir sollten an Bord gehen, damit Snyder rasch die nötigen Schritte einleiten kann.«

Das ist ein kluger Rat, aber so nah vor dem Ziel hört Rick nicht auf wohlgemeinte Ratschläge.

»Nur einmal noch.« Er drückt die Brille fest und ist im Begriff zu tauchen.

»Da!« Hilliard zeigt nach oben.

Ein Metallkorb wird an der Bordwand herabgelassen. Ein Mann bedient die Winde, seine Silhouette zeichnet sich vor dem Nachthimmel ab. Ein Zweiter passt auf.

»Vorsicht, dass unsere Brillen nicht spiegeln!« Rick nimmt seine ab.

Der Korb stößt an die Wasseroberfläche, sinkt unter, verschwindet. Das Seil bewegt sich leicht. Rick hält die Brille vors Gesicht, taucht knapp unter die Wasseroberfläche und beobachtet das Geschehen. Inzwischen wurde die Topluke der *Nautilo* geöffnet. Dort ist ein Taucher mit Atemgerät, er hält die Fracht bereit. Der Käfig senkt sich in einiger Entfernung auf seine Höhe. Der Taucher schwimmt los und öffnet die Gittertür.

Ricks Kopf kommt hoch. »Jetzt können wir sie auf frischer Tat ertappen!«

Hilliard hat sich inzwischen umgesehen. »Shit!«, flüstert er.

Rick weiß sofort, was er meint. Dort kommen zwei Froschmänner in schwarzem Outfit heran. Rick und Hilliard tragen nur Badhosen, ihre Haut ist hell. Ein Blick zur Seite und die Froschmänner müssten die Agenten sehen. Doch die Taucher erwarten niemanden hier unten, konzentriert schwimmen sie auf ihr Ziel zu. Das Licht entfernt sich Richtung *Nautilo*.

»Zurück an Bord«, zischt Hilliard.

»Moment noch!«

»Nein. Jetzt!« Kein Vorschlag, ein Befehl. »Es wird einige Zeit dauern, bis der ganze Stoff umgeladen ist. Diese Zeit kann Snyder nützen.«

*

Was das Signal betrifft, haben Hilliard und ich vorgesorgt. Mittels eines winzigen Senders benachrichtigt er mich; ich trete in Aktion. An Bord eines Militärschiffes gibt es natürlich Strickleitern, zu Rettungszwecken und für Übungseinsätze. Sie sind federleicht und hochelastisch, aber ihre Bedienung braucht, wie das meiste im Leben, Übung. Ich weigere mich zu schildern, wie ich mit der Strickleiter klarkomme beziehungsweise nicht klarkomme. Schließlich gelingt es mir, das Ding zu Wasser zu lassen und an der Reling zu befestigen. Ein kurzes Lichtsignal nach unten, schon strafft sich das Kunststoffmaterial, jemand klettert hoch.

Plötzlich nähert sich über Deck ein Wachsoldat, die Waffe geschultert.

»Wer da?«

»Detective Snyder.«

»Wer?«

Mit dem Rücken lehne ich mich an die Stelle, wo

die Leiter befestigt ist, und zücke meinen Dienstausweis. Der Wachsoldat prüft ihn im Licht seiner Taschenlampe.

»Was machen Sie hier unten, Detective? Die Quartiere für Gäste der Navy liegen drei Decks über uns.«

»Karibische Nächte!« Ich zeige aufs Meer. »Lieben Sie das auch so?«

»Wie bitte?« Der junge Mann kratzt sich am vorschriftsmäßig rasierten Kinn.

»Ist das nicht toll, in einer Gegend der Welt Dienst zu schieben, wo andere nur in den Ferien hinkommen?« Ich spüre, wie die Bewegungen des Seils in meinem Rücken stärker werden.

Der Matrose überlegt. »Ich glaube, ich muss das melden, Sir.«

»Melden, was? Dass ich hier frische Luft schnappe?«

»Sie können an Bord nicht einfach rumspazieren, wo es Ihnen passt«, antwortet er ruhig.

»Vergreif dich nicht im Ton, mein Junge! Wie ist Ihr Name?«, versuche ich es weiter auf die autoritäre Tour.

»Was ist das hinter Ihnen, Sir?« Der Wachsoldat legt die Hand an die Waffe.

Ich bin über fünfzig. Ich habe mehr Pfunde auf den Rippen, als mein Arzt empfiehlt. Ich bin nicht im Training. Aber manche Dinge verlernst du nie. Mein rechter Arm schießt vor, die Faust trifft den Matrosen am Kehlkopf. Er kann nicht mehr schreien und andere alarmieren. Meine Linke hält seine Hand mit der Waffe. Mein rechtes Knie tritt ihn in die unteren Weichteile. Als er vor Schmerz zusammenklappt, erledigt meine Handkante den Rest. Der Soldat liegt am Boden. Ich habe einen Waffenbruder kampfunfähig geschlagen. Und das, ohne zu wissen, ob Ricks Verdacht überhaupt stimmt.

An der Reling taucht ein Arm auf, Rick zieht sich hoch und springt an Deck, dicht gefolgt von Hilliard.

»Und?«, frage ich.

Beide starren auf den Matrosen zu meinen Füßen.

»Kompliment«, sagt Hilliard. »In deinem Alter.«

»Wir müssen ihn beiseiteschaffen.«

Zu dritt greifen wir zu.

30

In diesem Augenblik werden die Drogen umgeladen. Etwa eine halbe Tonne verschnittfertiges Kokain gelangt illegal an Bord eines US-Aufklärers. Mehr Indizien braucht es nicht, um einen korrupten und skrupellosen Kommandanten und seine Helfershelfer auffliegen zu lassen. Das ist allerdings nur möglich, wenn wir es schaffen, die Navy-Führung rechtzeitig zu informieren. Ich habe mein Handy bei mir, es hat leider keinen Empfang. McConnell und seine Handlanger müssen die Verbindung gekappt haben. Informationsübermittlung ist nur auf den Militärfrequenzen möglich; mein Handy ist nutzlos. Wir müssen in den Kommunikationsraum, der Tag und Nacht besetzt ist. Wie sollen wir in Anwesenheit der Crew einen Funkspruch absetzen, der einen solch brisanten Inhalt übermittelt?

Rick und Hilliard müssen zuerst in ihre Kabinen und sich anziehen. Wir beschließen, dass ich so lange die Meldung durchgeben soll, die den nötigen Apparat in Gang setzt.

Gleich darauf betrete ich den Kommunikationsraum. »Guten Abend – oder besser, guten Morgen.«

Ein müder junger Mann hebt den Kopf. Ist er einer von McConnells Komplizen oder ein Ahnungsloser, der nicht weiß, wozu das Schiff missbraucht wird?

»Nanu, Detective?« Er ist ein niedriger Offizier im Rang eines Ensign. Wir sind uns schon ein paar Mal begegnet. »Können Sie nicht schlafen?«

»Stimmt. Mit dem Alter wird es immer schlimmer.« Als wäre es das Natürlichste von der Welt, setze ich mich an ein Terminal. »Haben Sie was dagegen, wenn ich die E-Mails aus meinem Büro checke?«

»Wie Sie sehen, ist hier nicht das Geringste los.« Müde lässt er sich gegen die Sessellehne fallen. »Checken Sie nach Herzenslust.«

»Die Wache zwischen Mitternacht und vier Uhr früh ist die schlimmste, habe ich recht? Es ist hart, da wach zu bleiben.«

»Waren Sie auch bei der Navy?«, fragt er.

»Nein. Panzergrenadiere.«

Der Ensign hat ein Buch vor sich liegen. Auf dem Cover ist ein Fliegenpilz abgebildet. »Was Interessantes?« Ich zeige darauf.

»Heimische Pilze.«

»Sind Sie Pilzsammler? Von wo stammen Sie?« Ich öffne die Webite meines Departments und gebe das Passwort ein.

»Virginia.«

»Kenn ich. Wunderschön da.« Der interne Bereich meiner Abteilung poppt auf. Ich überlege eine Formulierung, die eindeutig, zugleich möglichst knapp ist. »Was gibt es in Virginia denn für heimische Pilze?«

*

Während ich dem müden Ensign vormache, dass ich mich für Pilze interessiere, fällt ein Schuss. Ein Schuss, der lautlos abgegeben wird.

In seiner Kabine hat Rick die nötigen Klamotten genommen und ist Hilliard gefolgt. Der Detective schließt die Tür seiner Kajüte hinter ihnen und wirft Rick ein Handtuch zu. Keine Zeit, zu duschen oder das Salzwasser abzuwaschen. Wie sie sind, schlüpfen sie in ihre Sachen.

»Wir müssen so schnell wie möglich von Bord.« Hilliard zieht ein T-Shirt über.

Rick ist mit den Socken beschäftigt. »Aber nur wir können bezeugen, was hier passiert. Wenn wir von Bord gehen, wäre McConnell in der Lage, die Drogen verschwinden zu lassen. Und das U-Boot taucht ab.«

»Sobald McConnell rauskriegt, was vorgeht, sind wir tot.« Hilliard nimmt seine Dienstwaffe aus dem Halfter. »Er hat gar keine andere Wahl, als uns umzubringen. Seine Existenz hängt davon ab.« Er prüft das Magazin und sichert die Waffe wieder. »Bei aller Liebe zum Vaterland bin ich noch nicht bereit, zu sterben.«

»Haben Sie so eine auch für mich? Die Pistole, mit der ich Moreno in Schach hielt, haben sie mir leider abgenommen.«

Der Knauf der Kabinentür dreht sich, ohne dass die beiden es bemerken. Hilliard weiß noch nicht, wie recht er hatte. McConnell reagiert schneller als befürchtet. Die Tür öffnet sich einen Spalt, Hilliard schaut in die Mündung einer Pistole. Ein Schalldämpfer ist darauf montiert. Der Schuss fällt.

*

»Virginia ist ein Paradies für Pilze.« Der Ensign richtet sich auf, das Thema weckt seine Lebensgeister. »Ich beschäftige mich gerade mit den giftigen Spezies – Speiteufel, Schwefelkopf, Giftreizker.«

Ich habe das entsprechende Programm geöffnet und tippe die Nachricht. »Speiteufel, das habe ich ja noch nie gehört.«

Der Offizier steht auf. »Interessant ist, dass besonders die giftigen Pilze imstande sind, Pflanzen in ihrer Umgebung im Wachstum zu befördern.«

»Ach ja?« Ich kann nicht verhindern, dass er den Bildschirm sieht. *Kommandosache,* tippe ich. – *Dringlichkeitsklasse 1 – Drogenschmuggel mit Unterstützung der Navy.* Das Schriftbild kommt mir schrecklich hell und leuchtend vor. In der Eile fällt mir nicht ein, wie man es verkleinert.

»Oh ja. Die Pilze umschlingen die Saugwurzeln einer Pflanze mit ihren Hyphen und bilden einen sogenannten Myzelmantel, über den die Pflanzenwurzeln Nährstoffe aus dem Boden aufnehmen.«

Ich tippe. »Ist ja ein Ding!« – *Drogen an Bord der USS-Albatros eingetroffen – Luftunterstützung schnellstmöglich! – Helikopterstaffel – Landung an Bord – Festnahme …*

Ich stocke. McConnells Namen kann ich unmöglich aufscheinen lassen. – *Sofortige Bestätigung – Snyder.*

»Sehen Sie mal.« Mit dem Buch kommt der Ensign an meine Seite.

Ich will die Mail abschicken.

»Hier wird das sehr anschaulich geschildert.« Er zeigt mir die Abbildung eines Pilzes, der sich an den Wurzeln eines Baumes festkrallt.

Wieso verschwindet die Mail nicht, warum scheint das entsprechende Zeichen nicht auf?

»Der Baum erhält über den Speiteufel Nährstoffe, und der Pilz bekommt als Gegenleistung Kohlehydrate, die die Pflanze durch Photosynthese erzeugt hat.«

Dort steht die ganze Wahrheit auf dem Schirm. Der Ensign braucht bloß den Kopf zu drehen. »So – so so.« Hektisch drücke ich ein zweites, ein drittes Mal auf Enter. Nichts tut sich. Hell und klar ist meine Nachricht zu lesen.

»Sie müssen die Enter-Taste mit der ALT-Funktion verknüpfen.« Er hebt den Blick, seine Augen sind auf die Buchstabenkette gerichtet. »Drogenschmuggel?«, fragt er. »Sind Sie einem heißen Ding auf der Spur?«

Er lächelt entschuldigend. »Sorry. Geht mich nichts an.«

»Schon in Ordnung.« Ich drücke beide Tasten. Endlich geht die Nachricht raus. Gleich darauf zeigt ein akustisches Signal die eingehende Antwort an. Ich öffne und lese. »Na denn.« Ich stehe auf. »War interessant, das alles zu erfahren, mit dem … Speiteufel und so weiter.« Ich wünsche ihm eine Gute Nacht und bin draußen. Ich schicke einen Stoßseufzer an die Decke.

*

Detective Hilliard heißt Lexington mit Vornamen, ein seltener Name. Sein Vater war Lehrer für englische Literatur, es gefiel ihm, seinem Sohn diesen Namen zu geben. Hilliards Mutter lebt seit dem Tod ihres Mannes in Florida. Lexington besucht sie meistens zu den Feiertagen, gemeinsam mit seinen beiden Schwestern. Hilliard ist unverheiratet wie ich. Im Gegensatz zu mir hat er früh begriffen, dass unser Job und eine feste Bindung sich schlecht vertragen. Das heißt nicht, dass Hilliard privat so einsam ist wie ich. Er hat ein Junggesellenappartement in Manhattan mit einer modernen Küche und einem großen Bett. Hilliard ist beliebt bei den Frauen. Es kostet ihn keine Mühe, bei ihnen zu landen. Im Gegenteil, meistens war er mit mehreren gleichzeitig liiert. Gewissensbisse kannte er nicht. Das Leben ist kurz, die Frauen sind schön, er gibt ihnen, was er zu geben vermag.

Das Leben ist kürzer als erwartet. Als Detective Hilliard die Mündung des Schalldämpfers sieht, muss er im Bruchteil einer Sekunde eine Entscheidung treffen. Die erste Kugel ist für Rick bestimmt. Er steht direkt an der Tür, während Hilliard seitlich am Spind hantiert. Der Detective ist 42, Rick Cullen wurde vor Kurzem 16. Hilliard würde sich nicht als Helden bezeichnen; während gefährlicher Einsätze war er stets bedacht, mit heiler Haut davonzukommen. Bis heute ist es ihm auch gelungen. Was er im nächsten Augenblick tut, ist eine menschliche Tat, die er sich selbst nicht zugetraut hätte. Er rettet einen Jungen, den er mag. Hilliard wirft sich nach vorn, will die Tür erreichen und sich dem Angreifer entgegenschleudern, damit dessen Schuss abgefälscht wird. Aber der Angreifer ist ein Profi, er rechnet mit dieser Reaktion eines anderen Profis. Er zieht die Waffe ein wenig zurück, stemmt den Fuß gegen die Tür und schießt.

Hilliard ist dazwischengegangen. Die Kugel trifft nicht Rick, sondern ihn. Der Detective spürt ein Brennen in der Brust. Theoretisch weiß er, wie ein Schuss sich anfühlt und was er anrichtet. In der Realität ist ein Schuss in die Brust von einer unvorstellbaren Wucht. Das Funktionieren seines Körpers, das Hilliard zeit seines Lebens für selbstverständlich ansah, wird durcheinandergebracht. Nichts funktioniert mehr, nicht das Geringste. Alles wird langsam. Da ist viel Rot, da sind Wolken, die den Blick benebeln. Den Arm kann er nicht mehr heben, die Beine werden schwach, das Gleichgewicht ist ausgeschaltet. Vom Schuss in seine Brust getroffen, hat Hilliard noch die Kraft, nicht auf Rick zu fallen. Er hält sich an der Tür fest. Hilliard wird zum Schutzschild für den Jungen.

»Lauf!«

Rick duckt sich und will nach Hilliards Dienstpistole greifen. Die Zeit reicht nicht. Der Angreifer muss den Detective aus der Schusslinie schaffen, um Rick zu treffen. Keine drei Sekunden nachdem die Tür aufging, trifft Hilliard der zweite Schuss. Rick wirft sich gegen den Angreifer. Dieser Mann ist stark, den bringt man nicht so schnell von den Beinen. Er senkt die Waffe auf Rick, der ist schon an ihm vorbei. Geduckt läuft der Junge auf den Gang. Da ist noch einer, ein zweites Paar Beine. Ein Schlag trifft Rick auf den Hinterkopf, schmerzhaft, mächtig, aber nicht mächtig genug. Er rempelt den zweiten Mann beiseite, prallt gegen die Wand des Korridors und rennt. Bis zur nächsten Biegung sind es nur ein paar Meter. Wie lang diese Meter ihm erscheinen! Rick rennt nicht geradeaus, er springt nach rechts, nach links, läuft im Zickzack. Eine Kugel bohrt sich neben ihm in die Wand, eine zweite trifft, streift ihn aber nur. Rick erreicht die Abzweigung. Der dritte Schuss verfehlt ihn.

Alles hat praktisch lautlos stattgefunden. Es ist kurz vor vier Uhr morgens. Außer den eingeteilten Wachen schläft das Schiff.

Im Laufen hört Rick einen Satz in seinem Rücken.

»Checken Sie, wo der Dicke ist! Ich kümmere mich um den Jungen!«

Das ist McConnells Stimme, Rick erkennt sie genau. Mit dem Dicken meint er mich, auch das versteht Rick. Er weiß, wo er mich finden kann. Von jetzt an hat er den Vice Admiral auf den Fersen. Dieser Mann muss unter allen Umständen verhindern, dass sein Geheimnis auffliegt. Er wird alles tun, um uns in seine Gewalt zu bringen. McConnells wichtigstes Ziel heißt Geheimhaltung. Rick ist sicher, der Vice Admiral kann nicht die gesamte Mannschaft der *Albatros* in das Verbrechen eingeweiht haben. Daher gibt es für Rick nur eins zu tun.

Es ist schwierig, sich unter Deck eines großen Schiffes zurechtzufinden, es wird noch schwieriger, wenn jemand hinter einem her ist, der sich auf der *Albatros* auskennt. Rick rennt. Gottlob traf ihn der Schuss am Arm, seine Beine sind in Ordnung. Hier einen Korridor hinunter, da eine Treppe hoch, um die Ecke, links – nein, Sackgasse, zurück, rechts – jetzt weiß er wieder, wo er ist. Er nimmt zwei Treppen mit großen Sprüngen. Durch dieses Schott noch, entlang der gelben Markierung – Rick rennt mich praktisch um. Er und ich liegen uns in den Armen. Er keucht.

»Zum … Kommunikationsraum!«

»Da komme ich gerade her. Es ist alles in Ordnung.«

»Nein!«

»Die Nachricht ist rausgegangen.«

»McConnell ist …« Rick hält sich die Seite. Sein linker Arm blutet.

»Wo?«

»Hinter mir her!«

»Und Hilliard?« Ich taste an die Stelle, wo sonst mein Halfter sitzt. Oh nein. Meine Waffe hängt im Spind.

»Er ist …« Rick sieht mich ernst an. »McConnell hat ihn erschossen.«

Ich verstehe die Information, aber ich begreife sie nicht. Seit zehn Jahren sind Hilliard und ich ein Team. Ich will die Realität nicht wahrhaben.

Rick hastet weiter.

»Wohin willst du?«, frage ich tonlos.

»In den Kommunikationsraum. Wir müssen die Besatzung informieren.« Schon ist er verschwunden.

Sekunden später erreicht Rick die Zentrale, wo immer noch der Pilzexperte sitzt. Er tritt nicht wie ein gewöhnlicher Besucher ein, er schießt wie ein Blitz auf den Ensign zu, zieht ihn hoch und schlägt ihm zweimal auf die Wangen.

»Generalruf!«, zischt Rick. Er dreht dem anderen den Arm auf den Rücken und nimmt ihm gleichzeitig die Dienstpistole ab. »Wie gebe ich einen Generalruf durch?«

Der Ensign will sich an die blutende Nase fassen. »Sind Sie verrückt?«

»Eine Durchsage machen! Wie geht das!«

»Eine Durchsage wohin?«

»Auf das Schiff! Überallhin!«

Der Ensign hofft, wenn er diesem Wahnsinnigen seinen Wunsch erfüllt, wird der ihn in Ruhe lassen. »Da – der!« Er zeigt auf einen der vielen Knöpfe.

Rick drückt darauf. »Das Mikro! Los!«

Der Ensign schaut in die Mündung seiner eigenen Waffe. Er schiebt Rick das Mikro hin.

Rick sammelt sich einen Moment. Er drückt den Knopf.

Über mir knackt es im Lautsprecher. Es knackt in sämtlichen Lautsprechern an Bord der *Albatros*.

»Achtung, eine Durchsage. Dies ist ein Notfall, keine Übung!« Man hört Ricks Stimme die Nervosität an. *»Ich spreche zur Besatzung der USS-Albatros. Wachen Sie auf!«*

Ich stelle mir vor, wie überall an Bord Männer in ihren Kojen hochfahren, manche schlaftrunken, andere sofort hellwach. Sie setzen sich auf, ein Zimmernachbar sieht den andern an, sie hören zu.

»Mein Name ist Rick Cullen. Ich bin Special Agent des Geheimdienstes. Ich habe sichere Beweise, dass der Kommandant Ihrer Flotte, Vice Admiral Marc McConnell, an einer kriminellen Verschwörung beteiligt ist, durch die Drogen in großem Umfang illegal in die Vereinigten Staaten geschleust werden. Ihr Schiff, die Albatros, *wird von McConnell als Drogentransporter missbraucht! Ich fordere die Offiziere der* Albatros *auf, mich zu unterstützen und Vice Admiral McConnell in Haft zu nehmen.«*

Rick macht eine Pause.

»Sie werden Beweise für meine Worte verlangen. Ich liefere sie Ihnen. In Kabine 27 finden Sie einen erschossenen Agenten meiner Spezialeinheit. Er wurde mit McConnells Dienstwaffe erschossen. Die Drogenlieferung befindet sich in diesem Moment in einem Metallbehälter auf der Backbordseite des Schiffes. Darunter hat ein Unterseefahrzeug angedockt, das die Lieferung von der kolumbianischen Küste zur Albatros *brachte.«*

Rick formuliert die Fakten, enthüllt eine Wahrheit nach der anderen. Während seine Stimme das Schiff erfüllt, ist McConnell immer noch hinter ihm her. Er wusste nicht, wohin der Junge entkommen ist; seit er die Stimme aus dem Lautsprecher hört, weiß er es. McConnell rennt aus Leibeskräften, zugleich hört er zu. Mit jedem Satz, den Rick sagt, wird er langsamer, schließlich bleibt er stehen. Er überlegt. Welche Chance gibt er Rick, mit seiner verzweifelten Anklage etwas auszurichten? Welche Chance gibt McConnell in diesem Augenblick sich selbst? Was geht in ihm vor?

Ich bin unterwegs zu Kabine 27. Hilliard und ich waren ein Jahrzehnt lang ein Gespann. Einen besseren zweiten Mann findet man nicht. Er war nie der Zweite, das war eher ich, das alte Schlachtross. Er war der junge Kämpfer, der x-mal eine Situation gerettet hat, wenn ich zu schwerfällig dafür war. Ich war sein Chef, er war mein Freund. Ich will alles in der Welt unternehmen, damit sein Tod nicht sinnlos war. Es wird der Tag kommen, an dem ich die Trauerrede für ihn halten und behaupten werde, Detective Hilliard sei für ein gerechtes Ziel gestorben – Floskeln, die zu solchen Gelegenheiten gesagt werden, damit der Betrieb weiterläuft. Damit ein Department wie meines seine Daseinsberechtigung behält und ein Kampf wie unserer sich nicht ad absurdum führt. In diesem Moment, im Bauch der *Albatros*, weiß ich, es stimmt nicht. Hilliards Tod ist zutiefst ungerecht. Ich habe einen Freund verloren. Der Tag ist nah, an dem ich Mrs Hilliard werde mitteilen müssen, dass ihr Sohn gestorben ist.

Ich muss mich zunächst um mich selbst kümmern. Noch sind McConnell und seine Mitwisser mir und Rick auf den Fersen. Ich schaue auf die Uhr. Meine Leute im Hauptquartier haben gewiss ihre Pflicht getan. Nachdem meine Meldung durchkam, informierten sie die entsprechenden Stellen, das bedeutet, die Air Force. Das bedeutet, den Verteidigungsminister. Vielleicht hat der Verteidigungsminister den Präsidenten aus dem Schlaf geholt. Das weiß ich nicht. Wichtig ist, dass die Air Force Flugzeuge schickt. Wenn das stimmt, wenn ich mich nicht irre, werden sie in Kürze hier sein. Und wenn nicht? Wenn die im Pentagon einfach nicht glauben wollen, dass einer ihrer ranghöchsten Offiziere zu so etwas fähig ist? Ich muss abwarten. Doch jede Minute zählt.

31

Der Motorlärm des Helikopters ist so laut, dass eine Unterhaltung unmöglich wäre. Das ist uns lieb, wir wollen nicht reden. Wir schweigen. Rick und ich sitzen einander im Transporthubschrauber gegenüber, angeschnallt. Neben uns auf dem Boden liegt ein dunkelgrüner Plastiksack. Er enthält die Leiche meines Freundes.

Auch wenn es bereits seit Stunden Tag ist, zeigt sich die Sonne nicht. Schleierwolken ziehen über die Karibik. Vielleicht kündigen sie das nächste Unwetter an. Unser Flug geht nach Norden zum Luftwaffenstützpunkt. Wenn wir dort ankommen, wird viel gesagt werden müssen. Darum sind wir froh über die Zeit des Innehaltens. Der Fall ist noch lange nicht abgeschlossen. Vice Admiral McConnell wurde festgenommen und vorläufig seines Kommandos enthoben, bis entschieden sein wird, ob das Militärgericht Anklage gegen ihn erhebt. McConnell wurde von einem Offizier verhaftet, der im Rang unter ihm steht, der aber vom Verteidigungsminister zu diesem Vorgang ermächtigt wurde. Außer dem Vice Admiral wurden der knorrige Lieutenant verhaftet, die rechte Hand McConnells, sowie dessen Helfershelfer.

Koordinierte Einheiten von Navy und Air Force zwangen Beluscóns Unterseeboot zum Auftauchen. Es hatte vom Rumpf der *Albatros* abgelegt, wurde jedoch rasch geortet. Nachdem zwei luftgesteuerte Geschosse in unmittelbarer Nähe des U-Bootes detonierten, gab der Pilot auf und kam an die Wasseroberfläche. Er ließ sich widerstandslos verhaften, verriet aber bei der ersten Vernehmung kein Wort über seine Auftraggeber. Der Wert des sichergestellten Rauschgifts beläuft sich nach einer ersten Schätzung auf 20 Millionen Dollar.

Wir haben McConnell, den Mittelsmann, geschnappt, das Verbindungsglied zwischen dem Drogenboss in Kolumbien und den Dealern in den USA. Beluscóns Pipeline des Verderbens wurde gekappt. Ihn selbst kann ich allerdings nicht verhaften. Noch nicht. Er wird sein verbrecherisches Geschäft weiter betreiben. Das ist die schlechte Nachricht.

Die etwas bessere Nachricht lautet, dass Nazario Moreno, nachdem ihm gestattet wurde, sich mit einem Anwalt zu besprechen, zugesagt hat, dass er kooperieren wird. Ihm wurde klargemacht, dass seine einzige Chance, nicht von Beluscóns Killern umgebracht zu werden, eine Sicherheitsverwahrung in den Vereinigten Staaten ist. Ihm wurde außerdem klargemacht, wenn er nicht bis ans Lebensende hinter Gitter kommen will, muss er auspacken. El Jabón könnte uns die entscheidenden Beweise liefern, die wir brauchen, um gemeinsam mit der kolumbianischen Regierung gegen Beluscón vorzugehen.

Das liegt alles noch in der Zukunft. Heute oder vielleicht erst morgen geht es nach Hause, nach New York. Wer darüber glücklicher ist, Rick oder ich, kann ich nicht sagen. Der Erfolg gibt mir recht: Es war richtig, den internationalen Drogenhandel zu bekämpfen, indem ich Rick als Agenten einsetzte. Es war zugleich falsch. Der Junge trägt neue Narben von dem Einsatz davon und die entscheidenden sind nicht seine körperlichen Verletzungen. Es ist ein seltsames Gefühl, sich gleichzeitig gut und schlecht zu fühlen. Doch das gehört zu meinem Job.

»Worauf freust du dich am meisten?«, frage ich und durchbreche damit das Schweigen im Helikopter. Ich muss gegen den Motorlärm anschreien, damit Rick mich versteht.

»Meinen Vater wiederzusehen!«, antwortet er.

Ich nicke. Rick war die Spitze meines Speeres. Der Speer hat sich ins Herz des Drogengeschäfts gebohrt. Rick war vollkommen allein. Er sehnt sich nach einem Menschen, der ihn beschützt, ihm ein Heim bietet – sein Vater. Ein kleiner Schmerz durchzuckt mich, dass er mich nicht als diesen Vater ansieht und niemals ansehen wird. Ich hätte gern einen Sohn wie Rick.

»Und Sie?«, fragt er.

»Ich möchte meine Sache gut machen, wenn ich ...« Ich deute auf den Plastiksack. »Wenn ich ihm die letzte Ehre erweise.«

Dann schweigen wir wieder.

*

New York. Der Frühling ist in voller Pracht. Und doch findet Rick es kühl. Er kommt aus der Karibik. Das heiße Klima scheint ihm ein Sinnbild für die überhitzte Zeit zu sein, die hinter ihm liegt. Für ihn folgt das, was die meisten Agenten nach einem harten Einsatz als Leere empfinden. Sie kommen in die normale Welt zurück, in eine Welt des Aufstehens, wenn der Wecker klingelt, der überfüllten Subways, die gesittete Welt der Zivilisation. In den Stunden von Qual und Angst hat Rick sich nichts sehnlicher gewünscht als diese Umgebung. Nun ist er dort angelangt. Manhattan im Frühling ist der schönste Platz der Welt, aber Rick fühlt sich leer.

Unser Arzt in der Klinik untersucht ihn eingehend auf Verletzungen, die bei der flüchtigen Kontrolle an Bord vielleicht übersehen wurden. Er wird auch optisch so perfekt wie möglich zusammengeflickt, schließlich soll sein Vater keinen Schreck kriegen, wenn er ihn wiedersieht. Die Wunden, die sich nicht vertuschen lassen, wird Rick mit einem Reitunfall während der »Sportwoche in Wisconsin« erklären.

»Hi, Dad«, sagt er, als er das Mietappartement in New Jersey betritt. »Erschrick nicht, ich hatte einen kleinen Reitunfall in Wisconsin.«

Rick hat die Nacht bei uns in der Klinik verbracht, es ist der nächste Morgen. Die Stunden in Lebensgefahr, als Rick den Drogenfall endgültig aufklärte, liegen erst einen Tag zurück. Vor einem Tag starb Detective Hilliard. Vor einem Tag wurde ein Vice Admiral der US-Navy verhaftet, vor einem Tag wurden Drogen im Wert von 20 Millionen sichergestellt, bevor sie unser Land erreichten.

Ricks Vater Montgomery ist glücklich, seinen Filius wiederzuhaben. Er glaubt ihm seine Geschichte, umarmt ihn und sagt: »Der Kühlschrank ist voll. Ruh dich aus, lass es dir gut gehen. Du wirst mir alles erzählen, wenn ich heimkomme.«

Danach muss Montgomery zur Arbeit. Warum auch nicht? Seines Wissens nach kommt sein Sohn aus einem Feriencamp zurück, nicht aus der Drogenhölle Kolumbiens. So gern Rick mit seinem Dad über alles reden würde, er darf es nicht. Er schweigt und erwidert Montgomerys Gruß, als der die Wohnung verlässt.

Einen Tag, nachdem Rick der Held war, sitzt er in dem nicht besonders gemütlichen Appartement in New Jersey und isst Toast mit Erdnussbutter. Er sieht ein bisschen fern. Er weiß, es wäre sinnlos, gleich zu Storm zu fahren oder sie anzurufen. Sie ist in der Schule, ihr Handy abgeschaltet. Heute Nachmittag will er es tun.

Rick fühlt sich elend, er muss mit jemandem reden. Ich habe ihm eine Nummer gegeben, unter der er Sérafina erreichen kann. Sie ist auch in den USA, aber nicht in New York. Sie blieb im Süden, bis die Formalitäten für ihre Einreise geklärt sind. Rick ruft sie an.

»Beluscón hat ein langes Gedächtnis«, sagt sie, nachdem sie über Belangloses geplaudert haben: Wurde Sérafina gut untergebracht, ist Rick gut angekommen, wie ist New York im Frühling?

»Was meinst du damit?« Er beschmiert den vierten Toast mit Erdnussbutter.

»Er wird nicht vergessen, was du ihm angetan hast.« Hinter Sérafina hört man Glocken klingen.

»Er soll es gar nicht vergessen«, antwortet Rick. »Wir kriegen ihn, früher oder später.« Das hört sich irgendwie trotzig an.

Sérafina seufzt. »Wenn Beluscón imstande war, einen US-Admiral zu bestechen, was glaubst du, wie leicht es ihm fällt, einen Killer auf dich anzusetzen?«

Rick hat darauf keine Antwort. Er will an so etwas nicht denken, will sich einreden, dass der Fall abgeschlossen ist. Aber das stimmt nicht, so vieles ist noch offen. Zwangsläufig kommen er und Sérafina auf Lourdés zu sprechen.

»Glaubst du, er hat ihr etwas angetan – oder dem Jungen?«

»Seinem Sohn bestimmt nicht. Aber Lourdés?« Sérafina zögert. »Ich weiß nicht, ob Beluscón klar ist, wie sehr sie ihn hasst.«

»Lourdés hat mir geholfen, zu entkommen.«

»Normalerweise würde Beluscón sie wahrscheinlich dem Doktor übergeben, bis sie redet«, antwortet Sérafina. »Aber den hast du ja umgebracht.«

Rick hat Xarron nicht getötet. Er weiß nicht, was mit dem Doktor geschah. Er weiß vieles nicht, was in dem heißen Land am Ufer des karibischen Meeres inzwischen passierte. Das macht ihm Angst. Beluscóns Transport wurde abgefangen, sein Gefangener Moreno befreit, Maximiliano umgebracht. El Patrón hat allen Grund, zornig zu sein. Rick hofft, dass er diesen Zorn nicht an Lourdés auslässt.

Er und Sérafina reden lange. Schließlich wünscht er ihr viel Glück für alles Kommende. Sie wird Ricks Zeugenaussage für ihre Einbürgerung brauchen. Sie verabreden, sich eines Tages in New York zu treffen.

»Dann führst du mich aus«, sagt Sérafina schwärmerisch. »Auf den Broadway.«

»Abgemacht.«

Der Vormittag schleppt sich dahin. Rick spricht Storm auf die Mailbox, dass er wieder da ist, dass er sie treffen will, ob sie Zeit hat. Er tut es möglichst cool. Der Anruf hinterlässt ein schales Gefühl in ihm. Er freut sich auf sie, weiß, dass sie sich auch freut, aber die Ereignisse, die zwischen ihrer letzten Begegnung und heute liegen, lassen sich nicht einfach beiseiteschieben – die Gewalt, die Todesangst, die Begegnung mit der Folter. Rick kommt es vor, als müsste er mit Storm ganz von vorn beginnen.

Die Atmosphäre der väterlichen Wohnung erdrückt ihn. Bevor er rausgeht, ruft er seine Mutter an und sagt auch ihr, dass er zurück ist. Sie wollen sich tags darauf zum Lunch treffen. Rick verlässt New Jersey und taucht in sein geliebtes Manhattan ein. Wie oft, wenn es ihm dreckig ging, ist er in seiner Fantasie durch diese Straßen gelaufen. Jetzt erreicht er Manhattan mit der Fähre und schlendert von Tribeca nördlich, durch das Village und Midtown und immer weiter. Er erobert die Insel zu Fuß bis hinauf zum Central Park. In seiner Vorstellung war dieser Weg wunderbar, jetzt ist er nur anstrengend. Millionen Menschen sind um ihn herum, aber Rick ist allein. Diese Einsamkeit macht ihm zu schaffen, weil er sie nicht kennt. Er versteht, dass er immer noch unter Schock steht, und ahnt, dass dies der Grund ist, weshalb ich ihn gebeten habe, zweimal die Woche unseren Psychologen zu besuchen. Ricks Zustand ist der einer schrecklichen Ernüchterung, die das Gefühl, seine Mission erfolgreich abgeschlossen zu haben, nicht ausgleichen kann.

Endlich ist der Tag so weit vergangen, dass er zu Storm aufbrechen kann. Er hat sich für sie fein gemacht. Er trägt nicht wie üblich Jeans und T-Shirt, seine Hose ist schick, das Hemd frisch gebügelt, er hat sein Haar gegelt. Die Subway bringt Rick nach Brooklyn. An der vertrauten Station steigt er aus, läuft voll Vorfreude zu ihrem Haus und bleibt plötzlich stehen. Was kann er Storm erzählen, was darf er ihr sagen? Sie weiß, er war außer Landes, er war in Gefahr.

Er hat nicht die geringste Lust, über das Geschehene zu sprechen. Er sucht nach Frieden und hofft, Storm versteht ohne Worte, dass die komplizierten Vorgänge ihn aufwühlen.

Rick geht einmal um den Block, bevor er klingelt. Er drückt auf den Knopf mit Storms Namen. Der Summer ertönt, ohne dass nachgefragt wird, wer unten ist. Hat sie ihn vom Fenster aus gesehen? Rick springt die Treppe hoch. Die Tür ist angelehnt.

»Mrs Miller?«, ruft er, weil Storms Mutter um diese Zeit meistens zu Hause ist. »Storm? Ich bin's!«

Der Flur ist leer. Er läuft in die Küche. Dort spielt sich ein Großteil des Familienlebens von Mutter und Tochter ab. Mrs Miller sitzt auf der Eckbank, ein grauer Streifen bedeckt ihren Mund.

Der Blitz ist nicht draußen vor dem Fenster. Es ist auch nicht der Blitz einer Glühbirne, die explodiert. Der Blitz ist in Rick. Er ist daheim in seiner Stadt, er ist nicht darauf vorbereitet, dass jemand ihm hier auf den Kopf schlägt. Die Dinge, für die er gekämpft hat, die schrecklichen Begebenheiten, sind in Südamerika zurückgeblieben. Es kam ihm nicht in den Sinn, dass ihm die Ereignisse bis nach Brooklyn folgen könnten, bis in Mrs Millers sauber geputzte Küche. Was hat sie mit Kolumbien zu tun, mit Drogenschmuggel, mit Gewalt?

Der Blitz verschwindet, Rick findet sich auf dem Boden wieder. Zwischen den Beinen des Küchentisches sieht er die gefesselten Füße von Mrs Miller. Wie lange sitzt sie schon da? Wo ist Storm? Rick versucht, sich umzudrehen, zugleich erwartet er den nächsten Schlag. Der bleibt aus. Rick versteht: Wenn ihn jemand töten wollte, hätte er nicht in Storms Wohnung auf ihn zu warten brauchen. Über ihm taucht jemand auf, der ein blaues Hemd trägt. Sauber geputzte Schuhe treten neben Rick.

»Hola«, sagt Ruben Gavirian.

Rick versucht, den hellen Schmerz in seinem Kopf wegzublenden, er hat keine Zeit für Schmerz, er muss denken. Gavirian ist in New York. Heißt das, Beluscón ist auch in New York? Woher wissen sie von Storm und von dieser Wohnung? Wenn Gavirian Mrs Miller in seine Gewalt gebracht hat, ist dann auch Storm hier? Wieso sieht er sie nirgends?

Ruben setzt sich neben Mrs Miller auf die Bank. Die Augen der kleinen Frau spiegeln Entsetzen, ihr Körper ist vollkommen starr. Rick sucht nach Anzeichen, wie lange Gavirian schon hier ist: Teller, Essensreste, etwas zu trinken. Da Ruben bloß dasitzt und seine Überlegenheit auskostet, macht Rick den Anfang.

»Wie hast du mich gefunden?«

Gavirian trägt die Zeichen ihres letzten Kampfes im Gesicht. Das Glas, mit dem Rick ihn attackierte, hat hässliche Narben hinterlassen. Die Nähte sind deutlich zu sehen. Sein Leben lang wird er an Rick erinnert werden.

»Ihr habt das ziemlich professionell eingefädelt.«

Gavirian legt die Pistole, mit der er zuschlug, auf den Tisch. »Noch nie ist jemand El Patrón so nahe gekommen.« Er lächelt; wegen der Narben sieht es erschreckend aus. »Der Sohn eines Madrider Immobilienmaklers kommt als Tourist nach Bogotà und lernt zufällig die Tochter Beluscóns kennen. Wirklich nicht übel ausgedacht. Bloß deine Sentimentalität hat dir ein Schnippchen geschlagen.«

Mrs Miller schaut fassungslos zwischen dem Eindringling und Rick hin und her. Die beiden reden Spanisch, sie versteht kein Wort. Woher kennt Rick diesen Gewalttäter?

»Bevor du auf die Finca durftest, haben wir dir dein Handy abgenommen«, fährt Ruben fort. »Nach deiner Flucht habe ich mir das Ding mal genauer angesehen. All die gespeicherten Nummern mit Madrider Vorwahl – da hat sich jemand viel Mühe für deine Tarnung gegeben. Bloß, weißt du, Handys sind tückisch, sie haben ein Gedächtnis.«

Rick überlegt, wie das Mobiltelefon ihn verraten haben könnte. Die SMS fällt ihm ein. Als er gerade in Bogotà gelandet war, konnte er nicht widerstehen und hat Storm eine Nachricht geschickt. Gavirian hat die Nummer weiterverfolgt. Jetzt muss das Mädchen, das Rick liebt, dafür büßen, auch ihre Mutter wird mit hineingezogen. Rick verflucht seine Unbedachtheit.

»Wo ist sie?« Seine Stimme klingt dumpf. Nicht nur weil er verwundet wurde. Er ist müde, so unglaublich müde von dem, was hinter ihm liegt. Sérafina scheint recht zu behalten: Mit einem Gegner wie Beluscón ist es nie zu Ende. Der lange Arm des Drogenbosses holt Rick sogar in seiner Heimatstadt ein.

»Möchtest du nicht wissen, wie es Doktor Xarron geht?«, fragt Gavirian, der die Sorge in Ricks Augen genießt. »Er hängt noch am Tropf, in seinem eigenen Krankenhaus. Aber er wird durchkommen. Dein Messerstich hat das Herz um Millimeter verfehlt. Ich habe Xarron oft während seiner Behandlungen assistiert. Er hat mir viel beigebracht über Schmerz.«

»Wo ist Storm?« Rick will sich aufrichten, Gavirian tritt ihm einfach ins Gesicht. Rick stürzt hintenüber.

»Immer langsam.« Er steckt die Pistole ein und steht auf. Eine Verbindungstür führt von der Küche in einen Korridor, von dort ins Bad. Gavirian öffnet diese Tür. Rick kann Storm sehen.

32

Was geschieht, wenn das Schrecklichste eintritt? Für jeden ist das Schrecklichste etwas anderes, aber es hat immer mit der Zerstörung dessen zu tun, was uns lieb und wert ist. Gavirian hat Storm nicht getötet, er hat sie auch nicht verletzt. Das hebt er sich für den Moment auf, der nun gekommen ist: Rick soll zusehen dabei.

Die Millers hatten einen hübschen Vorhang vor dem Badezimmerfenster, Ruben hat ihn abgerissen und Storms Hände mit Klebeband an den Halterungen festgezurrt. Er hat ihr die Bluse ausgezogen. Nicht ihre Nacktheit interessiert ihn, sondern ihre Wehrlosigkeit. Er hat ihre Haut freigelegt, damit er Platz hat, Storm Wunden zuzufügen und Schmerz. Rick wird dabei zusehen müssen. Wie bei ihrer Mutter verschließt ein Klebeband Storms Mund.

Als sie ihren Freund, ihren Liebsten draußen in der Küche sieht, beginnt sie hektisch zu atmen. Ihre Hoffnung war, dass Rick sie aus der unfasslichen Situation rettet. Doch dort kauert kein Retter, sondern ein zusammengeschlagener Junge. Rick will aufspringen, seine Gliedmaßen funktionieren nicht, der Schlag auf den Kopf ist schuld daran. Bevor er das Geringste unternehmen kann, ist Gavirian bei ihm, zerrt ihn hoch und stößt ihn ins Bad. Dort schlägt er ihn ein zweites Mal nieder. Rick sackt neben dem Wäschekorb zu Boden.

»Normalerweise foltere ich eine Ratte wie dich langsam zu Tode«, zischt Ruben und stellt sich neben Storm. »Das ist die übliche Prozedur bei Spionen. Aber für dich habe ich mir etwas Besonderes ausgedacht.« Er zieht ein Handtuch von der Ablage, darunter liegen die Instrumente der Qual.

»Ich foltere zuerst dein Flittchen und lasse dich beobachten, wie sie stirbt. Dann kommst du an die Reihe. Aber bevor du in den erlösenden Tod entkommen darfst, werden noch deine Mutter sterben, deine Schwester und dein Vater. Einen nach dem anderen werde ich vor deinen Augen töten. So bestraft El Patrón denjenigen, der sich in seine Geschäfte einmischt.«

Die Kälte, mit der Gavirian vorgeht, lässt Rick verzweifeln. Ein erregter, leidenschaftlicher Gegner macht Fehler. Der junge Mann im blauen Hemd vollzieht jeden Handgriff mit größter Ruhe. Mit der gleichen Ruhe wird er Storm Schmerzen zufügen. Der Grundsatz, den Rick fürs Kämpfen gelernt hat – *Weiches besiegt Hartes* –, hilft ihm hier nicht. Ruben ist weich und geschmeidig, er beherrscht die Situation. Rick ist verhärtet durch die Angst vor dem Unausweichlichen, durch seine eigene Hilflosigkeit, seine Erschöpfung.

Rick möchte Storm zurufen, wie sehr es ihm leidtut, dass sie mit hineingezogen wurde. Doch das hilft niemandem. Er verbannt die gefesselte Storm in diesem Augenblick aus seinem Sinn. Täte er es nicht, wäre er gelähmt. Er sieht sich um. Womit könnte er Ruben attackieren – mit einem schmutzigen Handtuch, mit dem Seifenspender auf dem Waschbecken? Er mustert Gavirian: Das ist seine Aufgabe, dieses Narbengesicht. *Ihn* muss er ausschalten.

Glas, denkt Rick. Er springt auf, als wollte er Ruben in den Arm fallen. Der sieht Rick kommen und schlägt ihn mühelos mit dem Knauf der Pistole zurück. Rick wird vom Waschbecken gestoppt, die Wucht reißt ihn nach hinten, sein Rücken prallt gegen den Spiegel, er zerbricht. Klirrend fallen die Scherben zu Boden.

»Du bist nervös, das verstehe ich«, sagt Gavirian. »Ich werde dich auch fesseln, dann haben wir drei mehr Ruhe.«

Mit der Pistole zielt er auf Rick. Das Klebeband liegt auf der Ablage neben den Instrumenten. Ruben wirft einen Blick auf das Band, bevor er es ergreift. Eine Zehntelsekunde, nicht länger.

Die größte Spiegelscherbe ist nicht zu Boden gefallen, Rick hat es verhindert. Sie schneidet in seine

Handfläche. Er packt sie noch fester. Ruben hält das Klebeband in der einen, in der anderen Hand die Pistole. Rick weiß, im Fall eines Angriffs wird der andere sofort abdrücken. Das heißt, Rick muss in den Schuss hineinlaufen. Es geht nicht anders, wenn er Storm retten will.

Rick springt auf. Gavirian ist einen Augenblick überrascht, dann schießt er. Rick glaubt nicht an Wunder und verlässt sich niemals auf sie. Aber wenn sie passieren, nimmt er sie dankbar entgegen. Gavirian schießt daneben. In dem winzigen Bad spürt Rick die Kugel an sich vorbeisausen, sie bohrt sich hinter ihm in die Wand. Er schlägt Rubens Hand mit der Waffe beiseite und will ihm den Spiegelscherben von vorn in den Hals rammen. Ruben wendet sich reflexartig ab, das scharfe Glas trifft ihn seitlich.

Rubens Blut spritzt Rick ins Gesicht, er wischt sich über die Augen. Er sieht den staunenden Gavirian, der nicht begreift, dass sein Herz das Blut in gewaltigen Stößen aus der Halsschlagader pumpt. Die Hand mit dem Klebeband sinkt herab, die Hand will die offene Wunde zudrücken. Doch da steckt noch die Spiegelscherbe. Rubens Herz pumpt und pumpt. Er will noch einmal schießen, Rick schlägt ihm die Pistole aus der Hand. Nun könnte er selbst schießen; Rick überlässt Ruben stattdessen dem Tod. Das Leben verlässt Ruben Gavirian langsam.

Rick wartet nicht darauf. Rasch nimmt er eines der Messer und schneidet das Klebeband an Storms

Handgelenken entzwei. Als sie frei ist, stürzt sie über Ricks Schulter. Ihre Beine haben keine Kraft, das Blut in den Armen zirkuliert nicht mehr. Rick hebt sie hoch und trägt sie aus dem Bad. Im Schlafzimmer legt er sie aufs Bett. Sosehr er ihr auch sofort helfen möchte, ist er doch nicht unbedacht; er muss sich vergewissern, ob Ruben wirklich ausgeschaltet wurde. Er kehrt ins Bad zurück und wird Zeuge, wie Ruben den letzten Atemzug tut. Seine Augen werden starr, es spiegelt sich nichts mehr darin. Rick schließt die Tür zum Bad. Er muss sich auch um Mrs Miller kümmern, doch zuerst massiert er Storms Hände und Arme. Rasch kehrt das Leben in ihre Gliedmaßen zurück.

»Rick«, flüstert sie.

»Storm.« Er liebt sie in diesem Moment unendlich. »Bist du okay?«

Auf ihr Nicken eilt er in die Küche und befreit Mrs Miller. Er versucht nicht, ihr irgendetwas zu erklären. Das ist unmöglich. Das überlässt er mir und meinen Leuten. Als Rick sicher ist, dass es beiden Frauen einigermaßen gut geht, ruft er mich an. Den Rest, das weiß Rick, übernimmt das Department. Er geht zu Storm. Sie weint vor Schmerz und Erleichterung. Rick kann nichts dagegen tun, er weint auch. Er legt sich zu ihr und nimmt sie in seinen Arm.

33

Frühling in New York ist etwas Umwerfendes. Er ist eigentlich schon ein Sommer, aber ein leichter, beschwingter Sommer, nichts Bedrückendes ist darin, keine Schwüle.

Es gäbe noch einiges zu sagen über das Verfahren, das gegen Vice Admiral McConnell eingeleitet wurde, es wird ein Prozess vor dem Militärgericht sein. Ich sollte auch die Spezialeinheit erwähnen, die ich zusammenstelle, um gegen Manuel Beluscón vorzugehen. Nicht mehr undercover – der Mann ist überführt –, allerdings auch nicht mithilfe der kolumbianischen Behörden. Ich habe Respekt vor ihnen, will aber nicht riskieren, dass irgendwo ein Leck auftritt, durch das Beluscón erfährt, was ich plane. Es gibt häufig so ein Leck, weil es überall jemanden gibt, der korrupt ist, der Beluscóns Bestechungsgeld nehmen könnte, obwohl er weiß, dass der Mann ein Schurke der übelsten Sorte ist. Ich werde die Einheit bald losschicken.

Es wäre noch zu erwähnen, dass Montgomery Cullen, Ricks Vater, wirtschaftlich wieder auf die Beine kommt. Montgomery ist keiner, der davor zurückscheut, ganz von vorn anzufangen. Er hat alte Kontakte, er gewinnt neue dazu. Er ist dabei, eine kleine Firma aufzubauen. Ricks Mutter hat ihr Geschäft verloren. Niemand wollte in ihrem Blumenladen *Flower Art* etwas kaufen. Sie hat den Shop ebenso aufgegeben wie die Affäre mit einem Mann namens Håkon. Ricks Mutter sitzt im Moment so ziemlich zwischen allen Stühlen. Deshalb ist sie froh, dass ihr Sohn wieder in New York ist. Sie trifft sich mit ihm und klagt ihm ihr Leid. Rick zeigt sich nicht besonders beeindruckt, er hat Dinge erlebt, mit denen die Probleme seiner Mutter nicht mithalten können.

Doch alles, was geschieht, ist nichts im Vergleich zum Frühling in New York. Was für ein genialer Frühling! Wer glaubt, unsere Stadt sei eine Betonwüste, ein Wolkenkratzer-Eldorado, kennt die vielen kleinen Parks nicht, in denen die Blumen um die Wette blühen. Die alten Bäume des Central Park wiegen sich in der Frühlingsbrise und schwenken ihre Blätter, als wollten sie den Menschen sagen: Schaut doch, das Leben ist wunderbar, es ist Frühling!

Der Frühling hilft Rick und Storm, schneller über alles hinwegzukommen. Sie sind jung, ihre Batterien laden sich rascher auf als meine, ihre Sinne sind gierig auf das Schöne, das Wunderbare, das jeder Frühling mit sich bringt.

Storm und Rick schlendern eng umschlungen durch den Central Park. Sie würden ab jetzt am liebsten nur noch eng umschlungen gehen. Sie gehören zusammen, nie wussten sie es so deutlich wie jetzt.

»Hotdog?«, fragt er.

Arm in Arm treten sie an den Stand mit den heißen Leckereien. Ohne Storm einen Augenblick loszulassen, fischt er das Geld aus der Tasche, dabei spürt er eine Karte. Er zieht sie hervor, es ist eine Postkarte, auf der man einen schönen Strand sieht. *Urlaub in Panama*, lautet der Aufdruck.

»Du kriegst Post aus Panama?« Storm dreht die Karte um. Sie kann die Grußworte nicht lesen, das ist Spanisch. »Wer ist Lourdés?«

Rick schmunzelt. »Eine Freundin von mir. Sie und ihr Sohn konnten entkommen – in ein neues Leben.«

Rick nimmt den Hotdog entgegen. Sie beißen abwechselnd ab. Sie reden über alltägliche, schöne Dinge. Das Grausame ist nicht verschwunden, es ist für die beiden noch nicht Vergangenheit. Das Grausame wird sie in dunklen Stunden noch lange heimsuchen, nachts, wenn sie aus dem Schlaf hochschrecken. Aber nicht heute, nicht jetzt. Sie lassen sich in den New Yorker Frühling hineintreiben, als gäbe es für alle Zeiten nur diese herrliche Jahreszeit. Die Blätter der Bäume winken, Storms Haar bewegt sich in der warmen Brise. Rick ist glücklich.

Was mich betrifft, könnte Rick noch lange glücklich bleiben. Er soll endlich das erleben, was ich ihm seit Langem verspreche und bis jetzt nicht gehalten habe – ein normales Leben. Leider geht es nicht immer nach meinen Wünschen.

Mein Job hört nie auf. Als mein Telefon klingelt und ich rangehe, wird mir rasch klar, dass ein neuer Fall aufgetaucht ist. Ein Fall, so delikat, dass man sich leicht die Finger daran verbrennt. Nur aus diesem Grund ist das FBI bereit, mein Department hinzuzuziehen. Die Akte zu dem Fall ist noch dünn, das Verbrechen gerade erst geschehen. Es fand in der Nähe unserer Hauptstadt statt.

Ein altes Sprichwort lautet: In Washington D.C. gibt es mehr Senatoren als Friseursalons. Ich weiß nicht, ob das stimmt. Fakt ist, dass Senator Harold Kean einen einzigen Sohn hat. Der Junge besucht ein Upperclass-Internat in der Nähe der Stadt. Seit gestern ist der Sohn des Senators spurlos verschwunden. Der Vorfall ist noch nicht an die Medien gelangt. Dass es Kidnapping sein könnte, nehmen wir zunächst nur an; noch hat niemand Forderungen gestellt. Eines zeichnet sich allerdings ab: Der Verlauf der Ereignisse lässt den Schluss zu, dass der oder die Täter Helfer im Internat haben mussten. Wollen wir den Fall unblutig aufklären, sollten wir also jemanden einsetzen, der der Sache von innen auf den Grund geht. Jemanden, der keine schlafenden Hunde weckt und garantiert, dass das Geheimunternehmen möglichst lange geheim bleibt. Senator Keans Sohn ist in Ricks Alter.

Ich stoße einen tiefen Seufzer aus und trete ans

Fenster. Von meinem Büro aus sieht man keine Bäume, keine Parks, nur die Fenster anderer Büros. Ich überlege, ob es fair ist, Rick dem Frühling so rasch wieder zu entreißen, ob ich ihm nicht mehr Zeit gönnen sollte als bloß einen Hotdog im Central Park. Es ist nicht fair, natürlich nicht. Es ist so unfair wie das ganze verdammte Geschäft, in dem ich arbeite und in dem Special Agent Rick Cullen dringend gebraucht wird. Ich tippe Ricks Nummer. Doch dann klappe ich mein Handy wieder zu. Eine kleine Weile lasse ich ihm noch, um mit Storm glücklich zu sein. Es ist schließlich Frühling in Manhattan.

* * *

© Jörg Finger

Michael Wallner wurde in Graz geboren, hat als Schauspieler und Regisseur an verschiedenen Theatern gearbeitet und lebt als Roman- und Drehbuchautor in Berlin und dem Schwarzwald. Sein Luchterhand-Bestseller »April in Paris« wurde in über 20 Länder verkauft, »Zeit des Skorpions«, sein erster Jugendroman, mit der »Goldenen Leslie«, dem Preis junger Leser, ausgezeichnet.

Weitere lieferbare Bücher bei cbt:
»Secret Mission – Einsatz in New York« (16122)
»Blutherz« (30769)
»Blutjäger« (16072)